사랑하는 나의 푸쉬킨에게

강민아

도서
출판 문장

사랑하는 나의 푸쉬킨에게

Дорогому другу, Александру Пушкину

1판 1쇄 인쇄 2024년 09월 30일
1판 1쇄 발행 2024년 10월 08일

지은이 강민아
펴낸이 이은숙
표낸곳 도서출판 문장

등록번호 제2015-000023호
등록일 1977년 10월 24일

서울시 강북구 덕릉로 14(수유동)
전화 02-929-9495
팩스 02-929-9496

값 18,000원

사랑하는 나의

푸쉬킨에게

contents

글을 쓰면서 위로받는 시간

춘천 청평사에 올라 사찰 처마 끝에 달린 풍경 소리를 들었습니다. 러시아 사원의 종소리에서는 느낄 수 없었던 여백과 아련함이 바람에 실려 울려 퍼졌습니다. 그 순간부터 저는 한국에 오면 영화 <일 포스티노> 속 시인 파블로 네루다의 우체부가 되어 한국의 소리를 수집하기 시작했습니다. 처마 끝 풍경소리와 얕게 흐르는 계곡물 소리, 지하철 승강장과 전동차 내부에 울려 퍼지는 안내방송, 시장 초입에 자리한 과일 장수의 외침, 그리고 한여름 매미의 열정적인 합창 등을 말이지요. 무작정 좋아했던 러시아가 삶의 터전이 되어 이곳에서 산 지 올해로 십 년이 되었습니다. 잊고 살았던 고국의 일상이 불현듯 그리워져 수집해 온 한국의 소리에 울컥 눈물이 나도 유별스럽다고 여겨지지 않을 시간인 것 같습니다. 훗날 러시아에서의 삶을 정리하고 한국으로 돌아갈 때가 되면 그때의 저는 러시아의 소리를 하나둘 모으겠지요. 이 글은 이곳과 그곳에 산재한 저의 마음을 모아 들여다보고 쓰다듬는 첫 작업이었습니다.

먼저 글벗이 되어준 저의 생애 첫 편집자, 변민아 님이 아니었으면 이 글은 태어나지 않았을 것입니다. 고마운 나의 글벗에게 사랑을 담습니다. 글벗과의 여행을 준비하고자 함께 울고 웃으며 발품 팔았던 모스크바의 말벗들 세인과 지은, 보라, 민선, 형미, 소희, 지혜, 그리고 모스크바에서 맺은 단아한 인연들에 고마운 마음을 전합니다. 한국에 오면 언제나 아낌없이 술과 밥과 책, 립스틱을 사주던 죽마고우들과 비밀서평단 혜진, 그리고 '두 아이의 엄마가 된 그녀' 미경에게도 변치 않는 우리의 우정을 약속합니다. 러시아까지 가서 마냥 아줌마로 주저앉을 거냐며 좋은 일 앞에서도 쓴소리를 마다치 않는 영원한 은사님 고정욱 작가님과 아무리 힘들어도 숨 쉬듯 글을 쓰라며 늘 쓰는 사람으로 살아가는 길을 밝혀주신 강만수 시인님께 항상 감사한 마음을 갖습니다. 두 분은 좁은 개울가 앞에 엎어져 울고 있는 제 어깨를 두드려 저 멀리 넓은 바다를 바라보게 하여주신 인생 대선배님이십니다. 평생을 제자라는 이름으로 따라갈 길이 되어주셔서 감사합니다. 부디 건강하세요. 그리고 늘 딸의 이름에 작가라는 글자가 함께 놓이길 고대하며 오랜 시간 믿고 기다려주신 아버지에게 칠순 선물로 이 책을 바칩니다. 제 생애 첫 편지의 수신자이자 저의 가장 오래된 글벗인 엄마와 한국에 두고 온 가족에게 기쁨의 눈물을 나눕니다.

매일 새벽 글을 쓰는 엄마의 뒷모습을 보던 아들과 딸이 하루는 제게 말했습니다.

"엄마, 내가 이다음에 크면 엄마 책을 만들어주는 회사를 만들거야. 열심히 써."

자신들의 꿈속에 엄마의 꿈도 넣어서 함께 가꿔주는 아이들의 사랑에 눈시울이 붉어졌습니다. 엄마가 고골과 푸쉬킨보다도 자신들을 더 사랑하는지 매일 확인받고 싶은 소중한 나의 아들 딸 오시우와 오나경. 그리고 평생을 글 쓰는 사람으로 살아가게 해 주겠다던 약속을 지키느라 타국에서 애쓰는 나의 동반자, 세욱에게 무한한 사랑과 고마움을 표합니다. 당신 덕분에 이곳에서 내 꿈을 이뤘어요, 사랑해요.

글을 쓰면서 위로받는 시간이었습니다. 그리고 이 글을 책으로 엮기까지 애썼던 나날은 제게 무엇과도 바꿀 수 없는 값진 경험이었습니다. 지금 이 글을 읽고 있는 미지의 독자이자 저의 새로운 글벗이 되어주신 당신에게도 감사의 인사를 올립니다. 끝으로 다시 한 번 이 글이 책으로 엮일 수 있도록 애써주신 도서출판 문장과 제게 미소 지어준 푸쉬킨에게도 사랑의 윙크를 날립니다.

2024. 7.   강민아
대학로 예술가의 집에서 쓰다

문장이 보였다 文章이 보이지 않았다
문장이 오므린 발가락처럼 보였다
文章이 보였다 문장이 보이지 않았다
문장이 오므린 손가락처럼 보였다
30분 전 짧은 문장에 대해 생각했다
50분 전 긴 文章에 대해 사유했다
조금 전 본 발가락에 대해
오래전 본 손가락에 대해서도
문장에 눈길을 떼지 못한 채 들여다봤고
문장에 눈길을 뗀 채로 문장을 생각해봤다
나는 文章에 대해 기억하지 못한다
나는 문장에 대해 적절히 할 말이 없다
나는 발가락에 대해 기억하지 못하고
나는 손가락에 대해 할 말이 없다
문장 앞 文章 뒤 문장 옆 文章 건너
문장은 어느 곳에서 왔다
일순간 어디로 사라진 걸까
문장 건너건너 文章을 휙 건너 뛰어
내게 없는 현기증 같은 문장에 대해
어느 날 몽상가처럼 말했다
내 마음을 대신 할 수 있는 文章은 어디에 있는 걸까
나는 네게서 봤다 빛나는 문장을

_강만수 시, 〈문장〉 전문

I. 모스크바로 오는 지름길

I. 모스크바로 오는 지름길

겨울이면 보행로에 쌓인 눈을 긁는 소리로 러시아의 깜깜한 아침은 눈을 뜬다. 빗자루로 깨끗이 쓸어낼 수 없는 이곳의 눈은 길고 굵은 막대에 붙인 널따란 쇠판으로 길바닥을 박박 긁어내야만 그 시끄러운 소리를 참을 수 없다는 듯이 온몸을 벌떡 일으킨다. 날이 밝아 인부들이 내준 길을 걸을 때면 새벽녘 창가에서 울리던 눈 긁던 소리가 길가에 쌓여 얼룩진 눈으로 변해 있는 것을 본다. 그렇게 박박 긁힌 눈은 길가로 내쳐져 다시금 또 쌓이고 굳혀지기를 반복한다. 그러나 며칠이 지나면 그 얼룩진 눈을 쌓아놓은 눈밭 위에도 좁다란 길이 총총 난다. 그 길은 행인들의 발자국으로 만들어진 작은 오솔길이다. 미처 인부들에 의해 닦이지 않은 곳을 사람들은 푹푹 파이는 눈에 바지 밑단이 젖고 장화가 더러워질지라도 걷고 걸어 길을 만들어 낸다. 눈이 쌓이지 않았더라면 눈에 띄지 않았을 동네 사람들의 지름길.

한국과 러시아가 수교를 맺은 지 삼십 주년이 지났다. 양국의 국적기가 인천 공항과 모스크바 세레메체보 공항 사이를 매일 운항하고, 심지어 여름이면 러시아의 문화 수도라 일컫는 상트페테르부르크까지 취항하던 시절이 있었다. 한국과 러시아는 아홉 시간의 장거리 비행을 해야만 닿을 수 있을 정도로 먼 거리에 놓여 있지만, 다행히 직항 노선이 있었으므로 양국간 이동에는 불편함이 없었다. 그러나 코로나가 대유행하며 전 세계적으로 모든 공항의 비행기 운항 횟수가 대폭 줄었다. 그 와중에도 한국과 러시아를 잇는 비행기가 일주일에 한 편 뜬다는 사실은 불행 중 다행이었다. 하지만 전혀 예상치 못했던 전쟁 앞에서 그나마 남은 연결선도 몽땅 끊어지고 말았다.

졸지에 한국과의 비행기 직항 노선이 없는 나라에 살게 되었다. 처음에는 그 불편함이 단지 모스크바에서 한국을 오갈 때 에둘러 가게 되는 번거로운 일이라고 대수롭지 않게 여겼다. 그러나 그것은 비단 사람뿐만 아니라, 이곳으로 오고 가는 모든 물자도 그러했다. 그리고 사람들의 마음과 생각에도 경유지가 생기기 시작했다. 이제 대다수 사람은 러시아를 떠올릴 때 우크라이나, 혹은 전쟁을 경유한다. 그러한 까닭에 경유지에서 긴 시간 머물거나 서둘러 회항하는 경우가 많아졌고, 최종 목적지인 러시아에 가볍고 설레는 마음으로 도달하는 사람은 현격히 줄었다. 실제로도 한국에서 튀르키예나 중국, 우즈베키스탄, 아랍에미리트 등을 경유하여 러시아에 오기란 보통 일이 아닌 것은 자명하다.

어느 날 찾아온 전쟁소식은 폭설과도 같았다. 폭설의 강도가 너무나 폭력적일 정도로 강렬하여 모든 것이 마비되었고, 많은 것으로부터 단절되었다. 전쟁이 없었더라면 누군가가 만들어 놓은 길, 잘 닦여진 길로만 걸었을 나였다. 아예 모든 길이 끊어지고 덮여버린 것

과 같은 감각. 러시아에 산다는 것은 완전한 고립감을 낳았다. 시간이 흐르고 차츰 장막이 걷히자 길이 생기기 시작했다. 그러나 그 길을 걸을 때면 흡사 가시밭길을 걷는 것처럼 마음이 불편했다.

절망적인 나날 나는 점점 발길이 뜸해지는 곳 문턱에서 웅숭그린 채 누군가를, 혹은 무언가를 기다렸다. 그러나 기약 없는 기다림에 서서히 지쳤고, 길이 없는 이곳까지 수고로움을 감수하며 올 무언가는 없다는 것을 깨달았다. 나는 마침내 지름길을 닦기 시작했다. 당신이 그 어떠한 곳도 거치지 않고, 모스크바의 내게 오는 길이야말로 갇혀있는 내가 당신에게 가는 온전한 길이었다. 그리하여 구태여 높다랗게 쌓인 눈더미를 푹푹 밟아 내가 가고자 하는 곳에 도달하기 위한 발걸음을 뗐다. 자박자박 눈 밟는 소리에 온 마음을 기울이며어서 이곳에 쌓인 얼룩진 눈이 모두 녹아 대지를 흠뻑 적셔 청명한 여름날의 자양분이 되기를 기도하는 마음으로 걷기 시작했다. 그렇게 하여 만들어진 지름길은 절망적인 러시아에서 품은 희망의 발로였다.

이 글들은 종이 위에 그려진 모스크바로 오는 지름길인 동시에 희망으로 향하는 첫길이다.

II. 여덟 통의 편지

필리공원에서 라프 한잔할까요
_목요일의 글벗에게

앞으로 당신께 띄울 여덟 통의 편지가 훗날 우리 여행의 계획표가 될지도 모른다고 생각하니 떨리네요. 무슨 요일부터 시작할지 어떤 숫자가 적힐지 어느 계절에 당신이 제가 있는 이곳 모스크바에 오실지 아무것도 정해진 것이 없지만, 저는 당신과 함께할 모스크바 여행을 당장 도래할 나날처럼 그려보아요. 그게 지금 여기에 있는 저로서 손닿을 수 없는 거리에 있는 당신을 초대하는 유일한 방법이니까요.

이렇게 편지를 쓰고 있는 것만으로도 아주 멀리 있는 당신이 당장 짐 가방을 싸서 제게 올 것만 같아요. 어쩌면 우리의 편지에 요일은 큰 의미가 없다고 당신은 생각하실 수도 있어요. 하지만 제게는 정말이지 당신이 이곳에 온다는 상상이 지금 그 무엇보다도 가장 절실하고 현실적으로 느껴져요. 그러한 까닭에 당신이 온 날부터 펼쳐질 하루하루를 저는 단 하루도 허투루 보낼 수 없지요. 그뿐만 아니라 띄엄띄엄 요일을 건너 여행할 수도 없기에 고안한 것이 바로 일주일의 여행 계획표예요. 제가 실제로 여행을 다닐 때처럼 종이에 표를 그리고 칸을 나누어 나만의 달력 한 뼘을 만들어 보았어요. 더 짧은 여정이 될 수도 있고 혹은 그 반대일 수도 있지만, 적어도 당신과 이곳에서 일주일 만큼은 보내고 싶어요. 어떠한 기간을 나타내는 단위 중 일 년과 한 달은 불가능해도 일주일만큼은 왠지 가능해 보이니까요.

　당신이 모스크바에 있는 내게 와준다면, 나는 당신에게 어떠한 이레를 선물할 수 있을까요. 당신이 한국에서 그려본 것과는 다르고 낯설겠지만, 러시아의 매력적인 얼굴을 무지개 빛깔만큼 보여주고 싶은 게 제 바람이에요. 당신이 생각하는 러시아와 저의 러시아는 많은 차이가 있을 것이 분명하거든요. 저 역시 이곳에 대한 막연한 상상과 선입견이 있었어요. 그러나 러시아에 와서 직접 살아보니 적지 않은 부분이 상상과 달랐고, 예상치 못했던 상황이나 문화에서 유쾌하거나 감동하였던 순간도 종종 있었지요. 당신도 그러하길 바라요. 짧은 여행에 다 담길 수는 없겠지만, 이곳에 사는 사람들의 평범한 일상을 당신이 읽고 가면 좋겠어요.

　왠지 당신과는 목요일에 여행을 시작하고 싶어요. 우리의 인터넷을 통한 만남이 매주 목요일이었으니까, 라고 말하기에는 너무 밋밋해요. 있잖아요. 저는 목요일을 참 좋아해요. 주말을 하루 앞둔 금요일마저도 통째로 주말로 묶으면 목요일부터 설렘을 느낄 수 있잖아요. 그렇지만 엄연히 주중이기에 들뜬 기분이 표나지 않아서 더욱 좋아요. 가끔 어떤 곳은 금요일 오후부터 주말로 간주하여 평일보

다 높은 요금을 받거나 사람들이 몰리기 마련이잖아요. 하지만 목요일은 아니에요. 분명 월요일과 화요일, 그리고 수요일보다는 가볍지만 들썩거리지는 않는 적당한 무게감이 매력이에요.

좋아요. 이제 새하얀 종이 위에 그려놓은 한 줄의 달력 안에 목요일부터 차례대로 글씨를 써요. 그리고 그 밑에 '필리공원'이라고 적을 거예요. 맞아요, 저는 목요일에 저의 아지트 필리공원으로 당신을 데리고 갈 거랍니다. 이동 수단은 제 승용차예요. 이왕이면 가장 예쁜 모습의 필리가 당신을 기다리고 있기를 소망해요. 당신이 저를 당신의 아지트에서 맞이할 때도 그런 마음이었을까요. 내가 사랑하는 그곳을 나의 글벗도 첫눈에 반했으면 좋겠다는 욕심 같은 것 말이죠.

필리공원은 모스크바 서쪽에 자리한 공원이에요. 면적이 260헥타르에 달하는 매우 커다란 공원인데 사실 저도 이 공원을 전부 다 둘러보지는 못했어요. 저는 늘 제가 자주 가는 공원 입구로 들어가 조금만 걸으면 바로 보이는 나리쉬킨 연못의 나무 데크로 당신을 데리고 갈 참이에요. 아아, 당신은 그곳의 자애로운 경치에 함박웃음을 지을 게 분명해요. 스마트폰으로는 온전히 다 담기지 못하는 한 폭의 풍경화를 최대한 멋진 구도로 담아내고자 당신은 부단히 노력할 테지요. 그러면 저는 당신에게 혼자만의 시간을 잠시 드린 후 연못을 마주하고 반대편에 자리한 카페에 잠시 다녀올게요. 그곳에서 당신과 함께 마실 따뜻한 라프 두 잔을 주문해야 하거든요.

라프는 러시아에서만 맛볼 수 있는 달콤한 커피예요. 제 생애 첫 라프도 다름 아닌 이곳, 필리에서였지요. 저도 당신과 마찬가지로 그날 친구의 차를 타고 처음 필리에 왔고, 수줍은 첫 만남을 하고 있을 때 친구가 따뜻한 라프를 사와 저의 언 손을 녹여주었죠. 그래서일까 라프를 마시면 필리 생각이 나고, 필리에 오면 꼭 라프를 마시는 게 습관이 되었어요. 도대체 라프가 무엇이냐고요. 라프가 만들어지는 데에 조금 시간이 걸리니 그동안 라프 이야기를 해드릴게요. 라프는 향취와 맛으로 제 입맛을 사로잡았고, 그에 얽힌 이야기로는 제 마음마저 사로잡았거든요.

구십 년대 말, 모스크바 지하철역 중 하나인 쿠즈네츠키 모스트역 근처에 미국인이 <Coffee Bean>이라는 커피숍을 열었어요. 그곳에서 세 명의 바리스타가 커피를 만들었다지요. 수십 종류의 커피 원두와 에스프레소 메이커를 보유한 커피빈은 당시로써는 굉장히 혁신적인 카페였을 것 같아요. 그 커피숍에는 라파엘이라는 단골손님이 있었어요. 모스크바에서 독특한 커피를 맛보고 싶던 라파엘은 자신의 단골 카페에 이전에 없던 새로운 커피를 만들어 달라고 했어요. 세 바리스타는 단골손님의 요청을 흔쾌히 받아들여 '라파엘을 위한' 커피를 만들기 위해 많은 실험을 했고, 고군분투 끝에 탄생한 커피가 바로 잠시 후 당신이 맛볼 라프랍니다. 이 커피를 맛본 라파엘은 매우 흡족해하였고, 이후 카페에는 '라파엘과 같은 커피'를 주문하는 손님들이 많아졌다고 해요. 그래서 메뉴에도 없던 참신한 커피는 라파엘의 이름에서 유래하여 '라프'라는 이름을 갖게 되었어요. 이는 점차 러시아 전역으로 퍼져 나가 오늘날 러시아 카페 어디서나 쉽게 맛볼 수 있는 대중적이며 대표적인 커피로 거듭났지요. 참 대단하지 않나요. 라프가 손님의 기호를 존중하려는 바리스타의 마음과 노력에서 탄생한 사실이 말이지요. 시쳇말로 취향 저격을 위해 쏘아 올린 무수한 총성 덕분에 저처럼 쓴 커피는 입에도 못대는 어린이 입맛도 당당하게 카페에서 주문할 수 있는 커피가 하나 생겼지 뭐예요. 게다가 아직도 라프의 창작열은 식지 않은 덕에 여러 종류의 라프를 맛볼 수 있어요. 라벤더나 시나몬, 시트러스, 메이플과 소금 카라멜 등 다소 무난한 라프의 변형부터 깨와 꿀로 만든 튀르키예 전통 과자인 할바나 분홍 후추를 가미한 독특하고 도전적인 라프 등 끊임없이 새로운 라프가 만들어지고 있어요. 저는 이 중에서 치커리 라프를 가장 좋아해요. 치커리 라프는 특유의 구수하고 담백한 향에 부드러운 거품과 쌀쌀맞은 커피 향이 섞여 매혹적이에요. 하지만 아쉽게도 그 라프는 필리공원에는 없고 앞서 말한 세 명의 바리스타가 거처를 옮긴 <Coffeemania>에서 맛볼 수 있어요. 우리의 이레 중 혹시 이 카페 앞을 지나게 된다면 치커리 라프도 한 잔 꼭 사드릴게요.

 구수하고 달콤한 냄새가 퍼지는 것을 보니 이제 라프가 다 되었나 봐요. 라프에 대한 설명을 하나만 더 덧붙이자면 라프는 에스프레소 샷 하나에 우유 대신 바닐라 설탕과 크림을 동시에 넣고 스팀 히터로 휘핑하기 때문에 라떼보다 더욱 달달하고 부드러운 것이래요. 저는 취향이 확고한 사람이었어요. 그러나 러시아에서는 제가 한국에서 즐겨 마시던 음료를 마실 수 없어서 늘 카페에 가면 메뉴판 앞에서 한참을 고심하게 되었지요. 어느 하나 마음에 쏙 드는 음료를 찾을 수 없었거든요. 그러한 까닭에 어느 카페에 가든 당당하게 아메리카노를 마시는 친구들을 볼 때면 아직 나만 성인이 되지 못한 기분마저 들었죠. 그랬던 제게 라프라는 선택권이 생기자 취향을 존중받는 기분이 들었다고 한다면 당신은 뭘 그렇게까지 생각하느냐고 통박을 주실는지요.

사실 저도 한국에 제 단골 카페가 하나 있어요. 라파엘의 단골 카페와 아주 흡사하게 제 단골 카페도 지하철역 근처에 있지요. 그 카페는 러시아에 사는 제가 한국을 떠올릴 때면 친정집 이외의 공간 중 변치 않는 모습으로 저를 맞아주는 유일한 곳이라 여길 정도로 제게 특별한 곳이에요. 그 카페를 처음 갔던 날은 제 생애 처음으로 장편소설을 쓰던 위대한 여름날이었지요. 남들에게는 대학을 졸업하고 방구석을 긁고 있는 초라한 백수에 불과한 나날이었고요. 전면이 통유리로 된 그 카페에 노트북을 들고 가 가장 후미진 곳에 앉았어요. 주인장이 건넨 작은 책 타입의 메뉴판 안에는 오십여 종이 넘는 차와 다양한 나라의 원두로 만든 커피가 적혀 있었어요. 저는 그중에서 '이탈리아 오르조엘 캐러멜과 꿀, 우유를 섞어 만든 달달한 여운'이라고 설명된 미엘레떼를 시켰어요. 이 맛은 또 어떻게 설명해야 할까요. 사실, 저는 미엘레떼의 꿀을 의미하는 '미엘'을 한동안 천사 '미카엘'로 착각했었어요. 그래서 이건 천사들이 마시는 음료라서 이름이 이런 것이라고 수긍한 적이 있지요. 그러고 보니 저는 한국에서도 제 마음대로 글자를 왜곡해서 읽는 경향이 있었군요. 아무튼 그 이후로 저는 십여 년이 넘는 세월 동안 그 메뉴 책에 적힌 수많은 음료에 눈길 한 번 주지 않고 오직 미엘레떼만을 마시지요. 저는 그곳에서 치기 어린 첫 장편소설을 썼고, 러시아로 떠나기 전 칠십여 명의 친구를 그곳으로 불러 청첩장을 돌렸어요. 그리고는 또다시 그곳에서 그들에게 임신 축하 선물을 한 아름 받았고, 매년 한국에 갈 적마다 그곳에서 친구들을 만나 제 등에 업고 온 소소한 러시아 이모저모를 나누곤 해요. 카페 주인장은 그렇게 그곳에서 변함없이 제게 미엘레떼를 내주며 여대생에서 여행기자로, 신부로, 임산부로, 두 아이의 엄마로 성장하는 것을 지켜보았지요. 십 년이 넘는 세월 동안 단 한 번도 다른 것을 시켜 먹은 적 없는 지독한 단골손님인 저와 모든 것이 빠르게 급변하는 한국에서 인테리어 하나 손보지 않고 명성을 이어가며 변치 않는 맛의 차를 끓여내는 그는 이제 사장과 손님을 넘어 친구와 같은 마음이지요. 미엘레떼 또한 제게 단순한 음료를 넘어 나의 특별한 시절, 내 마음을 달콤하게 만들어주었던 향과 맛, 추억으로 기억되어요. 그리고 그러한 음료를 러시아에서도 찾아낸 것이지요. 라파엘과 더불어 제게 필리를 소개해준 친구 덕분에 말이지요.

그러고 보니 당신과 필리를 방문할 때 우리의 계절이 이왕이면 초여름이나 완연한 가을이면 좋겠어요. 포근하고 달콤한 라프의 거품이 당신의 입술에 닿을 때 감촉이 따뜻하다고 느껴질 수 있게 말이지요. 라프를 기다리는 동안 저는 연못 반대편에 있는 아주 작은 당신을 바라볼 테죠. 당신이 나의 필리에 와 있는 모습이 저 또한 신기해서 그곳에 서 있는 당신을 마음에 담으려고 애쓸 거예요. 드디어 라프 두 잔이 나왔어요. 이 카페의 종이컵에 인쇄된 그림을 보는 것은 또 다른 재미예요. 자주는 아니지만 이따금 그림이 바뀌거든요. 다 마신 종이컵을 집으로 고이 가져가 물로 헹구어 컵을 모으는 재미가 쏠쏠해요. 눈치 채셨을지 모르지만 저는 둘째가라면 서러운 예쁜 쓰레기 수집가이거든요. 당신에게는 한 번뿐인 필리공원에서의 라프가 어떤 그림의 컵에 담길지 자못 궁금하네요. 이왕이면 요란하지 않고 담백한 그림이었으면 좋겠는데 말이죠.

  라프가 나왔으니 저는 얼른 당신에게로 걸어가 당신의 양손에 라프를 넘기고 가장 좋은 자리의 데크를 골라 돗자리를 펼 거랍니다. 열 개의 데크 중 가장 좋은 자리라 하면, 머리 위로 나뭇가지가 우거지지 않은 자리예요. 높다란 자작나무 바로 옆이 운치 있고 좋을 것 같으나 틀렸어요. 왜냐하면 전 운이 좋게 단 한 번도 맞은 적 없지만, 매번 동행했던 이들이 새똥 맞는 것을 목도했거든요. 정말 끔찍한 참사였죠. 에구, 그렇다고 겁먹지 마세요. 저는 분명 당신을 위해 고개를 들면 하늘이 보이는 곳에 빨간색 체크무늬 돗자리를 깔 테니 말이죠. 고이 벗은 당신의 신과 열이 후끈 남아 있는 제 신발을 가지런히 정리하고 돗자리에 올라 저는 이곳에서 보내온 시간 중 한 도막을 떼어 당신에게 얘기할 거예요.

필리는 저의 아지트에요. 한국을 다녀오면 제일 먼저 찾는 곳이 바로 이곳이지요. 어디선가 들었던 말인데요. 예술가에게는 꼭 창의성을 불러일으키는 자신만의 아지트가 있어야 한대요. 저는 비록 예술가는 아니지만, 예술을 흠모하는 사람으로서 이곳에서 영감이라 칭할 수 있는 고귀한 감정을 몇 번 느꼈어요. 또 마음이 힘든 날이면 훌쩍 이곳에 와서 바람에 살랑이는 저 동그란 나무들을 바라보는 것만으로도 큰 위로를 얻었지요. 코로나가 우리 집에 무례하게 예고도 없이 찾아왔던 가을이었어요. 참 혹독하고 외로웠던 시간이었죠. 코로나가 처음 우리 사회에 침범했던 시기에는 특히나 더 그랬잖아요. 가장 가깝고 소중한 가족을 감염시킬지 모른다는 두려움과 죄책감이 병 자체의 증상만큼이나 고통스러운 전염병으로 치부되던 시절 말이에요. 격리 해제일 저는 이곳으로 당장 차를 몰았어요. 그날 저는 바로 이 자리에 앉아 잔잔한 풍경을 바라보며 속 시끄러웠던 이 주일의 시간을 방망이질 쳤어요. 토닥토닥, 쭈그러졌던 마음도 펴지는 기분이었지요. 그렇게 저는 이곳에서 많은 시간을 혼자, 혹은 친구와 울고 웃으며 이 연못처럼 제 마음을 고요하게 만드는 시간을 보냈어요.

나리쉬킨 연못은 러시아 각지에서 모인 나무들로 둘러싸여 있어요. 시베리아 전나무와 극동 지역의 만주산 호두나무, 북미 지역의 붉은 참나무 등 각기 다른 태생의 나무들이 한 데 모여 연못을 에워싼 모습이 장관이에요. 글벗님, 저기 머리가 동그란 모양의 나무가 보이시나요. 저는 저 나무를 '브로콜리 나무'라고 이름 지었어요. 우리의 빨강머리 앤은 자신의 다락방 창 밖에 있는 벚나무에는 '눈의 여왕', 부엌 창턱에 놓인 제라늄에는 '포니'라는 근사한 별명을 지어 주잖아요. 하지만 저는 그만한 재능이 없다는 걸 브로콜리 나무를 부를 때면 항상 느껴요. 혹시 모를 일이네요. 제가 해내지 못한 것을 글벗님이 툭 던져 센스 있는 이름으로 바꿔줄지도요. 그렇지만 정말 브로콜리 닮지 않았나요.

  글벗님, 이곳에 가는 날 저는 당신에게 시집 한 권을 챙기라고 미리 당부해야겠어요. 그리고 수줍지만 서로 마음에 드는 시를 낭독하고 싶어요. 저는 이곳에서 이따금 친한 친구들에게 제 글을 읽어 주고는 해요. 그럴 때면 친구들은 곧추세운 무릎 앞에 깍지를 끼거나 양반다리를 한 채 브로콜리 나무와 연못 위의 오리들을 바라보며 경청해요. 제가 글을 다 읽고 나면 우리는 방금 읽은 글 속의 어딘가로 함께 빠져들어 이야기를 나눠요. 처음에는 누군가의 앞에서 제가 쓴 글을 소리 내 읽는 게 영 어색했어요. 그러나 다른 데크에 있는 러시아인은 알아듣지 못하고, 오직 저와 제 친구만이 그 이야기를 나눌 수 있는 상황이 앙큼하고 재미있더군요. 그리고 제 글에 귀 기울이느라 숨소리조차 죽이고 경청하는 친구들을 힐끔힐끔 곁눈질하는 것도 제게는 큰 기쁨이었어요. 마치 문학소녀 시절 챙겨 다니던 작가 낭독회의 존경하는 작가가 된 기분이었거든요. 그러나 가끔은 저도 친한 이가 읽어주는 글을 듣고 싶다는 충동을 느꼈어요. 이왕이면 퐁당퐁당 물 위를 건너는 만질만질한 조약돌과 같은 시를 친구가 읽어 주었으면 좋겠다고 말이죠. 그렇게 당신과 빨간색 체크 돗자리

에 편하게 앉아 글을 나누는 시간을 갖고 싶어요. 앤을 위해 매슈가 예쁜 포장지에 쌓인 보석 같은 초콜릿을 사잖아요. 저 또한 저의 다이애나를 위해 그러한 초콜릿을 준비해 갈게요. 마음을 나눈 친구와 숲으로 떠나는 피크닉은 유년시절부터 마음속 깊이 간직해온 낭만 여행의 한 장면이니까요.

　제가 차에 있는 무릎담요를 돗자리와 함께 챙기겠지만, 따뜻한 라프도 다 마시고 글도 나누면 우리는 조금 춥고 허기질 게 분명해요. 그건 여름에도 예외 없어요. 그러면 저는 돗자리를 돌돌 말아 어깨에 메고 당신과 연못을 끼고 돌아 카페와 이웃한 레스토랑 우사지바에 들어갈 거예요. 공원 초입에 있는 그저 그렇고 그런 레스토랑일 것으로 생각하면 오산이에요. 아니다, 그렇게 생각하는 편이 더 좋을지도 몰라요. 그러면 음식이 나오고 첫입을 떼는 순간 당신은 더욱 놀랄 테니까요. 레스토랑은 실내 홀과 실외 테라스가 있어요. 테이블 사이사이 굵직한 나무가 비죽비죽 솟아있는 야외 테라스에 자리 잡는 게 좋을 거예요. 왜냐하면 홀에 연못이 내다보이는 창가 자리는 늘 예약석 푯말이 올라와 있어 앉을 수 없거든요. 알아요, 그래도 호기심 가득한 당신은 홀 내부가 궁금할 테죠. 홀은 화장실을 이용할 때 슬쩍 봐보세요. 그러면 밖에서 먹길 잘했구나 싶을 거랍니다. 야외 테라스는 겨울에는 테이블 중간마다 난로가 설치되어 있어 따뜻하고, 여름날에는 그늘진 곳이기에 그리 덥지 않거든요.

우사지바의 요리는 계절에 따라 옷을 갈아입는 서너 개의 계절 메뉴가 있어요. 예를 들어 봄에는 버섯이나 시금치 요리가, 가을에는 호박과 사과 요리 등이 작은 계절 메뉴판에 별도로 표시돼요. 저는 당신과 함께할 계절에만 누릴 수 있는 별미 하나와 함께 메인 메뉴판에서 호기롭게 양고기 샤슬릭을 시킬 거랍니다. 샤슬릭이란 소나 돼지, 닭, 양고기 등을 긴 쇠꼬챙이에 끼워 숯불에 구운 요리로, 러시아를 비롯한 중앙아시아의 대표적인 전통음식이에요. 혹시 양고기를 싫어하실까요? 양고기에 대한 선입견이 없다면 좋고, 만약 싫어하신다 해도 저는 강권할 겁니다. 양 특유의 잡내가 전혀 나지 않을 정도로 주방장의 숯 다루는 솜씨가 일품이거든요. 구운 채소와 감자튀김을 곁들이고, 향 좋은 차나 레모네이드 혹은 맥주 한 잔도 좋겠어요. 아쉽지만 저는 운전을 해야 하니 정직하고 조신하게 먹도록 할게요. 음식이 나오면 저는 휴지를 한 장 뽑아 양고기 뼈에 돌돌 말아 당신에게 내밀 거예요. 마치 좋아하는 소녀에게 탐스러운 장미

한 송이를 건네는 청년처럼 당신이 그것을 한입 베어 물고 어떤 표정을 지을지 설레는 마음으로 말이죠. 당신이 맛있어요, 라는 말을 뱉으면 그제야 저도 기분 좋게 식사를 시작할 수 있겠죠. 설령 여태까지 그런 불상사는 단 한 번도 없었지만, 만약 양고기 샤슬릭이 당신 입맛에 맞지 않는다면 저는 재빨리 다른 메뉴를 주문할 심산이에요. 그럼 이미 시킨 양고기는 어찌하느냐고요? 걱정하지 마세요. 제가 기꺼이 다 먹을 수 있어요. 한국에서는 치킨을 사랑하는 이들이 '일인 일닭'한다고들 하지요. 저와 제 친구들은 늘 '일인 일양' 한답니다.

배를 든든히 채웠다면 필리를 함께 산책하고 싶어요. 그 전에 꼭, 레스토랑 화장실을 이용하시라고 말씀드려요. 공원 내 화장실이 많지 않을뿐더러 러시아 공중화장실은 단 일주일 만에 적응되는 그런 호락호락한 곳이 아니거든요. 저는 될 수 있는 대로 모스크바의 좋은 것만 당신께 보여 드리고 싶으니 그렇게 해줘요. 자, 그럼 우리 같이 걸을까요. 필리공원 나무에는 이따금 그림이 그려져 있어요. 빗자루를 탄 마녀 배달부 키키라든가 커피를 마시는 고양이 같은 귀여운 그림을 이름 모를 화가들이 나무를 도화지 삼아 그려 놓았어요. 저는 아직 몇 개 못 찾았지만, 마치 보물찾기하듯 제 마음속 필리 지도에 그림의 위치를 표시해 놓았어요. 만약 함께 새로운 그림을 찾는다면 더 즐거울 것 같네요. 그러면 저는 그 그림이 그려진 나무 앞을 지날 때마다 우리의 목요일을 떠올릴 수 있으니까요.

오래도록 걸어요, 이날 우리. 길을 잘못 들었다고 여길 필요도 없이 공원의 모든 곳이 길이예요. 필리는 그런 곳이거든요. 정답도 없고, 오답도 없는 곳이라 그냥 계속 걷다 보면 방향을 알게 되고 잘 닦인 길이 나와요. 혹시 강가를 걷고 싶다면 얘기해요. 필리에는 선착장이 있어요. 레스토랑 너머로 나무 계단을 제법 깊이 내려가면 모스크바강을 만날 수 있지요. 유유히 흐르는 강가를 따라 걷는 것도 좋은 산책 코스 중 하나예요. 그러다가 다시 숲처럼 나무가 빽빽한 공원으로 올라가고프면 다시금 나무 계단을 오르면 돼요. 처음 우리가 시작한 곳에서 꽤 멀리 걸어왔을지 모르겠어요. 그래도 방향을 잡고 처음 들어왔던 입구 쪽으로 향하며 걷는 길은 결코 심심하지도 어렵지도 않을 거예요. 강가에서 공원으로 이어진 그 통나무 계단 이외에 필리공원은 경사가 험준하지 않고, 군데군데 벤치가 많아 우리가 원한다면 이따금 앉아 노래 한 곡 함께 들을 수도 있거든요. 필리에서의 산책 코스만큼은 계획하지 않는 게 좋겠어요. 강가가 내려다보이는 곳에도 편안한 데크가 있어 그곳에서도 한 번 더 돗자리를 펼 수도 있고, 그림 보물찾기에 열중한다면 계속 나무를 마주할 수도 있어요. 그도 아니면 자물쇠를 거는 청동 나무 앞에 한참을 서서 그것을 구경할 지도 모를 일이니까요. 하지만 단 하나, 차로 돌아가기 전 다시 한 번 저는 당신에게 나리쉬킨 연못을 보고 가겠느냐 물을 생각이에요. 왠지 같은 날이지만 몇 시간 전 처음 봤을 때와 하루를 옴팡지게 보낸 후 필리와 작별할 때의 얼굴은 다를 것 같아서요. 저는 당신이 자신의 마음에 필리를 새기는 시간을 충분히 두고 기다릴 거예요.

공원 이름의 유래는 모르겠어요. 사전에서 찾아보니 필은 친구, 호의를 가진 사람이란 뜻이 있더군요. 러시아어를 못하니까 좋은 점이 무엇인 줄 아시나요. 바로 사물이나 장소, 심지어 사람의 이름까지도 제멋대로 상상하고 지어낼 수 있는 여지가 충분한 것이지요. 필리는 제게 친구 같은 아지트예요. 초보운전인 제가 가장 먼저 내비게이션 책갈피에 꽂아둔 곳이 바로 이곳이죠. 우리가 함께할 목요일은 마치 제 아늑한 친구에게 선량한 친구를 소개해주는 소개팅날 같기도 하네요. 분명 필리와 당신, 두 친구도 서로에게 좋은 친구가 될 거로 의심하지 않아요. 제게 늘 호의를 가진 당신과 이곳에서 모스크바의 첫째 날을 보낼 생각을 하니 다시 한 번 벅차오르네요. 모든 것이 엎어지고 끝났다고 생각하는 순간을 새로운 시작점으로 만들어준 당신이 있어 일어설 수 있었어요. 아무도 관심을 두지 않는 자갈밭에서 까무잡잡하고 고집 센 돌 하나를 주워 되작거리며 원석이 틀림없다고 독려해주던 당신의 말씨와 마음씨에 힘입었던 날들이 많아요, 이곳에서.

당신과의 첫째 날을 계획하고 보니 문득 이런 예감이 드네요. 당신과 보낼 일주일이 제게도 참 값진 여행이 되겠다는 기분 좋은 확신 말이에요. 달리 표현하자면 일상이었던 러시아가 글벗 덕분에 여행지로 탈바꿈하는 마법에 저도 걸리고 마는 것이죠. 마치 게임에서 한판을 정복하면 지도에 불이 켜지고 다음 판으로 주인공이 이동하는 모습처럼요. 이레 동안 우리 함께 제가 그려놓은 깜깜한 지도 위를 걸으며 하나씩 무지갯빛 등불을 밝히기로 해요.
 저는 이제 금요일을 준비할게요. 잘 있어요.

추신 _
좋아하는 시가 수록된 시집 한 권을 가져와 주실 수 있나요. 그리고 혹시
가능하다면 당신의 아지트를 찍은 사진도 한 장 부탁해요. 너무 작지 않게
4×6이나 혹은 5×7 크기로 인화해 오신다면 금상첨화일 것 같아요. 대신
저도 마찬가지로 제가 가장 사랑하는 계절의 필리 사진과 시집을 준비할
게요. 좋아하는 시를 낭송한 다음에 각자의 아지트 사진에 방금 전 낭송한
시를 필사하는 거 어때요. 이 세상에 단 하나뿐인 우리만의 사진엽서가 될
것 같지 않나요. 나는 당신이 사랑하는 시가 적힌 당신의 공간을 보며 떠올
릴게요. 그리고 길이 잘 들어 발이 편한 신발을 골라두세요. 우리의 훌륭한
목요일을 위해서 말이죠.

2022. 9. 8. 모스크바에서
당신의 글벗으로부터

도심 속 동상들의 삶에 흠뻑 취해 볼까요
_금요일의 글벗에게

  당신은 국외여행을 할 때면 시차 적응을 잘하는 편인가요. 그렇다 할지라도 아마 당신은 새벽 네다섯 시쯤 자신도 모르게 눈을 뜨고 말 거예요. 시간을 확인하고는 조금 더 눈을 붙이려 애쓸 테지만, 점점 더 선명해지는 천장의 샹들리에를 올려 보다가 기어이 침대에서 일어날 당신을 그려봅니다. 샹들리에라고 하니 매우 권위 있는 귀족의 저택이 머릿속에 그려지나요? 저도 이 단어를 우리 집에 쓰기가 매우 민망하지만, 정말 그 단어 말고는 저 조명을 설명할 다른 단어가 없더군요. 러시아 집은 대체로 한국보다 천장이 높은 까닭 때문인지 무당벌레처럼 천장에 딱 달라붙은 우리네 조명과는 달라요. 아름다운 여인의 귀걸이처럼 길게 늘어지거나 우산처럼 둥글게 펼쳐졌거나 혹은 아폴론의 머리에 사뿐히 얹어진 월계수 화관처럼 작은 조명들이 서로 좋아 회오리치는 모습이기도 해요. 그도 아니면 스테인드글라스처럼 예쁜 색색의 유리 갓을 쓴 조명도 있지요. 저희 집 조명은 열여섯 개의 탐스러운 알 조명이 주렁주렁 매달려 포도송이를 연상케 하지요. 당신은 쉽게 다시 잠들지 못하고 기어이 그 포도송이 샹들리에를 환히 밝히고는 무언가를 끼적이거나 혹은 전날 함께 읽은 시집을 다시 펼칠 게 분명해요. 서울과 모스크바의 시차는 여섯 시간이에요. 식사 시간으로 따지면 딱 한 끼의 시간만큼 서울보다 모스크바가 늦답니다. 당신은 아침잠이 많을까요. 설령 당신이

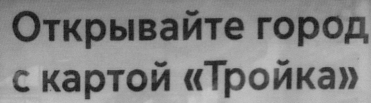

Открывайте город
с картой «Тройка»

트로이카 카드와 함께 도시의 베일을 열어젖혀요

ТРОЙКА

Подробнее о карте вТройкая на сайте transport.mos.ru

Одно решение –
много
возможностей

트로이카에 올라타는 한 번의 결심이 무수한 가능성을 열어줄 것이에요

  Московский
транспорт

+7 495 539 54 54
3210 с мобильного

ул. 1905 года, д. 25
ул. Ст. Басманная, д. 20, корп. 1

transport.mos.ru
vk.com/transportmos

잠꾸러기일지라도 장담해요. 당신은 분명 일찍 일어나 혼자만의 새벽 시간을 조금 보낼 거예요. 그러면 저는 이른 아침 진작 말똥말똥해진 당신에게 일찍 집을 나서서 근사한 금요일을 맞이하자고 말할 거예요. 오늘은 지하철을 타고 가요.

 집에서 전철역까지는 걸어서 십오 분 정도 걸려요. 대로를 끼고 걸으면 저희 동네의 상점을 한눈에 볼 수 있어요. 그러나 그건 동네를 산책하는 날로 미뤄 두기로 하고, 금요일에는 작은 놀이터가 옹기종기 모여 있는 주택가를 가로지르는 지름길로 가요. 전철역에 도착하면 저는 백마 세 마리가 힘차게 달려나가는 모습이 그려진 파란색 교통카드를 당신에게 내밀 거예요. 트로이카는 러시아어로 '3의'를 의미하는데 세 마리의 말이 끄는 러시아 마차를 뜻하기도 해요. 목에 방울을 맨 세 마리의 말이 겨울이면 마차 대신 썰매를 끄는 모습은 옛 러시아 회화나 소설에서 자주 등장하지요. 러시아 교통카드 이름을 바로 이 트로이카에 붙이다니 참 러시아다운 발상이죠. 이들은 문학적 비유와 상징을 유머러스하게 섞어내는 데 탁월한 재주가 있는 게 분명해요. 그럼 저와 함께 현대판 마차에 올라타 도시의 베일을 열어젖혀 볼까요, 이랴이랴!

 전철을 타고 바리카드나야역에서 내려 큰 대로를 지하도로 관통한 뒤 뽀바르스카야거리로 들어가면 금세 우리는 그곳을 마주할 수 있어요. 러시아어로 뽀바르는 요리사를 뜻해요. 아마도 옛날 이 거리에는 요리사들이 많이 살았던 것 같아요. 이쯤 되면 당신은 배가 많이 고플까요. 아니, 배고프면 당신은 신경질적으로 변하고 말까요. 제게 조금의 아량을 베풀 수 있다면 우리 레스토랑에 들어가기 전에 딱 하나만 잠깐 보고 갈 수 있나요. 저를 따라와 보세요. 바로 저기예요. 보이시나요? 저 동상의 이름은 세르게이 미할코프랍니다. 동상 주위를 한 바퀴 빙 둘러보면 동상의 벤치 밑에 떨어져 있는 곰 인형과 장난감 자동차 등 아이들의 장난감 조형물도 눈에 들어올 거예요. 프록코트를 입고 한쪽 다리를 꼰 채 벤치에 앉은 형상을 한 동상의 얼굴은 어찌 된 영문인지 수심이 가득 차 있어요. 볼에 괸 손에는 벗어든 안경을, 다른 한 손에는 긴 지팡이를 쥐고 있는 동상의 실재 인물은 어떤 위인일까 궁금하지 않나요. 그 찰나에 글벗님은 스스로 또 다른 무언가를 찾아낼지 자못 궁금해지네요. 설령 당신이 그 무언가를 찾지 못한다면 너무 배가 고파서 그런 거라 생각하고 저는 바로 정답을 말해줄래요. 하지만 저는 제가 '저기'라고 말하려는 순간 '어머!'하고 스스로 무언가를 발견한 당신이 그곳으로 향해 콩콩 뛰어가는 모습을 상상해요. 무릎을 쪼그리고 있는 당신의 앞에는 꽃다발을 양손으로 수줍게 들고 있는 키 작은 소녀 동상이 있겠죠. 양 갈래로 곱게 머리를 땋은 소녀는 예의 커다란 세르게이 미할코프에게 꽃다발을 바치고 있는 거죠. 이제 됐어요, 많이 배고프죠, 미안해요. 이 동상에 대한 얘기는 이제 맛있는 조찬을 앞에 두고 얘기할게요.

금요일에 제가 당신과 함께 아침을 맞이하고 싶은 레스토랑은 작가의 집입니다. 이름부터 설레지 않나요. 문을 열고 들어가면 먼저 겉옷을 맡기러 지하로 갈 거예요. 우리의 금요일이 여름이라면 상관 없겠지만, 외투를 입고 있는 계절이라면 지하에서 꼭 겉옷을 벗어야 해요. 추운 겨울이 긴 러시아에서는 가르데로프라는 의류보관소 문화가 있어요. 대형 쇼핑몰이라든가 미술관, 박물관, 극장이나 레스토랑, 병원과 학교 등 웬만한 곳에는 이러한 시설이 마련되어 있답니다. 이제 조금 가벼워진 옷차림으로 다시 올라가볼까요. 나무계단을 올라가며 당신은 혹여나 아는 얼굴이 없을까 수많은 러시아 작가들의 사진을 찬찬히 훑어보겠죠. 우리가 익히 아는 톨스토이나 푸쉬킨, 도스토옙스키 같은 저명한 작가들 말이죠. 아쉽게도 당신은 그중 단 한 명도 찾지 못한 채 계단의 마지막 단을 오를 거예요. 그러면 저는 당신 귀에 대고 속삭일 거예요.

"저기요. 저기 2차 세계대전 때 운명을 달리한 작가들의 이름이 적힌 석판 옆에 저 사진 보여요? 네, 색이 들어간 안경을 낀 남자 말이죠. 우리가 방금 보았던 동상의 사내예요. 세르게이 미할코프요."

웨이터가 우리를 어느 자리에 안내해줄지 모르겠어요. 복도를 중심으로 벽난로가 있는 오른쪽 홀도 당신은 마음에 들어 할 거예요. 고풍스러운 그림이 온 벽에 걸려 있을 뿐만 아니라, 방 한 편에는 거대한 벽난로도 자리하고, 곳곳에 벽돌처럼 두꺼운 책이 꽂힌 책꽂이가 서 있는 방이거든요. 박물관과 도서관을 섞어 놓은 것 같은 공간에 테이블이 있으니 기가 막히죠. 그래도 저는 이왕이면 복도 왼편의 홀로 당신을 안내하고 싶어요. 그곳의 문을 열 때 저는 기시감을 느꼈어요. 제가 전에도 말씀드린 적 있을까요? 제 인생 첫 영화이자

지금까지 가장 많이 보고 또 본 영화가 <타이타닉>이란 것을요. 딱 그곳의 문을 열었을 때 영화 속 연회홀이 떠올랐고, 저는 가진 게 젊음뿐이었던 3등실의 디카프리오 같았다고 말씀드리면 제가 얼마나 호들갑스러웠을지 상상이 되나요. 저 어마어마한 샹들리에! 그렇죠, 저것이야말로 정말 샹들리에라는 단어에 합당한 자태죠. 빨간 카펫이 깔린 나무 계단. 그랜드 피아노와 그리스 로마 시대 느낌이 나는 커다란 그림, 프랑스의 유명한 교회에 버금가는 스테인드글라스로 장식된 긴 창문. 분위기에 압도된 나머지 글벗님은 음식의 맛을 기억 못 하실 수 있어요. 그러나 음식들도 충분히 자신의 위상에 걸맞은 맛을 갖고 있어요. 그러지 않으려고 마음먹어도 어쩔 수 없이 자리에서 일어나 홀 내부를 두리번거릴 수밖에 없을 거예요. 하지만 걱정하지 마세요. 이곳 웨이터들에게는 손님들의 그러한 태도가 익숙한지 아무도 대수롭지 않게 여겨요. 오히려 친절하게 약간의 설명을 해줄지도 몰라요. 그리고 우리가 작가의 집을 찾은 그 이른 시간에는 우리 이외에는 손님이 아마 많지 않을 거예요. 저녁 식사는 가격이 너무 포악하여 저는 매번 조찬을 즐기러 왔는데 그때마다 홀에는 저와 친구 단둘뿐이었지요. 당신과 함께할 금요일 아침에도 그 황홀한 공간에 우리 둘뿐이었으면 좋겠어요.

에구머니나, 제 정신 좀 봐요, 미안해요. 너무 오래 기다렸어요. 세르게이 미할코프 말이에요. 이제 그이에 대해 설명할게요. 그는 1913년에 태어나 2009년에 별세한 소비에트 연방 및 러시아의 유명한 작가예요. 그는 시와 우화, 희곡 등 여러 장르의 문학 활동을 꾸준히 한 러시아 아동문학계의 대부에요. 그의 아들 니키타 미할코프는 영화 <시베리아의 이발사>를 만든 영화감독으로 널리 알려져 있죠. 그의 업적 중 특히 인상 깊은 것은 러시아 국가國歌의 작사를 한 사실이에요. 글벗님이 러시아 국가를 귀 기울여 들어보신 적이 과연 있으실까요. 아마도 없을 거로 생각해요. 이따 동상 앞에서 우리 함께 들어보는 건 어때요. 이왕이면 한국어 자막을 보면서 들으면 좋겠지요. 그의 유명한 아동문학 중 대표작은 <쟈쟈 스쬬빠>인데 우리나라에는 알려지지 않은 작품이에요. 책 제목을 번역하면 스쬬빠 아저씨라고 해요. 스쬬빠 아저씨는 신발 문수가 300이 넘는 키다리에요. 마을 사람들에게 위험한 일이 닥쳤을 때 나타나 그들을 구해주는 영웅같은 존재로 그 당시 이상적인 인간상을 구현하고 있어요.

  사실 저도 이 작가에 대해 전혀 알지 못했고, 그러므로 이 작품에 대해서도 당연히 몰랐어요. 그러나 이 레스토랑 앞에서 저 동상을 우연히 보았고, 동상에 적힌 이름을 기억해 두었지요. 러시아 검색 사이트를 통해 알게 된 그의 이력이 너무나 매력적이었어요. 그 후 서점에 갔더니 그렇게 여러 번을 가도 한 번도 눈에 들어오지 않던 그의 이름이 서점 입구 첫 번째 책장에 가장 넓게 배치된 게 아니겠어요? 저는 반갑고 놀란 마음에 당장 가서 그 책을 한 권 집어 들었지요. 그리고 다시금 작가의 집을 방문했더니 글쎄 이 레스토랑 곳곳에서 그를 만날 수 있었어요. 홀 한쪽에 멋진 자태를 뽐내는 그랜드 피아노 위에 좀 보시겠어요. 맞아요, 해군이 된 미할코프가 있죠, 복도에 있는 사진도 함께 볼까요. 1950년대 러시아 문단계를 이끌어 간 문인 사진에서도 이제 콧수염 사내가 눈에 들어오죠. 저는 이 경

험이 너무나 짜릿했어요.

　어린 시절부터 제 꿈은 줄곧 선생님이었어요. 그 꿈은 중학생이 되자 국어 선생님으로, 고등학생이 되면서는 문학 선생님 혹은 작문 선생님으로 점점 구체화하였지요. 수험생이었던 제가 여고생으로서의 마지막 봄날을 만끽한 백일장의 하루는 문학을 가르치는 사람에서 문학을 하는 사람으로 진로를 바꾸기에 충분했어요. 그 미묘한 방향 차이가 저를 교육자로 가는 길에서 국문학도의 길로 들어서게 하였죠. 저는 문학 중 소설을 가장 좋아하는데 전공수업에서 특히 현대문학을 좋아했어요. 국문학도가 되어서 좋았던 점 중 하나는 여고생 때 잘 접하지 못했던 일제 강점기 시절의 암흑기 문학과 전후 문학에 대한 다양한 작품을 공부할 수 있던 점이에요. 저는 그 시기의 문학에서 자꾸만 등장하는 소련과 극동이라는 장소에 눈길이 갔어요. 아마도 그때부터 제 마음 저변에 러시아가 고요히 흐르기 시작한 것 같아요. 유럽과 아시아 사이에 존재한 거대한 나라. 미국과 달리 우리의 역사에 아주 오래전부터 존재했던 이웃 나라, 아라사. 그렇지만 이웃이라 표현하기에는 베일에 싸인 도도하고 철벽같은 나라, 러시아. 그런데 갑자기 이 얘기를 왜 하느냐고요? 그게 다 저 러시아 문인의 단체 사진 때문이지요. 새로운 체제 속에서 유토피아를 실현하고자 펜으로 세상을 담아냈던 그들의 의연한 표정에서 대한민국 임시정부 요인要人이 떠오르기도 했고, 어두운 시대를 숭고하게 짊어지고 간 우리의 젊은 시인 얼굴 몇몇이 떠오르고 만 것이죠. 마치 잊고 살았던 인문학도로서의 저 자신이 제게 말을 걸어온 기분이에요. 여기 있는 다른 작가들의 작품과 삶이 혹시 궁금하지 않으냐고 말이죠. 작가란 무엇을 하는 사람인지 함께 고민해 보자고 말입니다. 저는 흑백사진 속 작가들이 액자 밖으로 튀어나와 저 멋있는 연회홀에서 함께 밤새도록 작품을 낭독하고 논하다가 취하고, 울다가 춤추며 노래하는 모습을 상상해 보았죠.

 제게 이곳은 참으로 특별한 곳이에요. 저를 이곳에 데려와 준 친구의 마음이 깃들어 있거든요. 제가 결혼식을 치르자마자 러시아에서 둥지를 튼 곳은 모스크바에서 남동쪽으로 30km 떨어져 있는 라멘스코예라는 작은 도시였어요. 한국인이라고는 남편의 회사 동료 분들 이외에는 눈을 씻고 찾아봐도 볼 수 없는 곳이었지요. 첫째를 낳아 그곳에서 키우며 블로그를 처음으로 하기 시작했어요. 눈처럼 하얗고 깨끗한 아이의 일상이 기록하지 않으면 모두 녹아 사라져 버릴 것만 같았지요. 그때 블로그에 <러시아에서 쓰는 왕복엽서>라고 이름을 붙였어요. 러시아어를 잘하지 못하는 내가 러시아에 살며 만나는 사람들과 사물, 공간 그리고 아직 어린 나의 아이에게 마음을 전달하고 싶었어요. 그때 쓰지 않으면 사라져 버릴 그에 대한 마음을 온전히 담고자 틈틈이 아이가 잠든 시간이면 일어나 글을 썼어요. 글벗님은 '왕복 엽서'가 무엇인지 혹시 아시나요? 우리가 흔히 알고 있는 엽서는 발신용 하나지만, 왕복 엽서에는 수신자가 쓰는 답신용이 함께 있어요. 제가 블로그에 글을 쓰는 행위만으로도 저는 이미 그들에게 회신을 받은 것처럼 위로가 되고 즐거웠어요. 그리고 저의 쌓여가는 엽서들을 읽어주는 익명의 독자들과 얼굴도 모르는 블로 그 이웃들로 하여금 댓글로 회신을 받는 기쁨이 커져 갔지요. 제게 이곳을 소개한 친구가 바로 제가 러시아에서 쓴 왕복 엽서의 첫 회신자였어요. 모스크바에 사는 한국인 독자는 생각도 못 했거든요. 한국에서 제 안부와 일상을 궁금해 하는 가족과 친구들에게만 알려줬던 블로그가 현재 저처럼 러시아에서 육아하는 어떤 이에게도 읽힐거란 생각을 미처 못 했던 것이지요. 그렇게 소통의 즐거움을 느꼈어요. 비로소 왕복엽서가 제 기능을 한 것이지요.

친구가 러시아에서의 생활을 정리할 즈음 우크라이나 전쟁이 터졌어요. 제가 오래도록 기다려온 자유의 봄을 코앞에 둔 시기이기도 하였고요. 코로나가 겹치는 바람에 세 살 터울의 아이들을 칠 년 동안 가정에서 보육한 저에게 2022년 봄은 자유부인이 시작되는 계절이었거든요. 모든 것이 혼란스럽고 하루하루가 불안했던 그 봄날 친구가 저를 이곳에 데려왔어요. 저를 작가라는 애칭으로 불러주던 친구는 제게 자유의 시간이 주어지면 제일 먼저 이곳에 데려오고 싶었다고 말했어요. 둘이 말쑥하게 옷을 차려입고 밖에서 식사하는 것은 처음이었던 날이었지요. 다른 것 모두 제쳐놓고 '작가'의 집이라는 이름에 레스토랑에 관해 더는 물을 것이 없었는데 상상했던 것보다 훨씬 더 좋아서 놀랐던 곳이었어요. 하지만 우리는 근사한 분위기와는 대비되는 우울한 이야기를 끌어안고 밥을 먹었지요. 귀임을 앞둔 친구가 이곳에서의 날들이 모두 부정당한 기분이 든다고 말했지요. 하필 마침표를 찍을 시기에 러시아가 이러한 몰골이 되어버려 돌아가야 할 친구의 온몸도 가시가 돋친 손으로 긁히는 것만 같았어요.

살랴핀 박물관 옆 표도르 살랴핀 동상

저는 그런 친구의 손을 꼭 잡고 말했어요.

"언니의 러시아도 나의 러시아도 부정당하지 않도록, 우리의 러시아가 다시금 긍정의 신호로 읽힐 수 있도록 내가 잘 엮어 볼게요. 오늘 이곳에 와서 정말 좋은 작가가 되고 싶다는 마음을 다시 일으켰어요. 이보다 더 완벽한 위로는 없을 거예요."

단 한 사람일지라도 나를 작가라고 불러주는 이에게 부끄럽지 않은 글을 써서 보여줘야겠다는 의무감과 책임감이 마음속에 솟아났어요. 그러자 러시아에 사는 동안 이곳에서의 일상과 정취를 꾸준히 기록하는 것이 제가 할 수 있는 유일한 일이자 해야 할 일이라 여겨졌어요. 그리고 그 글과 사진을 통해 누군가는 공감하고 위로받을 수 있을 거란 희망까지 마음속에 꿈틀거리자 더는 주저앉아 있을 수 없었어요. 그래서 그날 이후로 다시 무릎을 탁탁 털고 글을 쓸 수 있었지요. 이러한 공간에 저를 작가라고 불러주는 또 다른 친구, 바로 나의 글벗과 함께 간다고 하니 이제 이곳은 저에게 성지와도 다름없는 곳이 될 게 분명해요. 앞으로 살면서 종종 나태해지거나 글에서 도망가고 싶을 때면 이곳을 찾아올 거예요.

식사를 마치고 나오면 작은 길을 건너 동상 앞에 잠시 앉을까요. 한국에도 동상이 많았던가요. 저는 한국의 동상은 광화문에 있는 세종대왕과 이순신 장군뿐 다른 동상은 생각이 잘 나지 않아요. 그러나 러시아는 동상의 나라라 해도 과언이 아닐 정도로 길 곳곳에서 심심치 않게 동상을 만날 수 있어요. 아니면 건물 외벽에 부조도 많답니다. 동상 옆 분홍 벽돌 건물 쪽으로 우리 다시 걸을까요. 그러면 그가 이 건물에 오십 년도 넘게 살았다는 것을 기념하는 부조를 볼 수 있답니다. 그의 아내 나탈랴 또한 시인이자 훌륭한 작가로서 나란히 부조되어 있지요. 작가의 집 레스토랑 앞에 자리한 작가가 정말로 살았던 집을 지나오면 큰 대로가 보여요. 우리가 처음 레스토랑을 가기 위해 지하도로 관통했던 대로죠. 이번에는 이 대로를 다시 관통하여 미국 대사관 옆에 자리한 음악 박물관에 갈 거랍니다.

　러시아에는 음악 관련 박물관이 무려 여섯 곳이나 있어요. 가장 중심이 되는 러시아 국립 음악 박물관 이외에는 차이콥스키와 샬랴핀, 프로코피예프, 골로바노프, 그리고 골든바이저 등 러시아의 유명한 작곡가와 성악가, 피아니스트의 이름을 딴 박물관이에요. 저희가 갈 곳은 표도르 샬랴핀이라는 러시아 오페라 가수의 저택을 박물관으로 쓰는 곳이랍니다. 정식 명칭은 샬랴핀 박물관이에요. 박물관 가까이 걸어오면 이번에는 제가 말하지 않아도 당신이 먼저 샬랴핀 동상 주변을 돌며 유심히 그에 대한 단서를 찾을 모습이 눈에 선하네요. 풍채가 좋아 보여서 악기보다는 성악이 어울릴 사람으로 보이지 않나요. 샬랴핀이란 이름은 무척 낯설지요. 저도 그랬어요. 차이콥스키나 무소륵스키, 라흐마니노프처럼 이름이라도 언뜻 들어본 이가 아닌 낯선 인물만 자꾸 소개해서 오늘 참 미안할 지경이네요. 그래도 재미있지 않나요. 우리에게는 이름조차 생소하지만, 러시아인에게는 이렇게 불쑥불쑥 거리 한복판에 커다랗게 동상으로 세워져 있고, 심지어 그들의 집은 박물관으로 쓰일 정도로 유명한 누군가의 삶이요.

당신은 글을 좋아하는 사람이니 러시아어 문자의 생김새에 더 각별한 주의를 기울일지 모르겠어요. 그렇다면 혹시 박물관 문패에서 이 '우사지바'라는 단어를 어제도 우리가 마주했다는 것을 기억하실지도 모르겠어요. 맞아요, 제 계획대로라면 어제 양고기를 맛깔나게 뜯었던 레스토랑의 이름이기도 하지요. 우사지바는 사실 고유명사가 아니에요. 농촌의 저택이나 일반 저택을 가리키는 보통명사에요. 우리가 둘러볼 동상 옆 왼쪽 건물은 표도르 샬랴핀이 실제 살았던 저택을 기념관으로 쓰는 곳이에요. 흠, 그래도 당신은 못내 아쉬워하실지 모르겠어요. 이왕이면 앞서 열거한 다섯 명의 음악가 박물관 중 가장 인지도가 높은 차이콥스키 박물관이 아닌 것을요. 아쉬워도 어쩔 수 없지만, 제가 당신을 구태여 이곳에 데리고 온 이유가 있어요. 그러니까 우리 박물관으로 어서 들어가 거리의 저 샬랴핀 동상이 살아 있을 적 향취에 흠뻑 취해볼까요.

사실 저는 한국에서 위인의 생가를 들여다본 적이 그다지 없어요. 그러고 보니 유명한 작가의 문학관에도 가본 적이 없네요. 곰곰이 생각해도 위인의 묘비나 비석, 박물관에만 갔을 뿐 위인이 생활하던 당시의 모습을 상상할 수 있는 공간을 둘러본 경험이 없답니다. 오죽헌 정도가 유일한 것 같아요. 당신은 기억나는 곳이 있나요. 경험이 없는 까닭에 제가 이곳을 처음 방문했을 때 생경한 기분을 느꼈다는 것을 말씀드리고 싶어요. 집의 주인장은 이미 이 세상 사람이 아니지만, 집에 따스한 온기가 느껴지고, 불과 며칠 전까지 머물렀던 것처럼 그의 흔적과 추억이 고스란히 있다는 게 말이지요. 마치 제가 위인의 삶 속으로 시간여행을 온 기분이 들었거든요.

저택 자체가 박물관이 되어버린 공간에서 이름조차 낯선 사내의 지난날의 초상을 세밀히 들여다보아요. 커다란 창문 옆에서 친구와 쳤던 카드 한 묶음과 체스판, 또 다른 방 한복판에 떡하니 자리를 차지한 당구대, 유명 갤러리 부럽지 않게 응접실 곳곳에 걸린 그의 친구들이 그려준 그림. 이처럼 그의 삶이 녹아 있는 소품을 보고 있자니 친구를 좋아하는 덩치 큰 음악가의 호탕한 웃음소리가 들리는 것만 같아요. 사랑하는 아내의 방에는 그의 아내가 백조처럼 아름다웠던 시절 입었던 발레복과 드레스, 구두, 팔꿈치까지 덮어 올리는 길고 하얀 장갑, 심지어 결혼식 날 밝혔던 웨딩 초까지 보존되어 있지요. 아이들 방에 놓인 아빠가 직접 만든 인형이나 그가 무대에 오를 때 입었던 금빛 의상과 반지, 칠십여 명의 혁명 동지들과 함께 지냈던 다락방에 자리한 이콘화, 집안 곳곳 늘 가까이 두었던 축음기 등 하나하나 그의 손길이 닿았던 따뜻한 자리들을 둘러보다 보면 그 사내에 대해 점점 궁금해지고 말지요. 남편으로서, 예술가로서, 아빠로서의 샬랴핀을 그려보아요.

이 층 층계 앞 아이들 방으로 이어지는 복도에는 샬랴핀의 활동사진이 전시되어 있어요. 샬랴핀은 1873년 제정 러시아 시기에 태어났어요. 신기하게도 그 해에 러시아 음악사에 길이 남을 위인이 한 명 더 태어났는데 바로 세르게이 라흐마니노프예요. 동갑내기인 이 둘

은 음악적 교우로 지내며 라흐마니노프가 작곡한 가곡을 샬랴핀이 부르기도 했다고 합니다. 그러한 까닭 때문인지 샬랴핀 박물관에는 라흐마니노프 관련 기념품도 쉽게 찾을 수 있어요. 혹시 복도에 전시된 사진 중 이 절친한 두 작곡가가 나란히 한 사진이 있을까 기대했지만, 아쉽게도 찾을 수 없었지요. 그러나 예상치 못한 두 사람, 막심 고리키와 찍은 사진이 눈에 들어오더군요. 샬랴핀은 아브람체보 예술가의 일원이에요. 아브람체보 예술가는 철도 산업으로 대부호가 된 사바 마몬토프가 모스크바 근교에 자리한 아브람체보 영지를 사들여 다양한 예술활동을 할 수 있게 장려한 집단이에요. 예술가들은 저마다의 방식으로 글을 쓰고 그림을 그리고, 악상을 떠올리고 노래 부르며 창작열을 불태웠어요. 자세히 보시면 샬랴핀 박물관에 전시된 다양한 예술품의 근원지가 아브람체보인 것이 제법 많답니다.

이제 제가 이곳으로 당신을 데려온 이유를 말씀드릴 차례네요. 사실 저는 '러시아에서 아프리카 왕 달팽이를 키우며 살아가는 한 사람이 적정한 삶의 방식을 찾아가는 이야기'를 담은 책을 쓰고 있었지요. 이 책을 기획하고 제안한 것은 바로 당신이었고요. 그러나 러시아가 우크라이나를 침공하는 사태가 발생했고, 저는 주저앉고 말았지요. 과연 이 이야기를 읽고자 하는 이들이 있을까 지레 겁먹고 좌절했고, 제 스스로도 러시아를 마냥 사랑할 수 없는 불편한 감정이 올라와 더는 글을 쓰지 못했지요. 그런 제게 당신은 우리 사이에 오갔던 서툰 글을 모다 모아 책으로 엮어 선물해 주었죠. 당신이 오롯이 저를 위해 만들어준 그 책으로 말미암아 당신은 내게 편집자를 넘어서 글벗으로 자리하게 되었지요. 글 쓰는 삶을 진심으로 응원하는 당신의 마음이 저를 다시금 일어서게 만들어 주었으니까요. 앞서 작가의 집에서 친구가 제게 희망의 심지를 가져다주었다면 당신은 비로소 거기에 꺼지지 않는 불을 댕겨준 셈이지요. 그런데 무엇보다 책 작업을 위해 보내드린 수많은 모스크바 사진 중 당신이 아무런 설명도 없던 그 사진을 골라 표지로 썼기에 저는 깜짝 놀랐지요. 그 사진은 푸쉬킨의 외증조부 한니발의 저택 박물관 사진이었거든요. 방금 우리가 둘러본 것과 유사한 형식으로 개조된 푸쉬킨의 외증조부 한니발의 저택박물관에서 작은 창 옆에 놓인 카드를 찍은 사진이었거든요. 당신은 우리의 미팅 때조차 거론된 적 없던 그 사진을 골라 책 표지로 쓴 것이지요. 마주 앉은 친구를 바라보는 예술가의 시선을 상상하면 그 눈빛이 너무나 따스하고 친근해서 저는 늘 누군가의 저택 박물관을 가면 카드 치던 테이블이나 체스판을 찾곤 하거든요.

당신은 어떠한 연유로 그 사진을 저의 미완성된 원고를 갈무리한 책의 표지로 쓰셨나요. 이제야 편지에 용기 내서 물어봅니다. 가능만 하다면 당신을 정말 책의 표지 속 그 장소에 데려가고 싶었어요. 그러나 푸쉬킨의 외증조부 댁이 있는 푸쉬킨스코예 고리는 너무나 먼 곳이라 실현 불가능했지요. 근데 마침 이곳이 데자뷔처럼 떠올랐어요. 한 시대를 풍미했던 음악가와 화가, 작가들이 한 데 모여 노래를 부르고 그림을 그리고 글을 쓰고 곡을 지으며 시간을 보내던 곳이 모스크바 시내에서 잘 보존된 곳. 한 권의 책을 위하여, 아니 글로 교감하며 매주 목요일에 인터넷으로 만나 일상을 나누던 당신과 나의 모습도 저 작은 테이블 위에서 카드를 주고받던 그이들의 모습과 닮았을지도 모르겠어요. 그래서 생각했어요. 당신이 온다면, 꼭 이 곳에 데려와야겠다고 말이지요.

샬랴핀을 공부하던 중 굉장히 재미난 사실을 발견했어요. 우리나라의 독립운동가이자 소설가이며 시인이기도 한 심훈 말이에요. 바로 심훈이 1932년에 쓴 <생명의 한 토막>이라는 시에서 샬랴핀을 만났어요. 정말 놀랍지 않아요? 저는 저만 아는 타국의 낯선 오페라 가수인 줄 알았는데 우리가 그토록 잘 아는 우리의 시인 심훈도 그를 안다는 사실에 묘한 쾌감과 반가움에 몸서리쳤지요. 심지어 심훈은 그의 목소리를 들어본 적이 있는 게 분명해요. 그러니까 그러한 묘사를 쓸 수 있었겠지요. 샬랴핀처럼 풍부한 성량으로 민족의 한을 노래하다가 거꾸러지고 싶다는 심훈의 말을 들으니 당장 저도 그의 노래를 들어볼 수밖에요.

저는 모스크바에 사는 동안 이 시간을 더욱 즐겁게 보내고자 저만의 인물 사전을 만들었어요. 이따금 마주치는 동상들의 이름을 허투루 보지 않기로 했거든요. 자신을 함축하는 의상과 자세, 표정으로 굳어져 거리의 행인을 마주하는 그들 한 사람 한 사람의 이야기에 마음을 기울이면 그 동상이 세워진 공간의 의미와 시간도 살아 움직이거든요. 오늘 당신은 무려 저의 인물 사전 두 페이지를 함께 읽은 셈이에요. 왠지 당신이 제게 몇 번이고 물을 것 같네요. 오늘 만난 두 예술가의 이름을요. 그렇다면 저는 당신에게 제 가방 속 작은 수첩을 꺼내 그 동상의 이름을 러시아어로 쓴 후 괄호치고 한국어 발음도 살짝꿍 써줄 거예요. 그리고 말할 거랍니다.

"러시아어로 동상의 이름을 써보시겠어요? 우리처럼 단 석자는 아니지만 그래도 기억해 주세요. 다름 아닌 이름이니까요."

추신_
앙증맞은 수첩과 필기감 좋은 볼펜을 가방에 넣어두세요. 함께 당신의 러시아어 사전을 만들어 보려고요. 그 수첩에는 당신의 서툰 러시아어가 채워질 거예요. 당신이 거쳐 간 전철역, 당신이 먹은 음식, 들른 관광명소, 걸은 거리 이름, 우리가 함께 만져본 동상 등 뭐든 좋아요. 그리고 우리가 함께하는 계절과 달도 적어 보아요. 이건 어때요. 첫 장에는 당신의 이름을 러시아어로 써봐요, 당신의 사전이니까요. 저도 당신과의 이레를 위한 특별사전을 만들어야겠어요. 사전으로 우리의 여행이 기억된다니 상상만으로도 멋지지 않나요.

2022. 9. 29. 모스크바에서
당신을 기다리는 글벗 민아로부터

아르바트 거리에서 책과 초콜릿 향기를 따라갈까요
_토요일의 글벗에게

글벗님, 당신은 오감 중 어떤 감각이 가장 예민한가요. 저는 후각이요. 술이라면 사족을 못 쓰는 저이지만 향이 강한 위스키나 코냑은 고개를 절레절레 흔들죠. 심지어 향수나 방향제, 디퓨저 등 좋은 향기에도 좀처럼 곁을 주지 못해요. 아직도 공항 면세점 중 각종 화장품과 향수가 밀집한 구역을 지날 때는 곤혹스럽기까지 해요. 그러나 모순되게도 저는 남들은 인상을 찌푸리는 냄새를 좋아해요. 지하실의 쿰쿰한 냄새라든가 버스가 출발할 때 뿜어져 나오는 매연 냄새, 주유소 특유의 기름 냄새, 청소부가 갓 청소하고 나간 공공기관 화장실에서 나는 세제 냄새, 혹은 수영장 있는 스포츠 센터 옆을 지날 때 환기구에서 나는 소독 처리된 물 냄새들 말이죠. 어렸을 적부터 대부분 악취라고 부르는 이 냄새가 콧속으로 밀려오면 멈춰서 킁킁거렸어요. 그런 저를 두고 엄마는 네가 건강해서 그런 냄새를 좋아하는 거라는 터무니없는 말씀을 하시고는 했어요. 지금도 일상에서 그런 냄새를 맡게 되면 어린 시절 제게 그런 말씀을 하시던 엄마의 젊은 얼굴이 떠올라요. 글벗님, 혹시 '프루스트 현상'이라고 들어보셨나요? 특정한 냄새를 맡으면 과거의 기억이 떠오르는 현상을 뜻하는 말인데요. 프랑스 소설가 프루스트가 쓴 소설 『잃어버린 시간을 찾아서』에서 주인공이 홍차에 적신 과자 마들렌을 먹으며 유년 시절을 떠올리는 것에서 유래한 것이래요. 후각은 사람의 기억력과

가장 밀접한 연관이 있다고 해요. 다른 감각들은 정보가 유입되면 시상이라는 중간 과정을 거쳐 뇌로 전달되는 반면 후각은 감정과 기억을 담당하는 뇌에 바로 전달되기 때문이래요. 글벗님에게 '홍차에 적신 마들렌'은 무엇인가요. 선뜻 기억나는 냄새가 있으신가요.

토요일에는 당신에게 오랫동안 기억될 모스크바 향기를 하나 선사하려고 해요. 그러고 보니 당신이 가장 먼저 맡는 모스크바는 어떤 냄새로 각인될지 궁금하네요. 저는 모스크바 세례메체보 공항에 도착하여 비행기에서 내려 연결통로를 걷는 즉시 내가 모스크바에 돌아왔다는 것을 러시아 공항 특유의 냄새로 깨닫거든요. 만약 당신에게 러시아 공항냄새가 각인되지 않았다면 여행을 마치고 한국으로 돌아가고자 공항에 갔을 때 의식적으로 코를 킁킁 거려보세요. 분명 러시아 특유의 공공기관 냄새가 있거든요. 오늘 저희가 갈 곳은 딱 이곳에서만 맡을 수 있는 특유의 향이 있는 곳이랍니다. 어쩌면 우리의 이레 중 가장 예측 가능한 곳이지만, 이렇게 소개하니 당신은 전혀 그림이 그려지지 않았을지도 모르겠어요. 아르바트 거리에 자리한 서점, 책들의 집 '모스크바 돔 끄니기'로 당신을 안내할게요.

러시아어에서 돔은 집을, 끄니가는 책을 의미해요. 문법적으로 '책들의'가 되면서 끄니가는 끄니기가 되었어요. 책들의 '집'이란 표현이 벌써 문학적이지 않나요. 어제 다녀온 작가의 집에 이어서 오늘은 책들의 집이에요. 언젠가 서점의 통유리창에 "여기에 책들이 살아요"라고 크게 적혀있던 적이 있어요. 책이 사람에 의해 사고 팔리는 물건이 아니라 그 공간의 주인이라는 러시아 사람들의 유머와 마음이 돋보이지 않나요. 심지어 생명력까지 느껴지는 문장이라 참 좋았어요. 마치 통유리로 가까이 다가가 안을 훔쳐보면 실례가 될 것만 같죠. 그래서 우리는 단지 그들의 집에 손님처럼 정숙하게 발을 들이고는 조용히 둘러보다가 마음에 드는 책이 있으면 기꺼이 값을 내고 책들의 배달부를 자처하는 것이죠. 책들의 집에서 우리 집으로 선택된 책을 이사시키는 배달부의 발바닥은 늘 몽실몽실하기 마련이지요. 틀림없이 글벗님은 토요일의 욕심쟁이 배달부가 되실 거라 믿어 의심치 않아요. 물론 그 책들은 당신의 캐리어에 차곡차곡 넣어져서 다시금 진짜 글벗님의 집으로 국제이사를 하여야 할 테지만요. 글벗님에게 선택된 책은 해외살이를 시작하게 되는 것이지요.

  멀리서 책들의 집 외관을 보고 조금 실망하실 지도 모르겠어요. 제가 그랬거든요. 이름은 그렇게 근사하면서도 외부 인테리어에는 왜 그리도 힘을 안 실어줬나 의아할 정도예요. 책들이 사는 집치고는 종이 냄새가 전혀 느껴지지 않는 외양이지요. 돔 끄니기는 모스크바 이외에 상트페테르부르크에도 있어요. 외관의 아름다움은 비할 바 없이 상트페테르부르크의 그곳이 압도적이에요. 넵스키 대로에 자리한 책들의 집은 건물 꼭대기의 푸른 빛깔 둥근 지붕이 아주 인상 깊지요. 나중에 기회가 닿는다면 꼭 상트페테르부르크에 있는 책들의 집에도 당신을 데려가고 싶네요. 성탄절 무렵의 그곳은 거인의 오르골 속 세상처럼 아름답고 몽환적이거든요. 다시 우리의 모스크바로 눈길을 돌려봐요. 노브이 아르바트 대로변에 길게 늘어선 책들

의 집 앞으로 조금 가까이 다가가면 일 층이 모두 통유리로 되어 있는 것을 확인할 수 있어요. 그 안이 온통 책으로 가득 채워진 걸 보면 비록 기품은 느껴지지 않더라도 들어가고 싶은 욕구를 톡톡 건드린답니다. 그럼 이제 책들의 집으로 들어가 볼까요, 우리.

한 칸 더 문을 열고 들어서는 순간, 코를 킁킁거려 보아요. 맞아요, 이 냄새가 바로 러시아 서점 냄새에요. 이 냄새를 어떻게든 글로 잡아두고 싶은데 영 쉽지가 않네요. 일단 '러시아 책 냄새'라고 정의해서 이 향을 상상 속 예쁜 책 모양 공병에 담아두고 집 구경을 시작할까요. 서점 왼편으로는 그림책과 동화책이 살고 있어요. 돌잡이 아기부터 어린 학생들, 십대 청소년까지 읽는 책들이 책장으로 이루어진 칸칸마다 모여 있어요. 제가 가장 많은 시간을 보내는 곳이기도 해요. 겉표지가 크리스마스 한정판으로 나오는 예쁜 초콜릿 틴케이스 같은 책도 있고, 옛 감성이 묻어나는 작은 포스터를 연상시키는 책도 있지요. 눈으로만 훑어도 너무나 앙증맞은 그림 때문에 보드라운 아기가 내 품에 있었으면 좋겠다는 생각이 들다가도 멋스러운 삽화를 볼 때면 그림을 배우고 싶다는 욕망이 부글부글 들끓기도 하죠.
세계적으로 유명한 러시아 작가들, 이를테면 톨스토이나 도스토옙스키, 푸쉬킨 등의 소설과 시는 이제 막 글자를 배우는 어린아이용부터 청소년용까지 다양한 버전으로 마련되어 있어요. 어린이들이 읽기 쉽도록 러시아어 강세도 표시되어 있고, 쉬운 단어로 고쳐진 책들은 감히 한 번 원문 읽기를 도전해볼까 하는 의욕을 고취하기도 해요. 아무렴 좋아요. 이따금 많지는 않지만, 한국 작가의 동화책을 접할 때도 있어요. 김세나 작가의 『나의 루시』라든가 백희나 작가의 『구름빵』을 만났을 때 저는 옆에 있는 러시아 사람들에게 자랑하고 싶을 정도였지요. 러시아어로 번역된 우리나라 작가의 그림책을 돔끄니기에서 만날 줄을 상상도 못했거든요. 호들갑을 떨며 당장 우리 집으로 이사를 감행하였죠. 그 책을 안고 집으로 가던 날의 저는 상상의 나래를 펼쳤지요. 언젠가 작가가 되는 꿈을 이뤄 광화문을 넘어서 아르바트 책들의 집에 손바닥 한 뼘처럼 작은 방석을 깔고 떡하니 앉아있을 제 책을 말이죠. 상상만으로도 가슴이 벅차고 행복했어요. 오늘 밤에 저희 집 책장을 열어 두고 책들의 집에서 부지런히 배달해온 책들을 당신께 뽐내볼게요. 책 한 권 한 권의 이사 동기를 설명해 드리기엔 이 밤이 너무 짧을 것만 같아요.

  이 층에도 올라가볼까요. 사실 저는 일 층에서만 보내는 시간으로도 늘 부족했어요. 왜냐하면 일 층 오른편에는 서점에서 빠질 수 없는 문방구가 거실처럼 펼쳐져 있거든요. 일단 이층부터 우리 다녀와서 일 층 거실로 가요. 이 층은 확실히 책들에서 색감이 많이 빠져 있죠. 네, 어른을 위한 책들이에요. 한국에서 서점을 가면 오히려 오래 머무는 곳이 이곳일 텐데 러시아에서는 까막눈인 까닭에 이곳은 도통 제게 재미를 주지 못해요. 러시아어로 빼곡하게 써진 두꺼운 소설책과 전공서적은 하나도 재미가 없지요. 그래도 이따금 베스트셀러는 확인하고자 올라와요. 이들이 어떤 소재에 관심이 있나 궁금하거든요. 학습서와 문제집, 외국어, 러시아어 자격시험 수험서 등도 제법 큰 부스를 차지하지만, 이곳도 학생이 아닌 저로서는 오래 머무를 만한 곳은 아니지요. 그런데 이 층에도 저의 재미난 다락방이 하나 생겼어요. 바로 화보와 화집 등의 미술 서적 칸이에요. 매일 서점으로 산책하러 다녔던 친구가 비밀의 정원처럼 제게 알려준 코너예요. 별천지가 따로 없더라고요. 화집뿐만 아니라 화가별 혹은 그림 대상별, 그림 주제별 작은 엽서 세트도 있어서 늘 한 묶음은 사게 되더라고요. 그리고 아주 빳빳한 종이에 프린트된 명화나 포스터들도 팔지요. 그러니 또 쭈그리고 앉아서 그곳에서 시간을 보낼 수밖에요. 사실 화집은 집까지 데려가기 쉬운 아이가 아니에요. 무게도 제법 나가는데다가 가격도 사악하기 그지없어요. 하지만 큰 맘먹고 제가 화집을 사본 적이 있어요. 트레티야코프 미술관에서 인상 깊게 본 작품이 책 표지 전면에 작가의 이름과 함께 새겨진 책을 만났을 때는 차마 모른 척할 수 없었죠. 이곳에 살면서 마음에 드는 화가 한 명, 그의 그림 한 점 가질 수 있다는 것도 꽤 아름다운 일 같아요. 삶이 풍요로워지는 기분이랄까요.

이 층 한 편에는 악보도 있어요. 우리나라 악보집과는 편집과 선곡이 달라 구매한 적은 없어요. 하지만 명화와 악보를 교차 편집한 악보집을 보고는 러시아답다고 생각하며 살까 말까 고민한 적은 있어요. 글벗님은 피아노를 좋아하셔서 저보다 혜안을 갖고 계실 테니 둘러보시는 것도 좋겠어요. 분명 같은 곳일지라도 누구와 가느냐에 따라 눈에 들어오는 게 달라지더라고요. 나의 글벗은 과연 책들의 집 어느 방에서 가장 오랜 시간 머물지 궁금하네요. 이 층 오른쪽 끝은 작은 카페와 화장실이 있어요. 이곳에도 어김없이 라프가 있지요. 참고로 돕끄니기 라프는 굉장히 양이 많아요. 라프 한 잔을 옆에 두고 책을 읽거나 무언가를 끼적인다면 결코 시간을 훌쩍 마시지는 못할 거예요. 혹시 원하신다면 간단한 요깃거리와 함께 쉬어가도 좋아요.

그럼 이제 다시 일 층으로 내려가 볼까요.

한국만큼 아기자기한 문구류는 아니지만, 러시아 문구점도 예전과 비교하면 점점 구색을 갖춘다는 게 방앗간을 쉬이 지나지 못하는 참새의 소견 입니다. 당신이 모스크바에 어느 계절에 오실지 모르겠지만, 어느 계절이든 상관없이 규모가 다를 뿐 문구점 한 뼘에는 달력이 있어요. 러시아 달력은 대개 두 가지 종류로 나눌 수 있어요. 러시아 풍경 혹은 그 해의 십이지 동물로요. 정말 신기하죠? 저는 십이지를 중히 여기는 문화가 동양에만 국한된다고 생각했어요. 그런데 놀랍게도 러시아에서도 그렇답니다. 가을로 접어들었거나 한 해의 끝이라면 달력이 조금 더 당당한 자태로 제 가격표를 달고 제법 몸피를 키우고 있을 테고, 여름이나 봄이라면 뒷방 나그네처럼 어깨를 잔뜩 웅크리고 반값의 숫자를 후줄근하게 붙이고 있을 테죠. 저는 어느 때고 달력 앞을 쉬이 지나가지 못하는 편이에요. 오히려 반값일 때 달력을 더 잘 사는 것 같아요. 이미 지나간 시간이라 쓸모없어진 달력의 앞장은 모두 저의 편지지나 엽서, 혹은 편지 봉투로 제2의 인생을 살아가기 제격이에요. 혹은 정말 마음에 드는 풍경 사진은 우리 집 작은 액자에서 오래도록 살게 되지요. 러시아 문방구에 처음 갔을 때 신기했던 점은 바로 편지지를 팔지 않는다는 점이었지

요. 세상에나! 이곳에서 내가 사랑하는 이들에게 부치고 싶은 말이 얼마나 많은데 편지지를 팔지 않는다니. 심지어 카드나 엽서도 이미 인쇄된 축하 말이 어찌나 크게 들어가 있는지 공간이 너무 비좁지 뭐예요. 그래서 첫 한국 휴가 때는 편지지만 서른 묶음을 사왔지요. 그러나 이곳에서 한 해 두 해 살다 보니 한국에서 산 편지지가 제가 여기서 느낀 마음을 전하는 그릇으로 알맞지 않다는 것을 깨달았어요. 그래서 고안해낸 것이 일상의 종이였어요. 그중 최고는 바로 달력이었답니다. 사실 커다란 달력은 편지지보다 편지 봉투로 더욱 좋고요, 얇은 종이로 만들어진 달력이 편지지나 엽서로는 제격이에요. 아, 그리고 이곳에도 일력을 팔아요. 하지만 일력은 연말 연초에만 파니 당신이 겨울에 왔을 때만 살 수 있어요. 이곳의 일력은 손바닥 반만 한 크기인데 대개 러시아 구력이 함께 적혀 있고, 누런 갱지로 되어 있어요. 그 두툼한 일력을 차르륵 넘길 때에도 러시아 서점 냄새가 나요. 지금 생각해보니 러시아 서점 냄새란 아마도 러시아 종이 냄새라고도 바꿔 말할 수 있겠어요.

혹시 책 대여점을 기억하시나요? 혹은 만화방이라도 말이지요. 지금은 거의 사라진 공간이라서 이 단어를 입에 올리는 순간 제 나이가 들통 날까요. 러시아 서점 냄새를 러시아 종이 냄새라고 바꿔 적는 순간, 제 기억 속에 익숙한 한국 책의 냄새가 떠올랐거든요. 바로 책 대여점 냄새였어요. 초등학생 때 살던 아파트 단지 어귀에 상가가 있었어요. 상가 꼭대기 층에는 교회와 피아노 학원, 태권도 학원 등이 있고, 그 밑에는 치과와 내과 등 병원이 있고, 한 층 아래에는 은행이나 보습학원 등이 자리하고, 가장 드나들기 쉬운 일 층에는 슈퍼와 빵집, 안경원, 비디오 대여점, 혹은 이불 가게 등이 있는 그 당시 익숙한 형태의 아파트 상가 입니다. 바로 그 상가 지하 떡집 맞은편에 책 대여점이 있었지요.

책이라는 빨간 글씨가 꽉 찬 동그란 스티커가 붙은 미닫이문을 드르륵 열면 사방이 책으로 둘러싸인 작은 공간이 펼쳐졌어요. 마치 콩트를 촬영하는 간이세트장처럼 매우 협소했지만, 완벽했지요. 그러나 상인들의 물건 파는 소리가 에워싼 책 대여점은 상가 지하에서 다소 이질적인 공간이었지요. 우리 가족은 이곳의 문지방이 닳도록 왕래가 잦았어요. 퇴근길에 막걸리를 사던 아버지도, 저녁 장을 보러 나온 어머니도, 흰 도복을 입고 태권을 외치던 오빠도 그곳의 책들에 하룻밤의 일탈을 맛보여줬죠. 돔 끄니기를 모방하여 표현한다면 책 대여점은 '책들의 기차역' 즈음으로 바꾸어 말할 수 있겠어요. 책 대여료는 기차표, 회원의 집은 목적지, 대여기간은 책들의 여행날짜쯤으로 말이지요. 특히 저를 제외하고 어머니와 아버지, 오빠가 셋이 경쟁하듯 책을 돌려 읽던 때가 인상 깊어요. 60권으로 이루어진 요코야마 미쯔테루 작가의 <전략 삼국지>를 읽을 때였어요. 한 번에 다섯 권씩 대여하여 세 사람이 다음 책을 빨리 내놓으라며 다음번 대여 날에는 순번을 바꾸자고 말싸움까지 했지요. 그때까지만 해도 책에 관심이 없던 저는 책 대여점 맞은편 떡집에서 떡이나 고르는 게 행복했더랬죠. 그런데 저를 쏙 빼고 부모님과 오빠가 책 읽기 대장정을 끊임없이 개최하니까 도대체 책이란 게 얼마나 재미있길래 저럴까 싶어 한 번은 저도 슬쩍 한 권을 빌려봤어요. 당연히 만

모스크바 최초의 보행자 전용거리, 아르바트 거리

화책이지요. 세 사람에 비하면 저는 도라에몽과 나들이 가는 수준이었지만, 그때 처음 접했던 만화책 냄새가 있어요. 분명 러시아 책에서 나는 냄새와는 또 다른 냄새에요. 훗날 부모님은 장편소설을 대여하며 두 분 께서만 돌려 읽으시고, 저와 오빠는 한팀이 되어 <소년 탐정 김전일>을 읽으며 매일 밤 할아버지의 명예를 걸고 범인을 잡는 그를 뒤쫓았어요. 그제야 저는 비로소 혼자 책을 읽지 않던 소외감이 사라졌고, 함께 읽는 독서의 유대성과 재미를 배웠지요. 지금 생각해보면 책 대여점이 떡집과 마주보고 있었던 이유를 알 것 같아요. 하룻밤 책들이 자고 갈 적마다 제 마음 곳간이 풍성해졌어요. 책은 마음의 양식이었고, 그 손때 묻은 책에 켜켜이 묻어 있는 책 냄새는 쫀득하고 고소한 떡처럼 마음의 안정을 주었던 것이지요.

아이 참, 달력이 있는 쪽방 한 칸 지나기가 이렇게 힘드네요. 달력 이외에도 책을 사랑하고, 서점이 카페보다 편안한 이들에게는 재미난 물건이 더러 있어요. 러시아어로 적힌 격언이나 도스토옙스키의 얼굴, 붉은광장 일러스트 등이 프린트된 에코백이라든가 작지만 빛나는 배지들도 요즘 가짓수를 늘려나가는 추세예요. 그리고 골판지로 직접 만들거나 석고로 만들어진 유명한 러시아 작가들의 흉상도 그냥 지나치기 어려워요. 빅토르 초이나 아인슈타인 등 다른 분야의 인상 깊은 인물도 몇 있지만, 그래도 푸쉬킨 흉상이 아마 당신의 서재 어딘가에 놓기에는 가장 그럴싸하지 않을까 싶어요. 그리고 역시나 가장 만만하고 유용한 건 책갈피와 엽서가 아닐까 생각해요. 그런데 은근히 돈 끄니기에는 엽서가 빈약해요. 미술관이나 또 다른 제 아지트에서 못다 푼 엽서에 대한 사랑은 풀 기회가 올 것이니 아쉬워하지 마세요. 러시아 노트의 내지는 우리와 같은 일반 줄무늬보다 모눈종이처럼 파란 줄의 격자무늬가 대부분이에요. 아니면 드로잉이 편한 두꺼운 재질의 수첩이나 종합장이 많아요. 저는 이 또한 역시 엽서를 쓰고 싶을 때 자주 뜯어서 쓰곤 하지요. 글벗님은 책을 읽다가 메모, 혹은 필사를 즐겨 하고 오일파스텔이나 수채 색연필로 작은 그림을 함께 그리시나요. 아니면 생각나는 아이디어를 두서없이 적다가 낙서처럼 손그림 그리는 것을 좋아하실까요. 그렇다면 한국보다 더 괜찮은 수첩이 있다고 표현할 수 있을 것 같아요. 그러나 단순한 필기만을 주로 한다면 한국 노트에 비해 아쉬운 점이 많아요.

우리는 책들의 집에서 얼마나 머물렀을까요. 이제 슬슬 서점을 나서 볼까요. 당신의 양손이 너무 무거워진 건 아닐까 걱정이 되네요. 무거운 책들일랑 제게 주세요. 저는 늘 품이 넉넉한 책가방을 메고 다니거든요. 이제 우리는 서점 앞 지하도를 통해 아르바트 거리로 갈 거예요. 어머나, 계단을 내려갈수록 그 소리가 들려올까요. 거리의 악사들이죠. 악사의 맞은편에는 무명화가의 갤러리가 오밀조밀 문을 열었네요. 판매를 목적으로 펼쳐놓은 그림들이지만, 장사꾼은 조급함이 없죠. 장사보다는 그림 그리는 일이 천성에 어울리긴 하나 봐요. 제가 좋아하는 니콜라이 고골 소설에서도 어느 가난한 그림쟁이가 자신의 그림을 길거리에서 파는 장면이 나와요. 너무 다른 기질을 발휘하는 두 업종을 모두 수행해야 하는 건 예나 지금이나 똑

같은가 봐요. 저 악사도 어찌 보면 자신의 음악을 구걸하는 게 아니기에 자신의 바이올린 가방을 저렇게 살짝만 열어 놓은 것인지도 모르겠어요.

아르바트 거리는 모스크바에서 최초로 보행자 전용 거리로 지정된 곳이에요. 아르바트 거리는 16세기 말부터 형성된 구舊 아르바트 거리와 방금 전 돔 끄니기가 있던 대로 양 옆에 펼쳐진 신新 아르바트 거리로 나뉘어요. 아르바트 광장에서 스몰렌스크 광장까지를 잇는 이 거리는 모스크바의 대표 명소이기도 하지요. 우리나라 인사동 거리를 연상케 한다고 말씀드리면 이 거리의 기능을 이해하시는 데 도움이 될까요. 길거리 문화와 러시아 문화를 대표하는 상징적인 곳이어서 짧은 일정이어도 여행자들은 붉은 광장과 함께 아르바트 거리는 꼭 걷기 마련이에요. 예전에는 기념품 가게와 카페, 레스토랑이 즐비한 이 거리에 여행객이 늘 붐볐지요. 그러나 지금은 코로나와 전쟁때문에 많이 한산해졌어요. 이제 우리가 걸을 구 아르바트 거리는 조금 더 예술적인 느낌이 짙어요. 이 거리에서 당신이 가장 흥미로워할 곳은 아마도 알렉산드르 푸쉬킨이 결혼 후 아내 나탈리아 곤차로바와 살던 아파트를 박물관으로 개조한 곳일 것같군요. 그 맞은편에는 손을 맞잡은 둘의 동상도 있고요. 그 외에도 전설적인 가수 빅토르 초이를 기리는 벽화 앞에서도 사진을 찍을만하고, 반대편에 자리한 한국문화원도 당신의 이목을 끌 것 같네요. 우리는 이 거리 초입에 있는 가게에 들를 거예요.

무슨 가게이냐고요? 가게의 동그란 간판을 보면 아마 눈치 채실지 몰라요. 맞아요, 바로 러시아의 국민 초콜릿이라 할 수 있는 알룐까 매장이에요. 꼭 한번 꼬집고 싶어지는 통통한 볼살을 꼼꼼하게 스카프로 감싼 아기 얼굴을 간판으로 내건 초콜릿 가게를 보고 그냥 지나칠 수 있는 여자는 많지 않을 거예요. 새파란 눈동자와 앵두 같은 입술, 발그레한 볼과 반듯한 이마, 한쪽으로 쓸어주고 싶은 앞머리를 가진 이 예쁜 아가의 이름이 무엇일까요. 딩동댕동! 알룐까예요. 1964년 소련 시절 정부 주도하에 생산되기 시작한 이 초콜릿은 그보다 한 해 전 세계 최초로 우주 비행을 성공한 여성 발렌티나 테레쉬코바를 기리기 위해 그녀의 딸 이름을 붙였다고 해요. 그러나 그림 속 아기의 진짜 모델은 사진 공모전에 당선된 어느 사진작가의 8개월 된 아기입니다. 한 마디로 이 브랜드는 굉장히 공들여 만든 게 틀림없어요. 몇 해 전부터 우리네 편의점에서도 알룐까를 살 수 있다고 들었어요. 그러나 전쟁 이후에는 잘 모르겠네요. 아무튼 그때 이후로 한국의 친구들에게 사가는 선물 중 알룐까는 탈락하게 되었어요. 그러나 이곳에는 이 귀여운 알룐까가 그려진 초콜릿 이외에도 다양한 초콜릿과 사탕, 젤리 등이 있어요. 투명한 통 안에 든 각기 다른 초콜릿을 원하는 만큼 비닐봉지에 담아 무게를 달고 그에 따른 가격표를 붙여요. 그것들을 모두 한데 모아 마지막에 계산대에서 계산하면 돼요.

초콜릿뿐만 아니라 알룐까가 그려진 상품들도 우리를 기다리고 있어요. 카드 지갑이나 머그잔, 샛노란 원기둥 모양의 초콜릿 통, 마그네틱과 키홀더 등 조금 투박하고 촌스럽지만, 우리나라 편의점에까지 미처 건너가지 못한 기념품들을 만나볼 수 있지요. 저는 늘 초콜릿은 뒷전이고, 알룐까가 그려진 아기자기한 물건을 고르느라 바쁘답니다. 그런데 이 매장의 내부 인테리어가 참 동화 같지 않나요. 현란하지는 않지만 멋스러운 색감과 조각조각 이어진 유리 천장이 마치 거인의 만화경 안에 들어온 기분이에요. 예쁜 색상의 포장지에 알알이 포장된 초콜릿과 사탕은 마치 만화경 안의 색 모래와 돌과 같아요.

대학 시절 뉴욕에 이민간 친구를 만나러 간 적이 있어요. 타임스퀘어를 함께 걷던 우리가 가장 먼저 들어간 곳은 m&m 상점이었어요. 천장에 닿을 듯이 높다란 원기둥 통에 담긴 색색의 초콜릿과 넓은 매장 안을 꽉 채운 원색의 초콜릿 캐릭터 상품으로 입이 떡 벌어졌죠. 제가 아르바트 거리 초입에 생긴 알룐까 매장을 처음 방문했던 날 뉴욕의 그날을 떠올린 건 어쩌면 당연한 연상 작용이었을지 몰라요. 뉴욕과 모스크바의 대표적 거리에 마음을 홀리는 초콜릿 가게가 자리한 건 어른들의 동심을 잘 읽고 잃지 않기 위함이거나 혹은 어른과 아이가 손을 잡고 잘 걸어나갈 수 있는 자리를 마련해준 것이라는 생각이 들었거든요. 지금도 외국인 관광객들이 명동 거리나 인사동 거리를 즐겨 가는가요. 어쩌면 엿장수의 오래된 가위 소리가 알룐까와 m&m과 같은 것일지도 모르겠어요. 입안에서 사르르 녹든가 혹은 치아에 철썩 붙어 버리는 호박엿이 먹고 싶네요. 갑자기 궁금해지네요. 인사동, 그곳은 건재할는지.

저는 박하사탕을 제일 좋아해요. 박하사탕은 유년시절 할머니가 제게 주신 달콤한 행복의 시작이에요. 지금은 동그랗게 모양이 바뀌었지만, 본래 빗살무늬 타원형 박하사탕은 할머니의 주름진 손을 닮았더랬죠. 지금도 박하사탕은 제가 한국에서 러시아로 돌아올 때면 빠트리지 않고 챙기는 물건 중 하나예요. 입 안 가득 퍼지는 상쾌하고 달콤한 박하 향기가 좋아요. 박하사탕을 입에 하나 물고 구들장이 깔린 할머니 방에 누워 시계 초침이 일정한 보폭으로 걸어가는 소리를 가만히 듣던 생각이 나요. 뇌리에 박힌 그 장면 속의 저는 더할 나위 없이 평온하고 고요하답니다. 그러다가 심심하면 할머니 방 벽에 걸린 일력을 떼어내어 한 장씩 넘기며 시간을 죽였지요. 미농지 특유의 질감이 낯설고 신기해 이따금 몰래 한 장씩 뜯어 종이접기를 했어요. 저는 한 번도 저를 꾸짖은 적이 없으신 할머니 방에서 아늑함을 느꼈지요. 그래서 지금까지도 박하사탕이 제게 주는 감정이 그와 같은 것 같아요. 그러한 까닭에 러시아에 와서도 박하사탕을 매번 찾아다녔어요. 러시아어로 박하를 먀타라고 해요. 그러나 제조 공정의 차이인지 단 한 번도 제가 원하는 박하사탕의 향과 맛을 찾는 데 성공하지 못했죠. 대신 이곳에서 저는 새로운 달달구리를 찾았어요. 바로 무화과 젤리에요. 그러나 매번 있는 것은 아니어서 당신께 맛보여 드릴 수 있을지 확답을 할 수 없네요. 쫀득쫀득하고 씨알이 콕콕 박힌 무화과 젤리가 초콜릿 옷을 입고 고슴도치처럼 웅크린 모양의 고 녀석을 꼭 당신에게 맛보여드리고 싶네요. 러시아 초콜릿 특유의 향과 독특한 조합의 젤리 초콜릿을 입에 물면 이곳의 가을이 떠올라요. 그 묵직하고 쫀득하고 상큼한 것이 입안에서 한데 섞여 질겅거리다가 사라지던 감촉이 이곳의 가을을 닮았다고 말이죠.

　알룐까 가게 구경도 마쳤다면 우리 잠시 쉬어요. 가게 안에 마련된 카페에서 달콤한 커피나 차, 혹은 코코아 한 잔 마시면서요. 아르바트 거리가 내다보이는 자리에 앉아 한껏 무거워진 오늘의 장바구니에 관한 얘기를 나누는 것도 즐거울 것 같아요. 당신이 몇 권의 책을 사고 어떤 모양의 초콜릿을 샀는지 제 가방에 다시 잘 꾸리며 우리는 한 번 더 오늘의 쇼핑을 되새길 거예요. 그중 저는 당신이 배달하기로 결심한 책 중 가장 두꺼운 책을 골라 코끝에 대고 엄지손가락으로 책장을 재빨리 넘겨볼 거예요. 그러면 분명 그 안에 딸려온 책들의 집 냄새가 타타탁 감돌겠죠. 그 책은 당신의 서재에 꽂혀서도 자신이 떠나온 집 냄새를 안고 살 테니 당신이 러시아가 그리울 때면 러시아 책으로 이곳 향기를 기억해줘요. 제가 당신 앞에서 선보인 행동을 직접 해보면서요. 하지만 냄새라는 것은 점차 옅어지고 말테니 아쉽긴 하네요.

　언젠가 한국의 서점이 무척 그립다는 얘기를 한국에 있는 친구에게 한 적이 있어요. 까막눈의 서점이 늘 즐겁기만 한 건 아니니까요. 서점에 갔다가 표지가 눈에 들어오거나 좋아하는 작가의 신간이 나와서, 혹은 베스트셀러에 꽂힌 책이 궁금하여, 그도 아니라면 무심결에 들은 책의 첫 장이 너무나 재미있어서 '보는 게' 아니라 '읽다가' 책을 샀던 게 언제인지 기억이 나질 않는다고. 내게 친숙한 한글이 가득한 서점의 아늑함이 그립다고 말이죠. 그랬더니 그 친구가 몇 해가 지나 아주 오랜만에 저를 만났을 때 선물을 하나 건넸어요. 선물은 다름 아닌 우리나라 대형문고의 시그니쳐 디퓨저였어요. 세상에 그런 게 있는지 당신은 아셨나요. 이미 편지를 읽고 있는 당신의 책상 위나 혹은 서재 어딘가에서 그 매혹적인 향이 당신의 공간을 적시고 있을지도 모르겠네요. 아무튼 저는 뚜껑을 여는 순간으로부터 언젠가는 사라지게 될 향취가 아쉬워 한동안 그 선물을 제 책장 위에 모셔두고만 있었지요. 하지만 그것이 그 자리에 존재하는 순간부터 저는 우리나라 서점에 대한 그리움을 잠재울 수 있게 되었어요. 그곳의 향기를 나는 갖게 되었고, 마음만 먹으면 그곳으로 여행갈 수 있는 향기의 나침반이 생겼으니까요. 파트리크 쥐스킨트의 장편소설 <향수> 속 예민한 후각을 가진 그르누이가 이곳에 와서 돔 끄니기 향도 만들어주면 좋겠네요. 그렇다면 나는 그 디퓨저, 혹은 향초를 사서 당신에게 짜잔 하고 선물할 텐데 말이죠. 만약 당신도 한국에 돌아가 모스크바에서 방문했던 책들의 집이 그리운 날, 우리의 토요일을 추억할 수 있게 말이죠.

추신_
모스크바에 오기 전 글벗님이 가장 좋아하는 서점에 한 번 들러주세요. 그리고 마치 부동산 중개업자가 된 것처럼 꼼꼼하게 서점 구석구석을 기록해주세요. 저는 한국의 서점에서 오랜 시간을 보내던 날들이 너무 오래전이라 그곳은 제게 오래된 과거이거든요. 그리고 사실 한국에서는 '책'이라는 읽을거리가 지천이라 서점 자체에 대해서는 유심히 본 적이 없어요. 그러니 저 대신 당신이 책이 아니라 책들의 집에 대해 집중해서 보고 오셔야 해요. 저는 한국 서점은 책꽂이가 무슨 색이고, 잠시 앉아서 읽을 의자가 있었는지 바닥은 무엇이었는지 조차 궁금해졌거든요. 돔 끄니기는 하늘색 책꽂이가 마치 도서관처럼 정렬되어 있고, 격자무늬 바닥 타일에는 어느 곳으로 가면 무엇이 있는지 알려주는 스티커가 물길처럼 붙어 있다는 사실은 이제 눈을 감아도 떠올라요. 당신이 들려줄 서점 이야기가 몹시 궁금해요. 그리고 기왕이면 당신이 좋아하는 사탕도 한 봉지만 사주세요. 사탕을 좋아하지 않는다면 껌이나 캐러멜, 젤리 뭐든 좋아요. 설마 이러한 것들을 모두 멀리하시는 건 아니죠? 만약 그러시다면 제가 좋아하는 박하사탕이라도 사와 주셔야 해요. 아셨죠.

2022. 10. 13. 모스크바에서
당신과 책들의 집 집들이를 고대하는
글벗 민아로부터

베이커리 옆 미술관 여행에서 인상을 남겨 볼까요
 _일요일의 글벗에게

　오늘은 따뜻한 코코아 한 잔을 옆에 두고 당신에게 편지를 씁니다.
복주머니처럼 생긴 볼록한 모양의 하얀 컵에는 푸른색 꽃이 탐스럽
게 그려져 있으며 그 안에서 모락모락 김이 피어오르고 있어요. 컵
을 들어 입술 가까이 가져오면 진한 박하 향과 달콤한 초콜릿 향이
오묘하게 섞인 채 제 인중에서 연거푸 썰매를 타듯 제 숨소리에 맞
춰 오르락내리락하지요. 소녀의 가냘픈 새끼손가락 같은 컵 손잡이
에 제 검지와 중지를 걸고 코코아를 홀짝홀짝 마시며 당신과 함께
할 일요일을 홀로 약속해봅니다.

　글벗님은 누군가가 당신의 동네로 오는 방법을 몇 가지나 알고 계
신가요. 조금 더 명확하게 말하자면 대중교통을 이용한 방법으로요.
글벗님은 이 질문에 답하고자 맨 먼저 당신의 집과 가장 가까운 버
스정류장과 전철역의 위치를 떠올리실 테죠. 그리고 그곳에 정차하
는 버스 번호와 노선도를 들여다볼 테고, 당신의 마을 지하를 관통
하거나 지상에 놓인 철로를 지나는 열차의 역명과 노선 색을 확인하
실지도 모르겠어요. 사실 이 질문은 미완성이기도 해요. 누군가가
'어디에서' 오는지를 알아야 그 방법을 모색할 수 있으니까요. 그렇
다면 거꾸로 이런 질문을 다시 해도 될까요. 글벗님의 동네에서 대
중교통으로 단 한 번에 갈 수 있는 가장 먼 곳은 어디일까요.

당신의 대답이 궁금해지네요.

글벗님에게 조금 전의 질문을 띄운 후 아주 오랜만에 서울 지하철 노선도를 검색해 보고 깜짝 놀랐지요. 마치 싱싱한 잎사귀 위에 알록달록한 송충이가 뒤엉켜 있듯 낯선 역명과 이전에 없던 색상의 노선들이 여러 갈래 걸쳐있더군요. 아마 당신의 답변에 생소한 노선과 처음 듣는 역명이 있었다면 저는 갸우뚱하며 그게 어디쯤인지 가늠도 하지 못했을 거예요. 하지만 지하철 노선도를 찬찬히 살펴보며 당신의 대답을 들을 준비를 마쳤으니 걱정하지 마세요. 혹시 송충이라는 표현에 좀 기분이 언짢아지셨을까요. 그러실 필요 없어요. 모스크바 지하철 노선도는 위에서 내려다본 속이 훤히 들여다보이는 해파리라고 표현할 참이거든요. 두 개의 동심원이 중심을 이루고 얇고 긴 다리처럼 밖을 향해 쭉쭉 뻗어 나가는 모스크바 지하철 노선도가 글벗님은 처음이시죠.

자, 이제 일요일의 우리는 동네 전철역으로 함께 가서 해파리 다리 하나에 해당하는 전철에 올라타 제 답변을 함께 풀어볼 거예요.

이제 우리 집에서 전철역까지의 길은 조금 낯익으실 것도 같아요. 저희 동네 전철역은 모스크바 시내의 지하철역과는 조금 달라요. 모스크바의 지하철역 표시는 메트로를 뜻하는 빨간색 엠 글자지만, 여기에는 그런 표시가 없죠. 저기 모스크바 지하철 노선도가 플랫폼에 있는데 같이 보시겠어요? 저희 동네 역은 동그란 동심원에서 조금 벗어나 있는 것을 볼 수 있어요. 그리고 굵은 실선 대신 얇은 선 두 개로 표시되어 있죠. 그건 엠쩨드 노선을 표시한 것이에요. 엠쩨드는 모스크바와 시내와 모스크바 구를 잇는 노선으로 교외 전기 열차와 수도권 지하철 형식을 결합한 지상 지하철이에요. 이 열차 노선에는 이따금 모스크바 지하철과 환승 가능한 역이 있어 아주 편리해요. 저희는 오늘 이 지상 지하철을 타도 되지만, 그것보다 더 재미난 열차를 탈거 랍니다. 바로 빨간색 이 층 공항철도예요. 정답을 이제 눈치 채셨겠죠. 저희 동네에서 단번에 갈 수 있는 가장 먼 곳은 세레메체보 국제공항이에요.

  역에 자세히 보면 빨간색 별 표시가 되어 있어요. 이 표시는 공항철도가 놓여 있다는 뜻이에요. 그런데 사실 저희 동네 역은 규모가 큰 편이 아니어서 플랫폼이 하나예요. 그래서 더 신기했어요. 이렇게 작고 볼품없어 보이는 역에도 공항 철도가 정차한다는 사실이요. 처음에는 공항철도에 탑승하기 위해서 별도의 열차표를 소지해야 하는 줄 알고 못 탔는데 그렇지 않다는 것을 알게 된 이후로는 이왕이면 공항철도를 기다렸다가 타고는 해요. 플랫폼이 애당초 나눠 있었다면 그렇지 못했을 텐데 철로가 하나인 덕분에 자주 빨간색 이 층 열차를 접할 수 있게 되었어요. 공항까지 그 열차를 타고 가본 적은 없지만, 여행자의 설렘을 잠깐이나마 만끽하는 것은 참 즐거운 일이에요. 모든 칸에 화장실이 있어 멀리 장거리 여행을 가는 기분마저 들고요. 이날 우리의 종착지는 공항이 아니라 기차역이랍니다. 이 층에서 내려다보는 차창 밖 풍경을 감상하다 보면 우리는 삼십 분 후 내릴 준비를 해야 할 거예요. 우리가 내리는 기차역 이름은 벨라루스키 기차역이에요.

　러시아에서는 역이 위치한 곳의 지명이 아니라 그 역에서 출발하는 기차의 행선지로 역의 이름을 붙여요. 그러니까 모스크바 기차역은 모스크바에 없고, 대신 상트페테르부르크에 있는 식이랍니다. 모스크바 시내에는 총 9개의 기차역이 있어요. 앞서 설명해 드린 것처럼 벨라루스키, 카잔스키, 키예프스키, 쿠르스키, 레닌그라드스키, 파벨예츠키, 리즈스키, 사벨롭스키, 그리고 야로슬라브스키처럼 모스크바에서 뻗어나가는 도시들의 이름이에요. 참 멋진 발상 아닌가요. 내가 자리한 곳이 아닌 내가 가고자 하는 곳이 이름이 된다는 것 말이지요.

　민트색의 벨라루스키 기차역을 뒤로하고 우리는 앞에 내다보이는 레닌그라드스키 대로를 따라 걸어 내려갈 참이에요. 왕복 16차선으로 늘 한적한 적이 없는 이 길을 따라 쭉 걸어 내려가다가 왼편에 붉은 건물이 길게 늘어선 골목으로 들어갈 거예요. 일요일 오후, 우리의 진짜 행선지는 바로 미술관이랍니다. 어쩌면 서점과 마찬가지로 뻔한 코스 중 하나이면서도 당신이 고대했던 장소가 아닐까 싶어요. 무릇 러시아가 아니더라도 대부분 사람들이 유럽 여행을 가면 박물관 혹은 미술관은 꼭 넣기 마련이잖아요. 저는 모스크바의 이 많고 많은 미술관 중에 딱 하나만 골라 글벗님을 데려간다면 어디로 가야 할지 정말 많이 고민했어요. 모스크바에서 가장 유명한 미술관은 단연 트레티야코프 미술관과 푸쉬킨 미술관을 꼽을 수 있어요. 이 미술관에 전시된 작품들에 얽힌 미술책도 정말 재미있답니다. 가능하다면 이 책들을 모스크바로 오는 비행기에서 읽기를 권해 드릴게요. 정말 길고 긴 비행시간이 전혀 지루하지 않을 거예요. 그러나 그렇게 되면 한 가지 걱정되는 건 제가 당신과 함께하고 싶은 미술관은 그 책들 어디에도 나오지 않는 작은 미술관이란 점이에요. 그렇다면 당신은 제게 물으실는지 모르겠어요. 왜 이 미술관을 보며 나를 떠올렸느냐고. 그건 이 미술관을 함께 본 후 말씀드릴게요. 이건 말로 다 표현할 수 없는 답이 숨겨져 있거든요.

미술관을 둘러보기 전 먼저 고백할 게 있어요. 저는 그림에 대해 잘 모르지만, 미술관에 가는 것을 아주 좋아해요. 미술관에서 마음에 드는 그림을 만나면 기념품 가게에서 꼭 다시 엽서로 만나기를 희망하고, 심지어 그 바람이 이루어질 때는 바로 그 엽서를 석 장이나 사는 사람이에요. 하나는 나를 위해, 다른 두 장은 언젠가 나의 엽서를 받을 내 사람들을 위해 사죠. 좋아하는 화가가 마음에 선명하게 그려져 있지 않아 미술관에 갈 적마다 새로운 그림에 마음을 흠뻑 적실 때가 많아요. 예전에는 엽서와 책갈피에 그쳤다면, 요즘은 캔버스에 실크스크린으로 출력된 그림을 사다 액자에 넣기도 하죠. 이쯤 되면 제가 무슨 말씀을 드리려는지 눈치 채셨을까요. 미술관에서는 제가 당신을 전혀 안내해 드릴 수 없다는 뜻이에요. 대신 함께 느긋한 마음으로 오래도록 한 그림 앞에 나란히 앉아 바라보는 마음의 여유는 충분해요. 그렇게 하기에 이 미술관의 규모가 적격이에요. 우리가 일요일에 함께할 미술관은 러시아 인상주의 미술관입니다.

러시아 인상주의 미술관은 19세기 후반과 20세기 초반의 러시아 미술에 중점을 둔 보리스 민트의 수집품이 기반을 이루고 있어요. 그의 수집품 상당수는 외국에 산재했던 러시아 작품들이었어요. 그러한 까닭에 러시아 인상주의 미술품들이 그를 통해 고국으로 돌아와 한자리에 모여 오늘날의 방문객을 맞이하게 된 것이지요. 그의 컬렉션에는 발렌틴 세로프와 콘스탄틴 코로빈, 보리스 쿠스토디예프, 표토르 콘찰롭스키, 바실리 폴레노프, 유리 피메노프 등의 작품이 포함되어 있어요. 이 작가들의 대표작은 앞서 언급한 모스크바의 여타 유명 미술관에 전시되어 있기도 하지요. 2016년에 민트가 자신이 소유한 볼셰비키 제과 공장 영토에 현대적인 건물을 지어 자신의 컬렉션 일부를 전시하며 개관한 것이 바로 오늘날의 러시아 인상주의 미술관이에요. 공장을 개조한 까닭에 미술관이 있는 단지의 규모가 제법 크고, 외관은 붉은 벽돌로 이뤄져 있어요.

그중에서 가장 인상 깊은 건물은 역시나 새하얀 원통 모형의 인상주의 미술관이에요. 미술관은 과거 밀가루 분쇄 창고를 철거하지 않고 수리하여 현대적인 건물로 탈바꿈하였지요. 저는 이 건물 앞에 당도한 순간 월미도에서 본 사일로 벽화를 떠올렸어요. 혹시 글벗님도 사일로 벽화를 본 적이 있나요. 사일로는 선박에서 하역한 곡물이나 사료 또는 시멘트와 같은 가루 형태의 화물을 저장하는 원통형 창고를 일컬어요. 월미도에 건립된 사일로 열여섯 개에 사계절을 표현한 벽화는 기네스북에 세계에서 가장 큰 야외벽화로 등재되었을 정도로 매우 거대할 뿐만 아니라 독일 디자인상도 수상했을 정도로 아주 감각적이고 의미 있는 그림이지요. 그렇다면 저는 왜 터무니없이 이 낮고 아무것도 그려지지 않은 은은한 회백의 미술관을 본 순간 우리의 사일로 벽화를 떠올린 것일까요. 단지 원기둥 모형의 실루엣이 조금 닮았기 때문이라기에는 당신을 이해시키기 어려울 것 같아요. 아마도 그 이유는 전통 때문이라고 제 마음의 근간을 되짚어 봅니다. 옛것을 부수어 없애지 않고 그것을 잘 보존하여 현대의 감각을 덧입혀서 독특한 공간으로 만든 자신감 말이지요. 저는 이미 미술관에 들어가기 전부터 이 미술관이 자아내는 독특한 분위기에 매료되었지요.

　미술관은 다섯 개의 층으로 이루어져 있어요. 1층은 리셉션과 물품 및 의류 보관소가 있고, 지하에는 특별전시가 진행되는 넓은 전시 공간과 기념품 가게가 어서 오라고 손짓하고 있지요. 2층과 3층의 상설전시관에는 1870년대부터 시작하는 한 세기 동안의 러시아 인상주의 작품이 밝고 맑은 길 사이 드문드문 걸려 있어요. 끝으로 4층은 지하와 마찬가지로 특별전시관이 있고, 카페, 그리고 미술관 옥상으로 나갈 수 있는 여름 테라스가 방문객을 기다리고 있지요. 미술관에 들어서면 리셉션 맞은편 스크린의 거대한 비디오 설치작품이 제일 먼저 우리를 반길 거예요. 이 스크린 앞에 설치된 작은 두 기둥을 살펴보는 것도 아주 재밌어요. 전자 스코어보드 안에는 미술 도구 설명이 되어 있어요. 다른 한 기둥에는 화가의 실내 작업실과 야외 작업 모습을 꾸며 놓았는데 스크린 터치 방식으로 설명이 잘 되어 있어요. 이제 그럼 상설전시관부터 둘러보도록 해요. 당신이 작품 앞에서 어떤 탄성을 내지를지 궁금하네요.

　상설전시관 초입에는 러시아 인상주의에 대한 개요가 적혀 있어
요. 다시 한 번 말씀드리지만, 저는 미술사에 영 꽝인 풋내기랍니다.
그래도 당신과 함께 이곳에 오기 위해 먼저 조금 공부하였기에 개요
의 첫 줄은 읽어 드릴 수 있어요.
"프랑스 인상주의는 서론이 필요하지 않습니다."
　이 도입부에서 러시아 인상주의는 그와 같지 않다는 걸 내포하는
게 느껴지시는지요. 러시아 인상주의는 개념 자체가 여전히 뜨거운
감자이며 가장 연구가 덜 된 상태로 남아있다고 해요. 러시아 인상
주의는 프랑스 인상주의보다 뒤늦게 나타났지만, 그에 대한 복제도
반복도 아니며 새로운 접근방식으로 새 지평을 열었다고 러시아인
들은 자부하지요. 시대 상황이 혁명과 맞물리면서 예술의 발전과도
영향을 주고받은 것은 당연한 흐름이겠지요.

　이제 개요에서 한 발짝 물러서서 이곳에 전시된 그림들 앞으로 자
리를 옮겨볼까요. 저는 이제 조용히 당신의 그림자처럼 아무 말도
하지 않고 당신이 온전히 이 작은 공간이 얼마나 사려 깊은 공간인
지를 음미하는 모습을 지켜볼 생각이랍니다. 당신은 아마도 그곳
에 전시된 그림들 가까이 다가가서 빛이 그림에 어떻게 투영되었는
지 유심히 볼 것이고, 다시 몇 발자국 뒤로 물러서서 그림 전체를 바
라보겠지요. 그리고 옆으로 걸음을 옮겨 다음 그림을 볼 것이고 그
러다가 깜짝 놀라 당신은 손가락을 뻗어 기어이 그것을 만지고야 말

것입니다. 네, 맞아요. 시각장애인을 위한 점자 설명과 그림이요. 그것도 한두 군데에 설치된 게 아니지요. 심지어 미리 고백하자면 한정된 기간만 전시하는 지하의 특별전에서도 이와 같은 시각장애인을 위한 그림이 꼭 몇 점 만들어집니다. 색을 아름답게 쓴 인상주의 작품 아래 회색으로만 되어 있는 그림, 손끝으로 감상하는 시각장애인을 위한 그림. 그 그림을 감상하고자 당신은 손끝을 그곳에 댈 수밖에 없지요. 사실 그림보다는 부조라는 표현이 더 알맞을 것 같아요. 평면적인 작가의 작품이 입체적으로 재탄생한 것이니까요. 눈으로 그림을 한참 본 후에 눈을 감고 시각장애인을 위한 그림을 손으로 읽어보아도 도통 그 그림을 이해할 수 없어 결국 저는 실눈을 뜨고 말았지요. 그래도 감을 잡을 수 없어 이 코끼리 같은 그림을 과연 정말 앞을 보지 못하는 이들은 온전히 마음에 그릴 수 있는지 궁금증과 그들의 헤아릴 수 없는 어둠의 답답함에 저는 몇 번이고 시도했지요. 특히나 콘스탄틴 카로빈의 <공원에서>라는 제목의 그림을 봐보세요. 빨간 옷을 입은 여자를 둘러싼 저 찬란한 황금 빛깔 가을의 붓 터치를 눈을 감고 손끝으로 느껴보아요. 색을 볼 수 없다는 것, 색은 시각 말고는 달리 표현할 길이 없다는 게 너무 애석하지만, 그럼에도 그림을 다른 방식으로 담아내기 위한 이들의 노력과 마음이 고마워 한참을 더 어루만지게 되어요. 글벗님도 그러실까요.

간혹 작품명과 화가의 이름이 점자로도 설명된 그림이 있어요. 세계적으로 점자는 프랑스인 브라유가 창시한 라틴 알파벳 점자 체계를 따라요. 따라서 한국과 일본, 중국만 고유 문자에 따라 자국에서 고안한 점자를 사용한다고 배웠어요. 지금은 다 까먹었지만, 사실 손끝으로 글을 쓰는 일뿐만 아니라 읽어내는 영역까지 관심이 미쳐 점자를 조금 공부했던 적이 있거든요. 순수한 호기심이 건실한 목적 의식을 만났더라면 오래 갔을 텐데 아쉬운 부분이죠. 그런데 러시아어 알파벳은 로마자가 아닌 키릴문자에 뿌리를 두고 있으니 브라유의 점자와 분명 다를 거란 의심이 들었어요. 하나의 그림을 읽어내는 방식이 시각이 아니라 촉각으로 이루어지는 것을 보며 이국의 점자를 고국의 점자로 번역하는 상상을 해보았지요. 손끝으로 글을 읽는 게 익숙한 이들에게는 정말 그림 읽기까지 가능한 걸까요, 도무지 믿기지 않아요.

 사실 미술관에 전시된 그림을 함부로 만질 수 있는 권리는 아무에게도 없잖아요. 그러나 이곳에서 우리는 시각장애인 덕분에 그림을 마구 몇 번이고 쓰다듬어볼 수 있어요. 심지어 <엄마와 아이> 조각상 진품은 유리 진열장 안에 들어가 있지만, 그에 버금가는 모조 조각상이 쌍둥이처럼 옆에 전시되어 있어요. 처음 저는 이 조각상이 시각장애인을 위한 조각상인 줄 몰라 지나쳤는데 조각상 하단에 명시된 점자를 읽고 또다시 눈을 감고 거침없이 만지기 시작하였죠. 확실히 방금 전의 미술작품보다는 조금 더 이해하기가 쉬워요. 반들반들한 이마와 날카로운 콧방울, 깊은 눈매, 그리고 엄마의 얇은 손가락 다섯 개를 만지다가 엄마가 끌어안고 있는 아이의 가냘픈 어깨와 작은 코와 통통한 볼을 만져봅니다. 길거리에 많은 동상을 만나도 특정 부위, 대개 코 혹은 구두를 만지며 소원을 빌어본 적은 있지

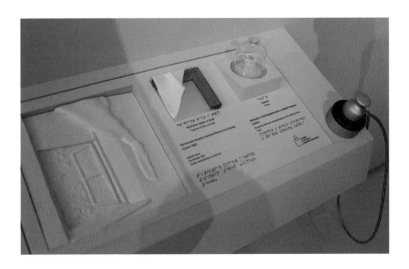

만, 이렇게 조각상의 얼굴과 손, 어깨와 발바닥을 천천히 손으로 느껴보는 경험은 처음일 거예요. 그래서 저는 이 미술관이 참 좋았어요. 이러한 배려가 비단 앞을 보지 못하는 이들만을 위한 게 아니라는 생각이 들었거든요. 예술을 제대로 감상하지 못했던 이들에게도 좋은 경험이 되는 전시가 분명해요.

그리고 한 가지 더, 이 전시회장에서 특별한 점을 발견하셨나요. 마치 미녀와 야수에 나올 법한 투명한 유리 뚜껑 말이지요. 야수의 그것과 다른 점이라면 안에 새빨간 장미꽃 대신 향기가 있다는 것이지요. 무슨 뜻이냐고요. 어서 그 유리 뚜껑을 들어 올려 당신의 코를 덮어 보세요. 어때요. 무슨 향이 나는가요. 그 향은 한낮의 히아신스 향일 수도 있고, 정원으로 가는 시골 길 향취일 수도 있고, 활짝 연 창으로 밀려들어오는 아침 공기의 향기일 수도 있어요. 세상에, 믿어

지나요. 그림 속 향기를 구현해보려고 시도한 것이요! 심지어 우리는 어제 책들의 집 향기에 심취한 상태잖아요. 저는 혹시나 이곳에 서재 그림이 없나 샅샅이 살펴보았지만 아쉽게도 없었어요. 참, 기발한 발상을 하는 러시아인에게 저는 이미 많이 동화된 것 같지 않나요. 촉각에 이어 후각으로 그림을 느낀다니 말이죠. 마치 화가가 그림을 그리던 그 공간으로 우리를 데려갈 수 있게 그림 속 향기를 가져다 놓은 것 같아요. 그리고 비 온 뒤 열어놓은 창문으로 들어오는 바람에 새하얀 커튼이 흔들리는 그림 앞으로 가보시겠어요. 수화기처럼 생긴 그것, 아니 이비인후과에서 중이염 치료를 받을 때 쓰는 것처럼 생긴 그것을 들어 귀에 가져가 보세요. 맞아요, 청각이에요. 그림에는 등장하지 않은 새 지저귀는 소리를 듣고 있노라면 아파트 2층에 살 때 창문을 열고 집안을 환기하던 저의 아침 풍경이 떠올라요. 정말 놀랍죠. 그림을 눈으로만 보는 게 아니라 손끝으로 만지고 코끝으로 맡고 귀로 들으며 감상하는 곳이라니 말이죠.

  하나의 예술작품이 내 안에 들어오는 것에 주의를 기울여서인지 저는 단막극 몇 편을 보고 나온 기분이에요. 대학 시절 저는 거의 매주 극장에 갔어요. 학교가 대학로와 가까운 덕분에 크고 작은 연극을 쉽게 접할 수 있었거든요. 가끔은 풋내기 개그맨들의 다소 도전적인 실험극에 어처구니없을 때도 있었고, 강의실에서 배운 고전 희곡을 연극으로 맛보는 황홀함을 경험하기도 하고, 무언극을 보는데 졸음이 쏟아져 곤혹스러웠던 적도 있었지요. 저는 이 미술관이 작품을 대하는 태도가 마치 연극을 연출하는 사람 같고, 미술관을 방문

한 이들이 관객이 된 것 같다는 생각이 들었어요. 미술작품 하나가 만들어지는 시공간을 재현하여 그 순간으로 우리를 데려가는 것이지요. 다른 미술관처럼 뻔하게 미술작품의 탄생 배경이나 그림 기법에 대한 설명이 나열된 것이 아니라 그림이 그려진 정황을 펼쳐놓는 것이죠. 마치 시가 전시된 공간에 그 시가 창작되던 풍경을 한 덩어리 통째로 가져온 것처럼요. 그 덕분에 저는 비로소 이 미술관의 이름에 들어간 인상주의의 '인상印象'을 이해하게 되었어요. 이곳은 어떤 대상을 마음속에 온전히 새기는 행위를 보여주는 미술관이죠. 이 미술관에서 글벗님은 당신이 만들어온 책들을 떠올리실까요. 책을 만드는 글벗님도 독자에게 한 권의 책을 각인시키기 위해 늘 고군분투하시잖아요. 자신의 작가가 최대한 온전히 세상에 가 닿을 수 있도록 하나의 튼튼하고 세련된 주제와 이미지로 정제된 글을 잘 엮어 책으로 만들어내는 일. 독자에게 깊은 인상을 남기는 책을 만드는 일이 업인 사람, 그게 바로 나의 글벗이자 나의 첫 편집자니까. 이러한 까닭에 저는 글벗님과 함께 이곳에 올 수밖에 없었어요.

　미술관 규모가 큰 편은 아니어서 한 층에 전시된 그림을 보는 데는 그리 오래 걸리지 않아요. 그러나 보는 것만이 아니라 만지고 맡고 보고 듣고를 무한 반복하며 혹시나 빼먹은 것이 있는지 다시 찬찬히 둘러보다 보면 이 작은 미술관에 이토록 오래 머물렀나 싶을지도 몰라요. 상설 전시관을 다 보았으면 이제 지하의 특별전시관으로 가요. 특별전이기 때문에 저도 당신과 함께 이 미술관을 방문한 때는 어떤 특별한 기획전이 우리를 반기고 있을지 지금은 예측할 수 없어요. 러시아의 미술관 사이트를 들어가면 한 해의 전시 일정을 대략적으로 알 수 있어요. 그러나 규모가 큰 미술관은 세세하게 일 년의 일정이 다 명시되지는 않아요. 하지만 현재를 기준으로 얼마 전 마친 전시회와 앞으로 추후의 세 달여간의 전시 일정은 파악할 수 있어요. 이 미술관은 특히나 참여 수업 일정이 전시회 일정만큼이나 많이 공지되어 있어요. 어린이나 청소년을 대상으로 하는 일일 클래스나 그림 견학, 혹은 미술을 도구로 창의적 활동을 자주 하는 편이에요. 아무튼 글벗님이 이곳에 오는 비행기표를 끊는다면, 저는 즉시 당신과의 이레를 준비하며 이곳의 특별전은 무엇인지도 확인할 심산입니다.

　특별전까지 모두 즐겁게 보았다면 흠, 가시죠. 대망의 기념품 가게

입니다. 사실 미술관 기념품 가게 중 백미는 트레티야코프 미술관입니다. 미술관 기념품 가게만 무료로 방문할 수 있어 시간을 쪼개 그곳에만이라도 당신을 데려가고 싶을 정도로 서점에서는 볼 수 없는 문구류가 새 주인님을 목 빠지게 기다리고 있어요. 그러니 당신은 지갑을 꺼낼 수밖에 없어요. 인상주의 미술관 기념품 가게도 규모가 큰 편은 아니지만, 올망졸망 다양한 제품들이 진열되어 있어요. 그 중 한 벽면은 서점을 방불케 하는 모습이에요. 봐보세요, 네 단의 선반에 책이 쫙 진열된 모습이 여느 서점 부럽지 않은 모습이지요. 미술관 기념품 가게에서 파는 책답게 예쁜 표지의 책이거나 그림을 담고 있는 책이 대부분이에요. 반대편에는 명화가 프린트된 가방과 티셔츠, 우산, 파우치, 안경집, 공책과 볼펜 등이 있어요. 그런데 이 기념품 가게에 진짜 신기하고 놀라운 점이 하나 있어요. 그리고 그것이 우리의 미션이기도 해요. 바로 명화를 입은 파란색 우체통이에요. 러시아 우체통은 우리네 빨강과 달리 파랑이에요. 그런데 그 우체통이 한 폭의 그림 옷을 입고 있어요. 저는 그것마저 기념품인 줄 알고 가격을 얼마를 부르더라도 사 가려고 했죠. 그랬더니 아니 글쎄 이 우체통이 진짜 제 기능을 하는 우체통인 거 있죠. 집배원이 와서 편지를 수거하는 그런 우체통이더라고요. 수중에 가진 돈을 다 털어서라도 이렇게 커다란 우체통을 사 가려고 했던 저와 미술관 기념품 가게에서 편지를 먹고 사는 우체통 중 당신은 어떤 게 더욱 놀라운 사실인가요. 아무튼 그래서 미션이 무엇인지 어서 말해보라고요? 당연한 거 아녜요. 기념품 가게에서 가장 마음에 드는 엽서를 골라 당신에게 편지를 쓰세요. 심지어 기념품 가게 앞에는 아이들이

그림 활동을 할 수 있게 길고 넓은 테이블이 마련되어 있고, 그 위에
는 색색의 연필까지 준비되어 있어요. 우표는 이미 제가 다 준비해
왔습니다, 라며 쓱 내보일 거예요. 이왕이면 모두 다른 그림이 그려
진 우표로 이곳에서 한국까지 보내는 운임 비용을 채울 거예요. 한
국에서 우표를 사서 편지를 부친 지는 정말 오래되었네요. 제가 한
국에서 편지를 부칠 때만 해도 우표에 풀을 붙였는데 지금도 그러할
까요. 이곳의 우표는 스티커 재질이라서 풀이 필요 없거든요. 스티
커 가격이려니 생각하고 한때 다이어리를 꾸밀 요량으로 동네 우체
국에서 우표를 세 시트씩 샀더니 우체국 할머니께서 네 직업은 편지
쓰는 사람이구나, 했었는데 그 말이 무릇 예언이 된 것 같네요.

　또 말이 길어졌지요. 그래서 제가 **빨강머리 앤**을 좋아하는가 봅니
다. 그건 그렇고 갑자기 무슨 편지냐고요? 그것도 자기 자신에게 말

이죠. 그게 너무 민망하다면 뭐 저한테 쓰셔도 좋아요. 받는 사람에 우리 집 주소를 적는 일이라면 잘할 수 있어요. 그렇지만 이왕이면 저는 글벗님이 자기 자신에게 쓰기를 권할게요. 그리고 사실 그림엽 서라는 게 굉장히 작아서 안녕이란 두 글자를 처음과 끝에 두 번이나 쓰면 공간이 없을지도 몰라요. 그래서 저는 인사도 생략하고 딱한 문장만이라도 마음을 쓰시라고 전하고 싶어요. 여행 중이잖아요, 지금 당신. 일상으로 돌아간 자신에게 한 마디 해도 좋고, 여행 중인 글벗님의 마음을 그냥 한 줄 남겨도 좋아요. 글벗님이 한국으로 돌아가 부친 그림엽서를 기다리는 시간 동안 우리의 여행은 끝나지 않은 기분이 들 것만 같아요. 아마 오래 걸릴 거예요. 제 경험상 보름에서 이십 일, 길면 한 달이 될지도 몰라요. 사실 전쟁이 시작되면서 우편 업무가 모두 멈췄었어요. 재개한 지 그리 오래되지 않은 상태라서 얼마나 걸릴지는 장담하지 못해요. 그리고 조금 괴짜다운 이야기일 수 있지만 유실될 가능성도 배제하지 못해요. 그럼에도 꼭 이 우체통에 그림엽서를 넣어요. 저도 덕분에 제게 아주 오랜만에 엽서한 장 띄울 생각이에요. 그러고 보니 저는 러시아의 우리 집 주소로 자신에게 편지를 띄어본 적은 없네요. 아마 글벗님보다는 제가 빨리받겠지만, 그래도 당신이 떠난 후에야 편지가 도착하지 않을까요. 그러면 저도 그때 글벗님과의 여행을 곱씹을게요.

   미션까지 훌륭히 해내고 미술관을 나오면 우리는 카페로 향할 거예요. 그림을 보느라 허리도 다리도 아마 많이 아팠을 겁니다. 그런 당신에게 미술관 꼭대기층 카페에서 차 한 잔 사주지 않은 것은 바로 이 카페에 모시고 가기 위해서였어요. 사실 여기는 카페라는 단어보다는 제과점, 혹은 케이크 가게라는 표현이 어울릴 것 같아요. 이 제과점 안에도 이야깃거리가 풍성해요. 일단 문을 여는 순간, 당신과 나는 헨젤과 그레텔이 되었다고 생각하시면 됩니다. 마치 동화책에 나오는 과자의 집처럼 아기자기한 디저트류뿐만 아니라 그 공간이 주는 달콤한 색채에 녹아버릴 테니까요. 아무리 단 것을 좋아하지 않는 사람이라도 이곳에 들어온 이상 빠져나갈 수 없어요. 눈으로 이미 단내를 삼키고 있나요. 우리 방금 함께한 미술관에서처럼 저 예쁜 디저트를 시켜 향도 맡아보고 데코레이션된 튤립 꽃송이도 포크로 살짝 밀어 보는 건 어때요. 글벗님도 이번만큼은 라프를 양보하고 아메리카노나 차를 마시는 게 좋을 거예요. 단맛은 케이크에게 올인해야 하거든요. 자리를 정하기도 쉽지 않아요. 모든 자리가 다 나름의 동화적 상상력을 자극하니 말이죠. 그러나 아마도 이미 많은 자리에는 홀로 오신 할머니들이 달콤한 케이크를 퍽 진지한 표정으로 드시고 계실 게 분명해요. 유독 이 제과점에서는 우아한 옷차림의 요조숙녀 같은 분위기를 풍기는 멋쟁이 할머니 손님이 많아요. 그 이유까지는 합리적인 설명이 불가능하지만, 저의 상상에 의하면 동심을 먹기 위해 오시는 게 아닐까 싶어요. 어쩌면 기차역에서 미술관으로 걸어오는 동안 빨간 리본을 묶은 하얀색 케이크 상자를 들고 가는 할머니를 여럿 마주쳤을지 몰라요. 이곳은 당근케이크가 가장 인기 있다고 해요. 그런데 늘 정오를 넘기기 전에 품절이 되고 말아요. 아마도 아침잠 없는 할머니 토끼가 눈 비비고 일어나 옹달샘 대신 이곳에 오는 게 아닐까 싶어요.

학창시절 제 국사 시험 점수는 형편없었지만, 그럼에도 저는 역사를 좋아하는 아이였어요. 그래서 새로 지워진 신흥 도시보다 유구한 역사와 명소가 많은 오래된 도시를 좋아해요. 그런 까닭에 저는 모스크바 근교나 아예 다른 주에 속한 고도古都에 가는 것을 즐겨요. "모스크바는 모스크바다. 러시아가 아니다."라는 말이 있듯 모스크바 외곽만 가도 모스크바와는 다른 러시아가 펼쳐지거든요. 하지만 모스크바는 분명 러시아에서 가장 세련되고 최첨단인 곳인 동시에, 모순적이게도 곳곳 낡고 오래전부터 시작된 이야기를 품고 있는 곳도 만날 수 있는 아주 특별한 도시이기도 해요. 그게 또 모스크바만의 매력인 것 같아요. 이제 이 제과점의 옛날이야기를 들려줄게요.

인상주의 미술과 같은 단지에 자리한 이 제과점의 이름은 볼셰비키입니다. 이 제과점 시작은 1855년으로 거슬러 올라가요. 혹시 이곳으로 걸어오는 동안 바닥에 있던 맨홀 뚜껑을 유심히 보셨을까요. 그렇다면 1855라는 숫자가 기시감을 불러일으킬 거예요. 이 공장 단지 안의 맨홀 뚜껑은 모두 이곳의 이름과 공장을 상징하는 건물 모습, 그리고 1855가 찍혀있거든요. 아돌프 시우는 그의 아내와 함께 트베르스키 거리에 작은 제과점을 열어 과자와 케이크를 팔기 시작했어요. 1855년은 바로 이 전설적인 공장의 역사가 시작된 연도죠. 1881년에는 모스크바의 매장 이외에도 상트페테르부르크와 키예프, 바르샤바에 브랜드 매장이 열렸었다고 해요. 그 당시 제과점에서는 커피와 코코아, 마시멜로와 캐러멜, 당의정, 누가, 와플, 그리고 진저 브레드와 케이크, 패스트리 및 아이스크림 등 세상의 온갖 달콤한 것은 다 모아 팔았어요. 공장에서 만들어지는 달콤한 제품의 일일 생산량이 천오백 파운드에 이를 정도였다고 해요. 이후 이들 부부는 아들에게 공장과 회사를 물려주었고, 아들은 당시의 최신 기술을 갖춘 새로운 모델 공장을 짓기로 했답니다. 1884년 완공된 공장이 오늘날의 모습으로, 이 붉은 벽돌의 공장은 20세기 모스크바 상징 중 하나로 자리 잡았어요. 그 이후로도 승승장구하는 이 제과점은 1913년 황실 폐하의 공급업체라는 칭호를 받을 정도로 높은 품질을 인정받았다고 해요. 1924년 10월 혁명 기간 특별 법령에 따라 이 공장은 국유화되며 '볼셰비키'라는 새 이름을 얻었지요. 이후 공장에서는 제과업 장인 교육센터를 개설하여 후임 양성에도 힘썼는데 이 과정 졸업생 중에는 영국 여왕 엘리자베스 2세와 벨기에 왕 보두앵을 위해 케이크를 만든 이도 있었다고 하니 솜씨가 보통이 아닌 게 분명해요. 60년대에 이 볼셰비키 공장은 유럽에서 가장 큰 공장 중 하나로 손꼽힐 정도로 큰 규모와 업계 최고의 전문가들이 일했다는 자부심을 갖고 있는 듯해요. 1994년부터는 시장 경제의 새로운 조건에서 세계적 그룹의 일부가 되어 많은 이들에게 끊임없이 달콤함을 선사하고 있어요. 특히 우리가 방문한 이 카페는 독립적으로 더욱 심혈을 기울였다고 해요. 유서 깊은 건물에 마련된 공간이기에 러시아인들이 어린 시절부터 먹었던 친숙함을 느낄 수 있는 디저트를 파는 게 아닐까 싶어요. 그뿐만 아니라 동화책에서나 나올 법한 예쁜 모양의 다양하고 환상적인 케이크도 주문 제작이 가능하다고 합니다. 카페 진열장에도 다양한 케이크가 있어요. 한 번 봐보시겠어요? 홀케이크는 눈으로만 먹고, 우리는 서로 다른 케이크 두 조각을 시켜 멀고 먼 나라의 공주가 된 기분으로 먹어 보아요. 아니다, 기분이다! 글벗님 마음에 드는 근사한 케이크도 하나 골라요. 예쁘거나 특이한 케이크는 조각 케이크로 맛볼 수 없더라고요. 분명 우리의 여행이 끝나기 전에 케이크를 우리 둘이 다 먹어치울 수 있을 테니 한판 더 사서 기차역으로 돌아가요. 집에 가서 따뜻하게 데운 우유와 예쁜 케이크를 먹으며 하루를 정리하는 것도 꿀맛일 테니까요.

일요일 초저녁은 모든 요일의 시간대를 통틀어 가장 짓궂은 것 같아요. 차라리 일요일 밤이면 주말이 끝났음을 인정하고 월요일을 맞을 마음의 준비를 하기 마련이잖아요. 그런데 일요일 네 시와 다섯 시 사이는 주말이 끝난다는 아쉬움이 휴식의 즐거움 속에 불쑥 나타났다가 사라지는 기분이에요. 마치 회전목마를 즐겁게 타고 있는데 마지막 바퀴를 알리는 시끄러운 차임벨이 요란스럽고 짧게 울린 뒤, 마지막 한 바퀴를 도는 기분이랄까. 그래도 여행자의 일요일은 앵콜이 계속되는 기분이네요. 이곳의 집배원도 일요일에는 쉬겠지요. 아까 우리가 넣은 그림엽서 위로 몇 통의 편지가 더 올라앉아 있을지 갑자기 궁금해졌어요. 제가 계획한 일요일의 데이트는 끝났지만, 어쩐지 집으로 그냥 들어가기 아쉽다면 우리 기차역 대합실에서 사람 구경을 조금 하다가 갈까요.

친애하는 나의 글벗님, 눈을 감아 보아요. 그리고 우리 같이 일요일의 마지막 장면을 상상해 보는 건 어때요. 어스름한 일요일 저녁의 기차역, 전광판에 뜬 자신의 행선지와 플랫폼을 확인하는 사람들, 집으로 돌아가는 이들의 손에 들린 정겨운 물건들의 그림자. 탑승을 권하는 기차역 안내방송과 함께 나뒹구는 캐리어 바퀴 소리와 부산한 구두 발걸음 소리. 시인과 촌장이 불렀잖아요. 세상 풍경 중에서 제일 아름다운 풍경은 모든 것이 제자리로 돌아가는 풍경이라고. 우리의 일요일은 아름다운 풍경을 함께 간직해보는 걸로 마무리해요.

이크, 글벗님에게 편지를 쓰는 사이 코코아가 다 식어버리고 말았네요. 다시 한 잔 코코아를 타와야겠어요. 어쩐지 당신과 함께할 일요일 아침에는 이 코코아를 함께 마시고 여행을 시작하고 싶네요.

추신 _

당신에게 러시아 미술책을 몇 권 권해 드리려고 해요. 바쁜 당신의 일상에 구태여 시간을 내달라고 하기는 싫어요. 이 책을 저를 만나러 오는 인천공항에서부터 읽으셨으면 좋겠어요. 제가 가진 책이 이 네 권이 전부여서 혹시 이 추천 책 이외에 글벗님이 또 다른 재미난 러시아 미술책을 발견하시면 제게 꼭 말씀해주세요. 그 한 권, 저를 위해 우리 집에 두고 가시면 더욱 좋고요.

＊추천도서

김은희, <그림으로 읽는 러시아>, 이담북스, 2014

이주헌, <눈과 피의 나라 러시아 미술>, 학고재, 2006

이진숙, <러시아미술사>, 황금가지, 2007

김희은, <미술관보다 풍부한 러시아 그림 이야기>, 자유문고, 2019

2022. 11. 3
당신에게 몸은 가장 먼 곳에 있지만,
마음은 제법 가까이 있는 친구로부터

당신에게 조금 더 다가가도 될까요
_월요일의 글벗에게

  글벗님은 자신을 이루는 보편적 요소를 어디까지 알고 계시나요. 제가 먼저 저에 관해 말해볼까요. 저는 감성적인 삶의 주인공인 토끼띠이며, 자유분방하지만 충동질을 잘하는 B형이고, 끊임없이 배우는 것을 좋아하는 쌍둥이자리랍니다. 탄생석은 진주, 탄생화는 튜베 로즈, 탄생목은 무화과나무에요. 정말 줄줄이 꿰고 있죠. 그런데 이렇게 자신을 정의하는 여러 가지를 빠삭하게 파악하고 있는 제가 자신 있게 말하지 못하는 것이 하나 있어요. 바로 MBTI 유형이에요. 요즘은 소개팅하거나 친구를 사귈 때도 MBTI 유형을 먼저 묻는다고 하던데 글벗님은 자신이 무슨 유형인지 혹시 아시나요? 저는 이 검사를 할 때마다 네 가지 조합의 알파벳이 매번 변하는 까닭에 어느 타입이라고 정의할 수 없더라고요. 앞서 제가 열거한 항목은 생년월일로 이미 정해져 버린 것들이지만, MBTI는 조금 더 세분된 의지와 선택에 의한 심리테스트에 기반을 두고 있어 변화무쌍한 것 같아요. 그렇다면 혹시 글벗님은 지금껏 붙여진 별명 중 가장 마음에 드는 별명이 있나요. 저는 있어요. 제가 오늘은 어디를 데려가려고 이렇게 편지를 시작하나 궁금하실까요. 오늘은 어디에도 가지 않아요. 그냥 저의 공간에 머물러주세요. 글로만 만났던 당신의 나를 입체적으로 만나주세요.

글벗님이 제게 책을 써보겠느냐고 제안했던 여름날을 잊을 수 없어요. 그건 마치 만화책 속 한 장면을 떠올리게 했거든요. 학교에서 전교생이 모두 알 정도로 인기 있고 유명한 학생이 며칠을 무단결석하여도 아무도 눈치 채지 못할 정도로 존재감 없는 학생에게 사랑을 고백하는 장면 말이에요. 저는 그런 유치한 만화 속 수줍은 학생 역할이었고, 당신은 후광이 번쩍이는 당찬 학생이었지요. 그날 밤 일기장에 당신의 메시지를 옮겨 쓰고 몇 번을 읽고 또 읽었는지 몰라요. 그날 이후 우리는 많은 새벽, 거리 제약과 시차를 극복하고 온라인 미팅을 했었지요. 함께 기획하는 책이었기에 당신은 저를 더 알기 원했고, 그때 당신은 제게 이런 말을 했지요. 동일한 작가이며, 같은 기획일지라도 어느 편집자를 만나 책을 엮느냐에 따라 전혀 다른 책이 나올 수 있다고요. 그러면서 당신은 제가 만약 한국에 살았더라면, 저의 일터 혹은 작업 환경이 조성된 집, 자주 가는 카페 등을 함께 둘러보았을 거라 하였지요. 그때 그 말이 웬만한 데이트 신청만큼이나 설렜어요. 저를 향한 관심이 단지 책이 될 만한 소재거리에만 국한된 것이 아니라 저라는 사람이 어떤 공간 속에서 생활하며 생각하고 글을 쓰는지, 글 쓰는 제 모습과 저를 이루는 주변 환경까지 상상하고 헤아려 보는 당신에게서 책에 대한 당신의 진심이 느껴졌어요. 이러한 편집자와 책을 만든다는 사실만으로도 저는 무척 황

홀했답니다. 그래서 저는 당신과의 미팅이 있는 날이면 조금 더 일찍 일어나 책상을 정리 했었지요. 우리의 미팅은 한국 시각으로 오전 열 시였으니 여섯 시간의 시차가 벌어지는 러시아에 사는 제게 미팅 시각은 새벽 네 시였지요. 하지만 늘 세 시부터 책상 앞에 앉아 저는 마치 제 책상 맞은편에 당신이 마주 앉는다는 기분으로 온갖 잡동사니로 어지럽혀진 책상을 치우고 바른 마음으로 당신을 마주했다는 사실, 당신은 모르셨죠.

  제 책상을 누구를 보여주기 위해 정리한다는 건 너무나 우스운 발상이지만, 그래도 이왕이면 러시아에서 저를 잘 보여줄 수 있는 유일한 공간이니 신경을 써야겠다는 생각을 글벗님을 만나고서야 처음 했어요. 러시아에서 집을 구할 때는 대부분 빌트인 형식이라 집주인의 적지 않은 가구들이 이미 집 안 구석구석 자리를 잡고 있어요. 세입자로서는 벽지나 조명, 소파와 식탁, 침대, 콘솔, 냉장고와 세탁기 등 많은 부분에서 선택의 권한이 없죠. 그렇기에 저는 늘 내가 사는 이 집은 어차피 내 것이 아니고 잠시 한때 거쳐 가는 공간이라 여기며 정성을 들이거나 의미를 부여하지 않았어요. 그런데 얼마를 살더라도 현재 나만의 유일한 공간이 낯선 나라에 있다는 것 자체에 감사하며 그 공간을 살뜰히 가꾸어야겠다는 생각이 들었죠. 당신의 말 한마디가 무심하고 게을렀던 저를 움직인 거죠. 제가 가장 사랑하는 공간에 대한 애정이 너무나도 부족했다는 사실도 그제야 깨달았어요. 그리고 드디어 당신이 정말 저의 게으른 정원에 암스트롱이 되어 발자국을 남기러 오신다고 하니 부지런한 정원사가 되는 수밖에 달리 도리가 없었지요. 제가 글벗님의 집에 초대받던 날, 아무리 닦고 주워도 늘 새로 생성되는 고양이 털 때문에 우리 집은 털털하다고 미리 양해를 구하던 당신의 수줍은 미소가 떠올라요. 아마 저도 그러겠죠. 예쁜 침대보를 사서 침대 정리 정돈하는 것부터 글벗님을 맞을 준비를 시작하겠지요. 글벗님만을 위한 게스트하우스의 호스트가 되어보는 거죠. 저의 공간을 글벗님과 이레 동안 공유할 생각을 하니 또다시 순정 만화 속 주인공이 된 기분이네요.

　제 책상 위에는 컴퓨터와 모니터, 러시아어 자판이 있어요. 짧게 기자 생활을 한 적이 있어요. 신출내기였던 제 책상에는 모니터가 두 개였지요. 겉멋은 아니지만, 모니터 두 개의 황홀함을 그때 맛보았지요. 아마도 여행잡지 기자였기 때문에 사진 하나를 옆에 두고 글을 쓸 수 있게 회사에서 배려해준 게 아닌가 싶어요. 그때의 영향

때문인지 지금도 사진을 띄어둔 태블릿을 모니터 옆에 세워두고 글을 쓸 때가 종종 있어요. 당신께 편지를 쓰는 동안에도 자주 당신과 함께할 곳곳의 사진을 옆에 두었지요. 흠, 그러고 보니 글벗님에게도 편지 속 장소들의 사진을 잘 모아서 여행 전 미리 보여 드리는 게 좋을까요. 아니면 저의 편지만으로 상상의 나래를 펼칠수 있도록 여지를 남겨 둘까요. 이러면 어떨까요. 사진은 다음 편지에 보내도록 할게요. 그때까지 충분히 상상할 수 있는 시간을 드리고 싶거든요. 우리 여행의 시작 자체가 '상상여행'이니까 편지를 읽으며 글벗님의 상상력이 극대화된다면 저로서도 즐거울 것 같아요.

모니터 옆에는 양철로 만든 컵이 있는데 컵 안에는 제가 이곳에서 수집한 볼펜과 연필이 그득하답니다. 러시아는 관광명소에 가면 주차장으로 이어지는 길 한편에 기념품 노점상이 줄지어 있어요. 마그네틱과 자그마한 인형과 나무 총과 칼, 조잡하고 엉성한 그림의 마트료시카, 술잔 등을 팔기 마련인데 그 중 나뭇가지로 만든 색연필이 눈에 띄어요. 도시의 문장紋章이나 대표적인 건축물이 새겨진 색연필이 꽂힌 연필꽂이 앞에서 한참을 고심하는 편이에요. 또는 '방망이 깎던 노인'의 잘 다듬어진 방망이처럼 솜씨 좋은 장인이 만든 것 같은 동물 모양의 나무 볼펜을 만날 때면 입꼬리가 올라가고 말지요. 당신도 연필을 좋아하시나요. 사실 볼펜이 가장 편리하고 많이 쓰는 필기구지만, 얄궂게도 글을 좋아하는 사람은 연필과 만년필을 사랑하기 마련이잖아요. 저도 예외 없이 그런 사람 중 하나예요. 컵 앞에는 자그마한 핸드크림과 안약이 있어요. 새벽에 일어나 글을 쓰거나 책을 읽을 때면 눈이 **뻑뻑**할 때가 잦아서 안과의에게 처방받은 안약인데 한 시간에 한 번꼴로 넣어도 괜찮다고 하더군요. 건조한 러시아에 살면서 매끈한 손과 촉촉한 눈을 유지하기란 쉽지 않아 이 두 개는 늘 짝꿍처럼 책상 위에 올려 둔답니다.

책상 오른쪽에 있는 자그마한 바구니들은 제 수집의 요람이자 무덤이에요. 일전에 말씀드렸듯이 러시아는 편지지 대신 카드와 엽서를 많이 팔아요. 수집광인 저는 특히 문구에 지극히 광적인 모습을 보여요. 러시아에서 파는 엽서는 종류가 굉장히 다양해요. 명화나 저명한 러시아 작가, 러시아어 글자가 익살스럽게 함께 쓰여 있는 일러스트나 소련 시절 포스터, 혹은 사진엽서도 **빼놓을** 수 없어요. 나열하기에도 벅찬 다양한 엽서들을 저는 꼭 세 개씩 사요. 엽서라는 특성상 누군가에게 보내지는 소임을 다하면 저는 그 엽서를 다시 볼 수 없으니까요.

엽서 바구니 옆 앙증맞은 그림 액자를 찾았나요. 조금 독특하죠. 자작나무껍질에 그린 스네기리예요. 우리말로는 멋쟁이 새라고 하는데 한국에서는 보기 힘든 겨울 철새예요. 머리는 검고 등은 회색이며, 날개는 검은색인 멋쟁이 새는 몸집이 작은 편이고 성별에 따라 가슴과 배의 색이 달라요. 암컷은 잿빛 갈색 계통이고 수컷은 붉은색을 띠어요. 제 책상 위 액자에는 수컷 멋쟁이 새가 세 마리 그려져 있어요. 러시아에서는 이 새가 굉장한 상징성을 갖고 있어요. 아무래도 새하얀 눈으로 뒤덮인 세상에서 새빨갛고 동그란 몸은 더 눈에 띄기 마련이니까요. 이 새가 좋아하는 소나무와 노간주 나무, 자작나무 싹과 마가목 열매는 러시아의 드넓은 자연에서 자주 마주하므로 생육환경이 맞아떨어지기도 해요. 서유럽에서는 이 새를 크리스마스의 상징으로 여긴다고 해요. 암만 그래도 러시아만큼 이 새를 예뻐하지는 않을 거예요. 이곳에서도 멋쟁이 새는 겨울과 크리스마스, 인내와 새 생명을 상징하며 연말 연초면 다양한 물건들에서 나타나는 것을 볼 수 있어요. 저도 희망을 지저귀는 스네기리를 좋아해요. 안타깝게도 여태 한 번도 실제로 본 적이 없지만, 매 겨울 숲속 산책을 할 때면 스네기리를 만나는 행운을 기다려요. 마치 크리스마스이브에 산타할아버지를 만나길 고대하는 아이처럼 말이지요.

어린 시절부터 물건을 살 때면 그 물건이 세트인지 확인하는 버릇이 있었어요. 만약 그 물건이 어떤 시리즈나 세트에 포함된 물건이면 저는 그것을 모조리 모으기 위해 부단히 애쓰는 아이였어요. 다행히도 경제력이 없는 아이였기 때문에 그러한 성격은 좀처럼 기를 펴지 못하고 똥 못 싼 강아지처럼 끙끙거리다가 그치기 일쑤였지요. 그러나 어른이 되어 경제활동이 시작되니 자연스레 수집병이 발동하기 시작했어요. 그러한 기질이 이곳에 오자 활개를 치며 제 세상이 되고 말았지 뭐예요. 제 수집의 역사는 소소한 것에서부터 출발했었어요. 글벗님도 학종이를 기억하실는지요. 색종이의 1/4 크기에 담긴 고운 빛의 세상이 탐스러워 하나 둘 모으기 시작했어요. 학종이와 껌 종이는 당연한 순서를 밟아 우표와 크리스마스 실이라는 어여쁜 취미 생활로 이어졌지요. 러시아에서 학생 신분으로 일 년을

보냈을 때는 별별 것들을 일기장에 붙였어요. 술병에 붙은 주류 인지세 스티커라든가 매일 학교에 가기 위해 탔던 트람바이 티켓, 하다못해 좋아하던 과자 봉지와 초콜릿 껍데기까지 수집 대상이었죠. 제 일기장을 슬쩍 엿보던 친구가 쓰레기를 왜 버리지 않고 거기에 전부 전시하는 거냐고 물었던 기억이 나네요. 해괴망측한 것을 보았다는 표정까지도요. 그때 제가 무슨 대답을 했는지 기억나지 않지만, 지금의 제게 왜 이렇게 수집하는 것을 좋아하느냐 누군가 묻는다면 이렇게 답할래요. 그것들은 지금의 제가 자신에게 주는 정표情表라고 말이죠. 단순한 기념품이나 예쁜 잡동사니, 일상의 쓰레기가 아니라 현재의 제가 발자취를 남기는 장소와 그곳에서 느끼는 감정, 경험, 혹은 생각 등을 떠올릴 수 있는 매개체인 셈이죠. 즉 수집의 행위는 제 삶 구석구석에 정을 주는 표현 방식이에요.

하나둘 좋아하는 것을 모으기 시작하던 저는 이제 한국으로 돌아가면 하고 싶은 꿈이 생겼어요. 이 꿈에는 글벗님의 영향도 있어요. 바로 러시아라는 추억과 공간을 사람들과 향유하고 싶어요. 글벗님이 당신의 출판사를 오로지 책만 만드는 곳이 아닌 '나란 우주를 탐험하는 콘텐츠 놀이터'라고 표현하는 모습이 굉장히 멋졌거든요. 글벗님의 출판사 사무실에서 당신의 꿈과 포부를 엿보았지요. 그곳에는 책으로 만들어지기까지의 과정이 전시되어 있었죠. 그뿐만 아니라 편집자들이 작가의 책을 온전히 자신들의 것으로 체화하여 마치 후속작처럼 써놓은 책들이 무척 인상 깊었어요. 분명 책이 주인공이지만, 책이 되는 그 과정과 책으로 세상에 나온 이후의 이야기까지도 소중히 여기는 모습에서 다시 한 번 당신과 꼭 책을 만들고 싶다는 생각을 했지요. 그리고 마음 한편 나도 언젠가는 러시아라는 큰 덩어리에서 내가 추억하는 지극히 소소한 러시아를 함께 즐기고 나눌 수 있는 공간을 한국에서 만들고 싶다는 묘한 욕심이 자리하기 시작했지요. 물론 그날이 언제가 될지 모르겠지만, 그때까지 꾸준히 글을 쓰고, 물건을 수집하다 보면 그 공간은 여러 가지 상징물로 채워질 테고, 저의 글에는 이곳에서의 삶이 물씬 묻어나게 되겠지요. 그중 저의 공간이란 것을 명확히 알려주는 물건이 한 편에 자리하게 될 것이에요. 제 책장 위에 우뚝 서 있는 저 빨간 아이를 보았나요.

저는 등대를 좋아해요. 등대를 좋아한 게 먼저인지 그 말을 들은 게 먼저인지 구별이 되지 않아요.

"아가씨 사주가 등대야."

쪽진 머리를 한 체구가 작은 여자가 제게 말했어요. 사주 카페가 한 때 매우 유행했을 무렵, 한량이었던 저는 큰 시험을 앞둔 친구와 신년풀이를 보러 갔어요. 그 당시 신년 운세의 복채는 만원이었죠. 백수에게는 적지 않은 돈이었으나 저희는 올해는 풀린다는 그 희망적인 말을 듣고자 기탄없이 복채를 냈어요. 오랜 세월이 흘러도 잊히지 않는 이름이 있잖아요. 엄마의 마음으로 사주를 봐주겠다는 그녀는 '모심母心'이라고 자신을 소개하였지요. 연한 비둘기색 한복을 입은 그녀가 점쳤던 그 해의 운수는 기억나지 않지만, 신년 운세 후 짤막하게 풀어냈던 제 사주에 대해서는 지금도 기억이 나요. 제 사주풀이 후 친구의 사주를 볼 때 그녀의 말을 하나도 잃어버리지 않으려고 제 작은 수첩에 꽁꽁 묶어두었던 덕분이기도 하죠.

"아가씨는 친구가 아주 많은 편이지? 친구를 좋아하기도 하고, 친구들이 아가씨를 많이 좋아해 주고. 그런데 아가씨 외롭지? 친구들은 모두 아가씨에게 기대는데 아가씨는 아무한테도 안 기대네. 아가씨 사주가 등대야. 검은 바다에 불을 밝혀서 주변 사람들에게 길을 알려주고, 늘 이정표가 되어주지. 그런데 등대 밑이 가장 어둡고 외로운 법이지. 마음 좀 나누고 살아. 근데 그게 쉽게 안 되지? 그게 사주라는 거야. 바뀌지 않는 아가씨 사주."

그 말을 들은 이후로 저는 바닷가의 등대가 예사로이 보이지 않았어요. 바다에 가면 꼭 등대를 찾게 되었지요. 등대에 저 자신을 투영하게 된 것은 순전히 모심 때문이었지요. 바뀌지 않을 것이라는 그녀의 호언이 좋지도 싫지도 않았지만, 내가 미처 몰랐던 나의 성격

을 사물로 표현해준 것은 마음에 들었어요. 그것이 등대라는 것도.
그리고 어쩌면 어른이 된 제게 붙여진 별명 같다는 생각을 했어요.
키가 백칠십이 넘는 저는 유년시절부터 키와 관련된 별명을 달고 살
았어요. 그래서 우두커니 서 있는 등대를 저와 동일시하는 게 당연
하였던 것 같기도 해요. 당신의 별명은 무엇인지, 그 별명을 누가
지어줬는지 다시 묻고 싶네요. 그 별명을 당신은 마음에 들어 하시
는지.

　드디어 책장 앞에 당신과 나란히 섰어요. 겨울에는 해가 떠 있는
시간이 극히 짧은 관계로 상관없지만, 여름에는 해가 자신의 집으
로 돌아가기 아쉬워하는 연인처럼 하늘에 오랜 시간 남아 있기에 창

가 옆에 놓인 책장이 저는 슬그머니 걱정되었지요. 저는 책 귀퉁이를 접거나 책 날개로 책갈피를 대신한다든가 마음에 드는 문장에 서슴없이 밑줄 치는 것을 즐기지 못하는 사람이거든요. 그러므로 저의 사랑스러운 아이들이 햇볕에 그을려 색을 잃어가는 것을 두 손 놓고 바라만 볼 수 없었죠. 그래서 고안해낸 방법이 책장에 유리 문짝을 달아주고, 유리 부분을 가려주기 시작했어요. 모아두었던 엽서와 포스터, 달력 사진과 전시회 팸플릿 등으로 말이죠. 혹시 퀼트를 좋아하시나요. 조각조각 자투리 천을 바느질하여 하나의 커다란 이불을 만들 듯 저의 책장에는 제가 좋아하는 찰나의 조각을 기워 하나의 그림을 만들었어요. 아직 다 채우지 못했지만, 작은 구멍도 그 나름대로 마음에 들어요. 아직 마주하지 못한 찰나를 기다리는 마음 같아서요.

책장 안의 책을 보면 이곳에서의 저를 들여다보는 기분이 들어요. 유년 시절부터 대학 시절까지 만들어온 두꺼운 사진 앨범만이 저의 성장 과정을 보여준다 생각했는데 이 책장이 결혼 이후의 저를 고스란히 간직해주는 기분이에요. 전자책이 점차 보편화되는 시대여서 저처럼 타국에 사는 사람에게는 참 다행인 일이지요. 그러나 저는 전자책을 단 한 번도 읽어본 적이 없어요. 결혼선물로 친한 친구에게서 이북을 읽을 수 있는 태블릿을 선물 받았음에도 저는 시도조차 하지 않고 있죠. 이건 어찌 보면 제가 꼭 찾아뵙고 싶은 학창 시절 국어 선생님 때문이라고 변명 아닌 변명을 하고 싶어요. 열여섯의 제가 만난 국어 선생님은 여름방학 숙제로 장편소설 한 권 읽기를 내주셨어요. 다시 강조하지만, 꼭 장편이어야 했어요. 선생님은 방학 전날 오십여 권의 중학생이 읽을 수 있는 수준의 장편소설을 엄선해 오셨죠. 자신의 장편소설을 결정하는 방법은 제비뽑기였고, 제가 뽑은 제비에는 은희경 작가의 『새의 선물』이 적혀 있었지요. 자신의 방학 과제가 된 책을 서점에서 처음 봤을 때의 느낌을 책 첫 장의 색지에 쓰는 것부터 숙제의 시작이었어요. 소설을 다 읽은 후에는 등장인물과 주된 배경이 되는 곳을 그림으로 그려야 했으며 소설 속 주인공에게 편지를 쓰거나 혹은 마지막 결말을 바꾸어 스스로 써보는 것이 과제의 핵심이었어요. 그 숙제를 계기로 저는 소설에 완전히 매료되었고, 자주 가던 도서 대여점에 발길을 끊었어요. 대여 도서에는 함부로 무언가를 쓸 수 없잖아요. 첫 장에 그 책을 처음 만났을 때의 느낌을 적는 것은 제가 책에 건네는 첫인사였고, 절대 빼먹을 수 없는 저의 루틴이 되었거든요. 그리고 책을 다 읽고 한 줄 후기로 작별 인사를 적는 것도 덧붙이게 되었지요. 조금 어불성설인가요. 책에 밑줄 하나 긋지 못한다더니 책 가장 앞에 인사는 서슴없이 적는 제 모습이요. 저는 책도 하나의 길고 깊은 편지라고 생각해요. 작가가 독자인 내게 보낸 장문의 편지. 그 편지를 받아든 저는 읽기 전의 설렘을 남김으로써 작가에게 당신의 편지가 내게 잘 도착했음을 알려주는 거죠. 그리고 다 읽은 후에는 짧은 몇 줄로 답장을 하는 거예요. 혹시 전자책에도 별지에 기록을 남길 수 있나요. 그렇다고 해도 저는 종이책을 고집하고 말 거예요. 왜냐하면 책이 내 손에 들어왔을 때의 물성도 매우 중요하거든요. 책의 무게감과 표지의 질감, 종이 냄새, 책을 펼칠 때 책이 구부러지는 강도와 처음부터 끝까지 촤르르 넘겨보는 그 맛을 전자책은 절대 구현하지 못하니 말이죠.

종이책 예찬론자인 저이지만, 번번이 한국에서 러시아로 돌아오는 짐가방을 쌀 때면 전자책을 읽는 것이 현명한 처사라는 생각을 해요. 그래서 전자책의 세상은 어떠한 세상인지 조금 궁금하긴 해요. 만약 전자책 서점에서 책을 사면 그 책은 저만의 책장에 꽂히나요. 그렇다면 혹시 전자책을 꽂는 인터넷 속 저의 책장을 제 마음에 드는 색상과 디자인으로 고를 수 있고, 책의 순서도 제 마음대로 꽂을 수 있나요. 이 모든 게 아니라면 저는 다시 시무룩해질지 모르겠어요. 책을 사서 읽는 사람에게는 다 읽은 책을 책장 속 어느 책 옆에 이웃으로 만들어 줄 것인가 고민하고 결정하는 즐거움이 있잖아요. 그것은 달리 말하면 내가 지은 책들의 집 주인장으로서 누리는 특권이기도 하죠. 제 책장에서 당신의 책장에도 있는 아이를 몇 권이나 찾을 수 있을지 궁금해지네요. '책'이라는 단어 하나만으로 글벗님에게 듣고 싶은 이야기가 너무 많아요.

저는 자신의 색채와 개성을 가진 예술가들의 작품을 한자리에 집결해 놓은 공간에 가는 것을 좋아해요. 그래서 이름을 처음 들어보는 작가일지라도 그의 작품전이나 전시회, 작가와의 만남, 낭독회 등에 가는 것을 마다치 않죠. 사진이나 미술, 음악이나 글 등 자신의 분야에 자리매김한 작가를 보면 그만의 주제 의식이 있어요. 마치 시그니처처럼 그의 이름표를 보지 않아도 어느 정도 그의 작품이라는 것을 예측할 수 있잖아요. 제 책장 위의 저 그림은 누구의 작품일까요. 화가는 당신도 아는 유명한 노르웨이 화가예요. 바로 표현주의 대표 화가 에드바르 뭉크예요. 뭉크는 붉은 노을로 빨려 들어갈 것 같은 분위기 속에서 양손으로 볼을 감싼 한 남자의 해골 같은 얼굴이 인상 깊은 <절규>로 널리 알려져 있죠. 사실 저도 마찬가지였어요. 가을 숲을 바라보는 두 여인의 뒷모습을 이토록 애잔하게 담아낸 화가가 뭉크라니 정말 매치가 되지 않잖아요. 책장 위 그림의 제목은 <On the veranda>에요. 정신병과 죽음에 대한 두려움과 공포로 평생을 살아온 그의 작품세계에 고통과 어둠이 자욱하지만, 자연풍경을 낙천적으로 그려낸 시기가 있었다고 해요. 아마도 그 시절에 그려낸 몇 작품 중 하나이지 않을까 싶어요.

당신을 알고 나서 전시회에 갔을 때예요. 전시회장을 다 둘러본 후 기념품 가게에서 저 그림을 처음 봤어요. 심지어 제가 갔던 곳은 뭉크가 아니라 피터르 브뤼헐 전시회였거든요. 전시회장에서 본 적 없는 저 낯선 그림에 어쩐지 저는 마음이 끌렸지요. 그림 속 두 여인의 뒷모습에 홀린 듯 결국은 저 작은 캔버스를 들어 점원에게 이 그림도 브뤼헐의 작품인지 물었어요. 그림을 그린 화가가 뭉크라는 대답을 들었을 때는 머리를 한 대 얻어맞은 기분이었지요. 저는 캔버스를 내려놓고 주인장에게 제 양 볼을 감싸고 입을 크게 벌린 표정을 지어 보였지요. 그러자 점원이 저와 똑같이 자세를 취하고는 그래, 그 뭉크! 하며 웃는 게 아니겠어요. 저는 단번에 같은 그림 세 점을 샀어요. 하나는 제 책장 위에 세워둘 요량이었고, 나머지 두 점은 제가 이 그림을 봤을 때 떠올랐던 두 여인에게 선물하기 위해서였지요. 그들은 다름 아닌 저희 친정엄마와 바로 당신, 나의 글벗이지요. 가을비가 내린 것 같은 느낌이 드는 베란다에 서서 아름다운 가을 숲 너머 어딘가를 바라보는 듯한 두 여인이 나누는 대화를 엿들어봐요. 엄마와 저는 지나온 과거를 풀어낼 것 같고, 당신과 저는 앞으로 다가올 미래를 그릴 것 같아요. 제 인생에서 가장 오래된 글벗은 엄마이고, 제가 가장 절망적일 때 글벗이 되어준 사람은 당신이기에 두 사람은 제 마음에 특별한 글벗으로 자리하고 있다는 공통점이 있어요. 화려하지 않은 담백한 이 그림 한 점을 저는 당신에게 선물하며 코를 찡긋할지 몰라요. 그리고 꼭 소리 내서 당신에게 고백하고 싶어요. 절망적인 날들에도 제게 희망이 되어줘서 정말 고마웠다고요.

저는 요리에는 젬병이지만, 그래도 오늘 한 끼 정도는 집에서 소소한 밥상을 차려 먹는 것도 좋을 것 같아요. 정말 큰 기대는 하시면 안돼요. 저는 간편 식품으로만 당신을 대접할지도 몰라요. 자, 그러면 동네 슈퍼 탐방을 시작해 볼까요.

저희 동네에는 제가 걸어서 갈 수 있는 슈퍼가 네 개 있는데 슈퍼는 모두 체인점이고 각 슈퍼의 특색이 모두 달라요. 도보로 이용 가능한 슈퍼 중 가장 큰 슈퍼는 기차역 앞에 있는 프랑스계 유통체인점인 아샹이에요. 저희 동네에서 가장 큰 규모이고 대형슈퍼의 하이퍼마트여서 상품도 가장 다양해요. 그러나 다양한 만큼 장을 보면 양손이 무거워지다보니 집으로 돌아오는 길이 너무 곤혹스러워서 잘

안 가게 된다는 아이러니함이 있죠.

　다음은 대로변에 있는 슈퍼 이름은 비밀로 할래요. 왜냐면 흉을 조금 볼 거거든요. 대체로 저렴한 가격의 상품을 팔고, 싱싱하지 않은 채소와 멍이 든 과일을 자주 만날 수 있어요. 이게 무슨 해괴한 소리냐고요? 정말이에요. 그리고 점원들의 표정도 늘 피로에 짓눌린 표정이고, 정말 신기하리만치 이 슈퍼 앞에는 동전이나 담뱃불을 구걸하는 부랑자를 자주 접하게 된답니다. 대부분의 동네 슈퍼는 입구와 출구가 다르기 마련인데 이 슈퍼는 벌써 일 년도 넘게 입구의 망가진 자동문을 손보지 않았어요. 그래서 출구로 들어가 계산대를 지나 역주행하듯 장을 봐서는 다시 계산대로 돌아와야 하는 번거로움이 있어요. 글벗님이 이곳에 올 때는 고쳐져 있길 작은 기대 품어 보아요. 제가 우스갯소리로 모스크바를 여행하는 누군가에게 이곳만은 보여주기 싫을 정도로 이해 안 가는 슈퍼이지만, 만약 러시아에서 짧게라도 일상을 보낸 분이라면 가장 공감 가는 곳일지도 모르겠어요. '에따 라씨야! Это Россия!: 그럼! 이게 러시아지!' 하면서 말이지요. 이게 무슨 뜻이냐고요? 무심코 당하는 어처구니없는 일이나 황당한 사건, 혹은 참을 수 없는 긴 기다림이나 답답할 정도로 융통성 없는 사무 행정 처리, 예상과 예측을 뛰어넘는 그들의 생활양식을 접할 때 쓰는 관용어쯤으로 받아들이시면 좋을 것 같아요. 앞서 설명한 상황을 맞닥뜨리면 이 말을 러시아 사람들도 하고, 저처럼 타국살이를 하는 외국인 입에서도 튀어나오고 마는 것이에요. 예를 들어 눈에 난 다래끼약을 처방받기 위해서 시력검사를 해야 하고, 돌잡이 아이는 예방접종을 위해서 피검사와 소변검사를 거쳐야 하죠. 비행기에서 따뜻한 차를 한 잔 더 달라고 하면 승무원은 비행기 뒤편에 마련된 정수기를 가리키며 자리를 비켜주기도 하고, 관공서나 병원에서 내 차례가 되었다고 생각하여 한 발짝 전진하려고 하면 어디선가 쏜살같이 사람이 튀어나와 자신의 차례라고 하죠. 심지어 줄의 마지막 사람이 누구인지 묻고 확인하지 않은 저를 나무라기도 한답니다. 각종 발권 서비스센터나 행정 업무처에서는 몇십 분을 기다린 걸 뻔히 알면서도 자신의 점심시간이 되면 사정 없이 다른 카운터로 가라며 창구를 막기도 하고, 우체국에서 편지를 부치거나 소포를 받을 때 문서를 조금이라도 잘못 쓰면 민망할 정도로 면박을 주기도 하죠. 그럴 때마다 저는 외치죠. 에따 라씨야! 이게 바로 '러시아니 별수 있어?'라는 냉소적인 관용어예요. 그런데 이 말이 주는 묘한 위안이 있어요. 나만 외국인이라서 차별당하는 건가 억울하고 화가 났을 때 먼저 제게 이 말을 건네던 러시아인의 표정에는 '너'가 외국인이라서가 아니라 '여기'가 그냥 그런 곳이라는 위로가 담겨 있었지요. 모험적인 당신, 눈빛을 반짝이는군요. 굳이 원한다면 들어가죠. 하지만 물건은 우리 집 앞 슈퍼에서 살 거니까 장바구니는 들 생각일랑 거둬요.

다음은 대로를 사이에 두고 맞은 편에 자리한 브꾸스빌에 갈까요. 이 슈퍼는 저희 동네 슈퍼 중 가장 작은 규모였는데 얼마 전 리모델링하며 카페 같은 공간도 생기며 규모가 확장되었어요. 전자레인지에 방금 산 간편한 음식을 데워 먹을 수 있어 우리나라 편의점하고도 조금 비슷해요. 오가닉 제품을 파는 슈퍼라서 신선하고 다양한 채소와 과일이 조금 전 슈퍼와 더욱 대조를 이루죠. 이 슈퍼에는 알록달록한 색채가 없고, 자연적인 색채가 가득 채우고 있어요. 이 슈퍼에서 파는 디저트류가 참 괜찮아요. 롤케이크나 망고 키위 스무디, 단호박 샐러드를 사가는 것도 좋겠어요. 좋은 품질의 아기들 장난감을 만날 수도 있어요. 아이들 눈높이에 진열된 앙증맞은 물건들 사이에서 다 큰 어른 아이의 마음에 드는 장난감도 간혹 있어서 그 코너에서는 잠시 쭈그리고 앉게 될지도 몰라요. 예쁜 병에 든 견과류나 솔방울, 무화과로 만든 잼이나 꿀도 몇 개 기념품으로 추천할게요. 신선하고 다양한 비스킷들도 맛이 좋아요. 돌아가는 비행기에서 먹을 주전부리를 몇 개 사도 괜찮겠어요. 제 눈에는 이제 너무나 익숙해져 버린 탓에 특별할 것 없는 것들이 당신에게는 신기한 먹거리라 여겨질 수도 있으니까요. 이제 저는 이곳보다 한국의 대형슈퍼를 가면 눈이 팽팽 돌아가고 감탄사가 팡팡 쏟아지듯 말이죠.

드디어 걷고 걸어 집 앞 슈퍼에 다다랐어요. 삐쬬로치카는 숫자 5점을 뜻하는데 러시아 성적표에서 5점은 최고점에 해당해요. 그런 까닭에 이 슈퍼 로고 앞머리에는 숫자 5가 적혀 있지요. 집 앞에 슈퍼가 있다는 건 더욱 싱싱한 일상을 누릴 수 있게 해줘요. 요리에 일가견이 없는 저조차도 집 앞에 슈퍼가 있다 보니 식재료를 한 번에 몰아 사던 나쁜 습관을 조금씩 허물게 되었어요. 러시아에 살면서 체득한 삶의 법칙이 몇 개 있는데 그중 하나는 '보일 때 사고, 먹고, 하여라. 다음은 없다.'이고, 다른 하나는 '오늘이 최저가! 가능한 싹쓸이.'에요. 그야말로 한탕주의가 깊게 물든 문구가 아닐 수 없지만, 어쩔 수 없어요. 한국의 '빨리빨리'에 길들여 한평생을 살던 사람들이 여기 오면 느끼는 갑갑함이 있어요. 다소 수동적이고 인내심이 뼛속까지 각인된 러시아인 삶의 방식과의 괴리감은 곳곳에서 만날 수 있지만, 특히 소비 영역에서 자주 만나요. 다음날이 되어도 텅 빈 진열대를 볼 때면 다시는 만날 수 없는 물건이 되어버린 것인가 허무한 감정이 일고는 하죠. 그러한 물건은 크리스마스 기념 한정판 초콜릿이나 차일 때도 있고, 새해 기념 초나 여성의 날 축하 카드일 때도 있지만, 아주 평범하기 그지없던 세탁 세제나 생리대, 음료수, 냉동식품이 될 수도 있어요. 어느 날 갑자기 터져버린 우크라이나 전쟁 때문에 슈퍼에서 사라진 브랜드 대신 새로이 생긴 브랜드를 마주치는 날이 많아졌어요. 서서히 타국과의 물질적, 경제적, 문화적 교류가 단절되고 있다는 걸 느껴요. 하하, 문득 당신에게 러시아 브랜드로만 된 밥상을 차려주고 싶은 발칙한 생각이 드네요. 치즈와 루콜라, 토마토, 화이트 트러플 오일과 발사믹 소스, 무화과 잼, 미트볼과 필메니(러시아식 만두), 스테이크용 소스와 시즈닝 후추, 그리고 발치카 맥주와 케피르(발효유)로 조금 난해하지만, 한국에서는 받을 수 없는 밥상을 차려줄게요. 혹시 모르잖아요. 이 얼렁뚱땅 요리사의 요리가 마음에 들어 앙코르를 외치거나 혹은 한국에 가져가고 싶은 소스나 향신료가 생길지도.

　사실 당신과 함께 저희 동네 이곳저곳을 함께 많이 걷고 싶었어요. 풀 방구리 쥐 드나들 듯 자주 가는 저희 동네 우체국이라든가 꽃집 사내가 꽃을 너무 초라한 양동이에 넣고 파는 덕에 부자가 되는 기분으로 꽃을 사는 꽃집이라든가 신호등 바로 앞 건물 이 층에 빼꼼히 자리한 100 рублей 천냥백화점 상점 등 말이죠. 월요일은 짧은 여행을 하는 이들이 굳이 발품을 팔 일 없는 그런 곳에 당신을 데려갈 거예요. 점심을 지어 먹고 우리에게 시간이 남는다면, 소화 시킬 겸 동네 한 바퀴를 산책하도록 해요. 당신이 만약 여름날 왔다면 우리에게는 긴 여름밤이 있어 동네 산책이 가능할 테고, 겨울날 왔다면 이미 네 시부터 어둑해진 까닭에 다시금 신발을 신게 되지는 않을 거예요. 뭐든 좋아요. 전자라면 모기퇴치제를 정수리부터 엄지발가락까지 아주 꼼꼼히 뿌리고 나올 테고, 후자라면 슈퍼에서 제가 사랑하는 술과 차를 종류별로 더욱 많이 사서 들어갈 테니 말이죠.

관광지에 가지 않고 아무런 곳도 아닌 곳에 글벗님의 소중한 이레 중 하루를 쓴다는 것은 큰 용기를 내는 일이었어요. 당신이 그 하루를 아까워할 수 있으니까요. 왜냐하면 모스크바에는 가야 할 곳이 지독하게 많거든요. 한국에서 우리가 처음 만난 날, 당신이 좋아하는 칼국수를 함께 후루룩 먹고, 주말이면 당신이 오르는 뒷동산을 함께 걷고, 당신이 무언가 생각에 잠길 때면 찾는 카페에서 노을을 바라보며 이야기를 나누고, 당신의 터전에서 당신의 책상과 책장, 식탁을 보았을 때 글벗님을 나의 모스크바에 초대하는 꿈은 시작되었지요. 그건 어쩌면 너무나도 순수한 어린아이의 마음 같은 것이었어요. 새로 사귄 친구, 이제 막 친해진 친구, 더 알아가고 싶은 친구, 나를 더 보여주고 싶은 친구를 사귀는 다섯 살 아이가 건네는 말처럼 말이지요.
"너, 우리 집에 놀러 올래?"

놀러 온 친구에게 집에 있는 자신의 모든 것을 보여주고자 안방에서 베갯잇까지 벗겨나오는 어린아이처럼 월요일의 저는 아주 달뜬 팔불출이 되었을지 모르겠어요. 그래도 별수 없어요. 주어진 시간이 이토록 짧은데 점잖 빼고 있을 수 없잖아요. 그렇긴 해도 오늘의 편지는 분명 여느 때와 다름없이 글로 썼는데 제 입에서 단내가 나는 것 같아요. 쓰는 내내 입으로 중얼거렸지 뭐에요. 정말로 당신이 지금 내가 이 편지를 쓰는 책상에 초록색 의자 하나 가져와 옆에 앉아 있다는 생각으로 말이죠.

그리하여 친애하는 나의 글벗, 당신의 별명이 무어라 했죠. 이제 당신의 이야기를 들을래요. 당신을 이루는 아주 시시콜콜한 것들부터 이야기를 해주세요. 난 당신을 들을 준비가 되었어요.

추신_
혹시 당신의 선곡표로만 이루어진 음악 폴더가 있을까요. 만약 있다면 그 폴더를 제게 공유해주실 수 있을까요. 물론 저의 선곡표도 준비되어 있고 말고요. 월요일에는 우리 집에 오랜 시간 머물 테니 제 성능 좋은 스피커를 마음껏 사용할 수 있겠어요. 좋아하는 글과 그림까지 몽땅 털었으니 그 끝은 당연지사 음악 아니겠어요.

2022. 11. 24. 당신의 일 번 트랙이
신년운세보다 더욱 궁금한 벗으로부터

니콜라이 고골을 아시나요
_화요일의 글벗에게

글벗님, 글벗님이 참여하고 있는 SNS 단체 방 중 가장 많은 인원이 속한 방은 무엇인가요. 저는 휴대폰을 빨리 확인하는 편이 아니에요. 그러다 보니 상대가 쏘아 올린 말풍선이 빨간 끈에 묶여 무진장 쌓여있는 것을 뒤늦게 볼 때면 곤혹스러울 때가 종종 있어요. 그런 까닭에 단체 방을 꺼리지만, 러시아에 살면서 필사적으로 들어가려고 애를 써서 몇 년째 말 한마디 해본 적 없이 참여하는 단체 방이 있답니다. 그건 바로 모스크바에 사는 한국 교민 단체 방이예요. 단체 방 수용인원이 무려 천오백여 명인데 누군가가 퇴장하는 경우, 온종일 이것만을 주시하는 사람이라도 된 듯 눈 깜짝할 사이 새로운 교민 한 분이 냉큼 입장해요. 대사관 공지 사항을 전달하거나 일상생활의 소소한 정보를 구하기도 하고, 이곳에 나와 있는 한국 기업체의 채용 공고나 통번역 아르바이트, 성인 러시아어 과외 등의 구인 광고를 하기도 해요. 계절에 따라 크로스컨트리나 축구, 사진, 혹은 동문회나 전우회 등의 친목을 도모하는 자리를 홍보하거나 어린이 미술이나 발레, 음악 교실 등의 강좌가 마련되어 사람을 모집하기도 하죠. 혹은 공연이나 발레 티켓 등을 저렴하게 양도하기도 하고, 한인 식품점이나 한식당의 세일 품목이나 주말 특선을 선보이기도 해요. 제가 이 방에서 가장 관심 있는 대목은 바로 귀임하는 사람들이 내놓은 중고 물품 엿보기에요. 그중에서도 단연 백미는 책이지요.

주로 나오는 책은 어린이를 위한 다양한 전집과 러시아어 교재에요. 책은 무게가 많이 나가기 때문에 부임할 때 갖고 오지 못하면 또다시 많은 책을 이곳에 끌고 오기란 쉽지 않은 일이에요. 특히나 지금처럼 비행기 직항 노선이 사라진 상황에서 어렵고 힘들게 간 한국에서 이곳으로 돌아올 때 책을 우선순위에 두기란 쉽지 않죠. 그래서 케케묵은 중고 책이어도 그것을 사서 아이에게 끊임없이 읽히고자 하는 엄마들이 이곳에는 두루 존재하죠. 저도 제 아이들보다 십 년은 일찍 세상에 나온 책들, 심지어 제가 아이였을 적에 나온 중고 책이어도 화색을 하고 호들갑을 떨며 사던 날들이 있었지요. 저희 집 아이들 책장에 반 이상은 이곳 교민방에서 한 질, 두 질 모은 책들이랍니다. 러시아어 교재와 토르플(러시아어 등급 평가 시험) 준비 교재는 대부분 이곳에서 러시아어를 배우고자 한 발짝 내디뎠던 주부들의 포부이며, 아이 육아서와 자녀 교육서 등은 사교육이 빈약한 이곳에서 아이를 키우며 고군분투한 엄마들의 고뇌와도 같은 책이에요. 이 양대 산맥과 같은 두 부류의 책을 빼면 이제 진짜 알짜배기, 소설과 수필이 나오지요. 그럼 저는 양 손가락을 벌려가며 사진 속 책 한 권 한 권의 제목을 읽어 본답니다.

　러시아의 시인 오시프 만델스탐은 "내 일생이 어떠했는지 묻는 그

고골 박물관 앞뜰로 옮겨진 고독한 나콜라이 고골 동상

대에게 내가 읽었던 책을 말해주리다."라는 말을 남겼어요. 시인의 말을 인용하면 교민 방에 나오는 책은 이곳에서 살았던 누군가의 삶 일부를 보여주는 것과 같지요. 이름과 얼굴도 모르는 어떤 사람의 책장에서 그 사람의 독서 취향을 읽어내고, 그이가 좋아하는 작가를 알아가고, 한때 심취했던 그의 생각들을 뒤따라가는 일은 아주 즐거워요. 그러다가 어떤 때에는 제가 읽은 책과 많이 겹치는 책을 내놓은 사람을 본 적이 있어요. 분명 귀임을 앞두고 있기에 물건을 정리하는 사람이었을 텐데 저는 혼자 아쉬웠지요. 서로의 책장을 공유하여 친구를 찾는 앱이 개발된다면 재미있겠다는 상상마저 했지요. 또 한 번은 요시모토 바나나와 무라카미 하루키 책을 퍽 많이 내놓은 여자 분이 있었어요. 러시아에서 이만큼의 일본 책을 가진 사람은 드물 거라 여기면서 그녀가 내놓은 책 속 작가 이름이 반가워서 책 사진을 한참 매만졌어요. 이 사람과 러시아의 겨울날 설원의 카페에서 함께 영화 <러브레터> 이야기를 나누면 우리는 금세 친해질 수 있을 텐데 하는 엉뚱한 상상을 하며 말이지요. 아마도 저는 아늑한 카페에 마주 앉아 함께 글을 읽고, 책에 밑줄 친 부분을 내 공책에 적을 수 있는 친구가 몹시 그리운 것인지도 모르겠어요. 책을 가운데 두고 이야기하는 친구가 그립다는 생각은 여태 못 해봤는데 생각을 당신께 편지를 쓰니 드네요.

　나의 친애하는 글벗님, 만약 당신이 우리 교민 방에 접속해 있고 책 정리를 하여 내놓는다면 당신은 어떤 책을 내놓으실 건가요. 이 질문을 하고 저는 또다시 제 책장 앞으로 갔지요. 내가 책을 내놓는다면 내 컬렉션을 보고 천사백구십구 명 중 누군가는 구미가 당겨서 내게 연락을 해올 것인가. 하지만 아쉽게도 그럴 일은 없을 것 같아요. 저는 책 욕심이 아주 많아서 주방 살림은 다 버리고 가도 책만큼은 모두 짊어지고 갈 사람이거든요. 여기 살면서도 매달 꼬박꼬박 종이책을 친정집으로 주문하는 것을 보면 책은 제게 유일한 사치의 영역인 것도 같아요. 그럼에도 누군가와 서재 사진을 교환하고 싶은 마음은 여전해요. 아까 말했던 그런 앱이 진짜 개발되면 좋겠네요. 그렇게 된다면 저의 책장에 자주 보이는 이름이 있을 거예요. 당신은 월요일에 이미 눈치 채셨을지 몰라요. 바로 니콜라이 바실리예비치 고골이에요. 그는 이곳에 뿌리를 내린 제 삶의 마그마와 같은 존재예요. 마그마라니, 세상에! 제가 쓰고도 너무 오랜만에 써본 과학 용어라 놀랐지만, 그건 사실이에요. 제 마음 저변에 흐르고 있는 이곳에 대한 사랑의 시초임이 분명하거든요.

국문학도였던 제가 갑자기 러시아에서 학생 신분으로 사계절을 겪을 수 있었던 건 포부가 원대했던 영문과 친구 덕분이에요. 그 친구가 어느 날 제게 교환학생 설명회에 같이 가자고 했어요. 동아리방에서 첼로를 안고 삐죽빼죽 소리를 내던 저는 친구를 따라나섰지요. 생각해보세요. 국문학도가 한국이 아닌 어느 나라에서 전공 수업을 들을 수 있겠어요. 저와는 다른 세상 이야기였지만, 구미가 당겨 따라가서는 교환학생 안내 책자를 받아 적극적인 그 친구를 따라 맨 앞줄에 앉았지요. 경청하는 친구 옆에서 저는 심드렁한 표정으로 안내 책자를 읽었어요. 읽다가 우연히 증명사진처럼 작은 사진 속 러시아 대학교를 보았답니다. 그때 저는 마치 졸업앨범 속 첫사랑 아이의 얼굴을 찾은 것처럼 설렜어요. 사진 속 우랄대학교는 그리스 신전처럼 육중한 원형 기둥이 대학 정문을 장식하고, 그 기둥만큼 높이 솟은 전나무가 양옆에 펼쳐져 있었지요. 이렇게 고풍스러운 학교에서 공부한다는 것은 얼마나 멋진 일일까. 여행객이 아닌 대학생으로 외국에서 보내는 일 년은 얼마나 이색적이고 특별할까. 그렇게 러시아는 맹물이 담겨 있던 제 컵에 확 쏟아진 보드카처럼 겉으로는 티 나지 않았지만, 속에서는 부글부글 끓기 시작했어요. 저는 그 순간부터 러시아에 가지 않으면 안 되는 사람처럼 제 삶에 들어오려는 러시아를 맞아들일 준비를 하기 시작했어요. 가장 먼저 설명회를 나와 버스를 타고 종로에 있는 커다란 서점으로 향했지요. 그리고 그곳에서 그날 제가 처음 산 러시아소설이 니콜라이 고골의 『코』입니다. 제가 그때 산 책은 보림 출판사에서 나온 얇은 그림책으로 사실 작가의 명성보다 화려하고 환상적인 그림에 반해 산 책이지요. 그날 집으로 돌아오는 전철 안에서 소설을 다 읽었는데 아직 제가 내리는 역까지는 몇 정거장이 남은 상태였죠. 저는 전동차 밖을 내다보며 시베리아 횡단 열차의 차창 밖 풍경을 상상했죠. 그렇게 저는 러시아를 조금씩 상상하기 시작했고, 지금은 제 상상 속의 나라에서 이렇게 살게 되었지요.

　이쯤 되면 오늘 저희가 동행할 곳이 어디인지 느낌이 왔을까요? 네, 맞아요. 오늘은 저의 마그마 니콜라이 고골이 죽기 직전 마지막으로 사 년간 살았던 집에 갈 거랍니다. 앗! 오늘이 몇 번째 화요일인지 잘 확인해야겠어요. 제가 사실 이 박물관을 두 번 허탕 쳤는데 한 번은 입장 시간이 열두 시부터인 줄 모르고 너무 일찍 왔었기에 그랬고요, 다른 한 번은 마지막 주 화요일에 왔었는데 매달 마지막 주 화요일은 청소를 하는 까닭에 입장이 금지돼요. 만약 우리의 화요일이 마지막 주라면 내일과 일정을 바꿔야할 수도 있겠어요. 참고로 일전에 방문했던 샬랴핀 박물관도 마찬가지고, 우리가 가지 않은 나머지 음악 관련 박물관도 전부 똑같아요. 러시아 사람들은 왜 화요일에 청소를 좋아하는 걸까요. 다음에 한번 진지하게 이 문제에 대해 글을 써봐야 겠어요.
　당신과 고골을 만나러 가는 화요일이 부디 마지막 주가 아니길 바라며 우리 함께 걸어요.

　고골의 집은 아르바트스카야역에서 걸어서 오 분 거리에 자리한 노란 집이에요. 노란 건물 앞에는 역시나 고골 동상이 있어요. 지금 쯤이면 당신도 러시아의 동상 문화에 조금 익숙해지셨을 지도 모르겠어요. 당신이 수첩을 꺼내 동상에 각인된 고골 이름을 옮겨 적는 모습을 저는 사진으로 남길 거예요. 그리고는 함께 동상을 빙 둘러보고 싶어요. 동상에는 고골의 문학작품 속 장면이 함께 각인되어 있어요. 당신에게 자꾸만 읽어 보라는 책이 쌓여가네요. 하지만 역설적이게도 만약 당신이 여행 전에 책을 읽지 못했어도 괜찮아요. 한국에서 이곳으로 오기까지 꽤 많은 시간이 남아 있거든요. 그리고 다행히 고골의 책은 다른 유명한 러시아 작가들의 소설에 비해 짧은 편이에요. 물론 단편의 귀재 안톤 체호프만큼은 아니지만, 도스토옙스키나 톨스토이에 비한다면 말이지요. 저는 당신에게 제가 첫눈에 반했던 「코」가 수록된 모음집을 읽어 보시길 권할게요. 저는 민음사에서 엮은 『뻬쩨르부르그 이야기』를 갖고 있는데 그의 상트페테부르크 산문시대를 살펴보는 데는 이만한 책이 없는 것 같아요. 이 책은 1835년에 출간된 『아라베스크』에 수록된 세 편의 단편 「광인일기」와 「초상화」, 「네프스끼 거리」에 고골의 대표적 환상소설의 「코」와 「외투」가 더해져 있어요. '유럽의 창'이라 불리는 아름다운 계획도시 상트페테르부르크를 배경으로 한 다섯 편의 소설을 통해 그는 근대 도시의 '작은 인간'을 그려내고 있어요. 무엇보다도 재미가 있으니 어렵지 않게 읽으실 수 있어요. 당신이 만약 고골의 다양한 작품을 더 읽고 오신다면 동상의 사방에 각인된 작품을 이해하는 폭은 더욱 커질 거예요. 자, 이제 본격적으로 그의 집을 둘러볼까요.

먼저 정문을 열고 들어가면 정면에 이 층으로 향하는 나무계단이 펼쳐지고 양옆으로 두 개씩 총 네 개의 통로가 열려 있어요. 우리는 그중 오른쪽 뒤편으로 난 통로로 가겠어요. 그곳에는 옷을 맡기는 곳과 짐을 보관하는 사물함, 매표소와 기념품 가게가 있어요. 박물관의 시작과 끝을 이루는 곳이지요. 한결 편하고 가벼워진 옷차림으로 그의 집을 둘러보도록 해요.

다시 우리는 정문을 열고 들어왔을 때의 공간으로 가요. 이곳에서 주의 깊게 볼 만한 요소는 바로 오른편 벽면에 있는 네모난 창구예요. 타일로 되어 있는 이 벽은 러시아 전통 가옥 방식이라고 해요. 페치카는 우리말로 벽난로를 뜻해요. 페치카를 통해 데워진 공기가 집 안을 훈훈하게 만들어 주죠. 우리네 온돌은 바닥을 데워주는 대신 이들의 페치카는 방의 한 면을 따습게 만들어줘요. 앞으로 우리가 둘러볼 방 안에는 모두 한쪽 벽이 이렇게 타일로 장식된 것을 살펴볼 수 있어요. 이건 조금 다른 이야기일 수도 있는데 러시아 벽난로와 타일 장식하면 빼놓을 수 없는 예술가가 한 명 있어요. 바로 미하일 브루벨이에요. 혹시 눈썰미가 좋은 당신이라면 그의 이름을 샬랴핀의 집에서 봤을지 몰라요. 그도 아브람체보 그룹에 속했었거든요. 그의 작품이 샬랴핀 집 곳곳에 숨어있었지요. 그의 대표작으로는 <백조공주>와 <악마>가 있죠. 당신이 일요일 편지를 받고 러시아 미술 관련 책을 읽었다면 이미 그의 작품을 엿보았을지 몰라요. 그는 회화뿐만 아니라 조각에도 두각을 나타내 환상적인 벽난로와 타

죽은 혼 응접실 페치카 안에 타다 만 원고가 보인

일 장식을 선보였어요. 물론 고골의 집 타일은 그 정도는 아니지만 방마다 다른 타일을 쓴 게 눈이 갔어요. 우리나라에서 타일은 대중 목욕탕의 온탕과 냉탕에서만 봤던 것 같아서요. 예쁜 타일을 깐 목욕탕이 있다면 사진을 찍을 수는 없으므로 눈에 담기 위해서 더 자주 가볼 것만 같아요. 에고, 말이 너무 길어졌지요. 어쩔 수 없어요. 저의 첫사랑 러시아 작가가 살았던 집에 왔으니 제가 흥분할 수밖에 없잖아요. 이건 글벗님이 이해해주셔야 해요. 그럼 오른쪽 통로부터 들어가보도록 해요.

하늘색 빛깔의 작은 방은 집사가 머물던 방이에요. 한쪽 벽에 걸린 검은 외투를 보는 순간, 당신은 고골이 입었던 외투인가 혹은 그의 단편 「외투」에 등장하는 외투인가 하는 합리적 의심을 하시겠지요. 하나는 맞고, 하나는 틀렸어요. 고골이 직접 입었던 외투는 아니지만, 그 당시의 유행하였던 외투를 보여주기 위해 전시한 것이라고 합니다. 그 맞은편에는 엄청 큰 짐가방이 입을 벌리고 있어요. 이탈리아를 자주 오갔던 고골의 여행 가방을 재현해 놓은 것인데 어림잡아도 이민 가방보다 훨씬 크고 심지어 바퀴도 달리지 않았어요. 고골의 여행 가방에는 책이 많이 들어있었다고 해요. 여행지에서 쓴 원고까지 더해졌으면 보통 무게가 아니었을 것 같아요. 주인님의 여행 가방을 싣고 나르는 집사는 제 상상 속 돋보기안경을 낀 할아버지 집사보다 훨씬 젊고 힘이 세야 할 것 같아요.

집사의 방을 지나 옆 방으로 가볼까요. 이런 푸른빛을 코발트블루라고 하는 게 맞을까요. 파란색과 코발트블루의 차이를 솔직히 저는 모르지만 어쩐지 코발트블루라고 입으로 소리 내어 말하고 싶은 색상의 응접실이에요. 귀족의 저택에는 응접실이 반드시 있었다고 해요. 특히나 부유한 저택에는 응접실이 여러 개인 경우도 있었는데 지금의 이 집이 그러해요. 맞아요, 샬랴핀의 저택도 마찬가지이고요. 묘하게 두 집을 비교하게 될지도 모르겠어요. 이런 때에는 방의 위치나 크기, 벽의 색상으로 응접실 이름을 붙였다고 해요. 예를 들면 아래 응접실, 작은 응접실, 혹은 진홍색 거실처럼 말이지요. 이 방의 이름은 제 마음대로 이미 지었어요. 죽은 혼 응접실이에요. 응접실 한편의 벽난로에 이름의 이유가 있어요. 자작나무 장작 위로 타다만 원고가 보이나요. 네, 맞아요. 바로 이 벽난로에 고골이 「죽은 혼」 2부 원고를 불태웠어요. 이상함을 감지한 집사가 옆 방에서 뛰어나와 고골에게 이러시면 안 된다고 울며 애원했다고 해요. 저는 조금 전 상상했던 그 젊은 집사가 병약해진 고골을 저지할 수 없이 눈물을 보이며 한 줌의 재가 되는 원고를 바라보는 모습을 상상해요. 저는 어쩐지 이 집에 와서 고골보다 그의 집사와 친해지는 기분이 들어요. 아니, 어쩌면 고골보다 집사에게 저 자신을 더 이입한 게 사실이에요.

죽은 혼 응접실 다음 가장 오른쪽 끝방은 이미 제가 말씀드리기 전에 무슨 방인지 글벗님이 알아채실 게 분명해요. 네, 초록빛 커튼과 연둣빛 벽이 조화를 이룬 이 방은 고골이 집필실로 지냈던 방이에요. 어린아이 옷장처럼 아담한 책장에는 고골이 쓴 책이 꽂혀 있고,

고골 집필실

그 옆으로는 책상이 놓여 있어요. 책상은 있지만, 의자는 없어요. 고골은 그 책상 앞에 서서 글을 쓰는 걸 좋아했다고 해요. 두 단으로 이루어진 책상은 마치 피아노를 연상케 하지요. 밑의 단에는 그가 썼던 잉크병과 깃털 펜이, 윗 단에는 푸쉬킨 초상화와 촛대가 놓여 있지요. 푸쉬킨은 고골에게 깊은 영감을 준 문학 선배로서 「검찰관」과 「죽은 혼」의 소재를 주었다는 일화가 유명해요. 고골이 이탈리아에 있을 때 푸쉬킨의 비보를 듣고는 깊은 슬픔에 잠겨 그를 기리는 시를 쓰기도 했다지요. 그래서 지금도 문학가를 모델로 한 노트나 엽서 중에는 고골과 푸쉬킨을 우애 깊게 표현한 일러스트를 심심치 않게 마주쳐요. 그럴 때면 카메라 밖에서 서로에게 영감을 주고 깊은 친교를 맺는 대배우와 신예를 보는 기분이 들어요. 시대의 총아는 역시나 그와 같은 천재가 알아보는 것인가 싶고요. 아무튼 그가 마지막 글을 썼던 책상 앞에 서서 창밖을 내다봐요. 마지막

검찰관 응접실

창작욕을 불태우고 그 원고를 불태웠을 작가의 마음을 헤아리는 것은 어렵고 가슴 아픈 일이에요.

　다시 집의 가운데로 돌아와 이번에는 왼쪽 통로로 자리를 옮겨봐요. 분위기가 전혀 다르죠. 산딸기 색과 회색의 줄무늬가 굉장히 세련된 이 방을 저는 검찰관 응접실이라고 이름 붙였죠. 이 방에서는 그의 첫 희곡작품 「검찰관」에 대한 논의가 활발히 이루어졌다고 해요. 그의 희곡은 상트페테르부르크에서 초연을 올려 호평을 받았어요. 이 응접실 구석구석에서 「검찰관」을 엿볼 수 있어요. 초연을 올린 극장의 내부 모형이나 세라믹으로 만든 검찰관의 인물들, 초연 때 찍은 연극 팸플릿 등이 전시되어 있어요. 이 중 인상 깊은 점은 이 응접실에서 당시의 배우들과 연극감독, 고골이 함께 「검찰관」의 무대 상연을 위해 논의하는 장면을 그린 그림이에요. 그 액자가 걸린 자리를 보며 그 모습을 상상하죠. 사실 저는 희곡의 맛을 잘 몰라요. 학창시절 교과서에 부분적으로 실렸던 헨리크 입센의 「인형의 집」과 윌리엄 셰익스피어의 「햄릿」이 전부였어요. 사실 지금 돌이켜봐도 인형의 집은 집 나간 노라가 갖는 페미니즘적 의의와 '죽느냐 사느냐 그것이 문제로다'라는 햄릿의 강렬한 대사만 기억에 남아 있는 것을 보면 훌륭한 문학작품을 제대로 읽어내기에 그때의 저는 너무 어렸고, 주입식 교육에 매몰되어 있던 게 아닌가 싶어요. 요즘은 인기 있는 드라마나 영화의 대본, 각본집이 베스트셀러가 되는 경우를 종종 봐요. 그건 비단 출연 배우를 향한 팬심만으로는 발생할 수 있는 현상이 아니라 생각해요. 독자들이 희곡의 참된 읽기와 재미를 알아챘다고 생각해요. 저도 고골의 집을 다녀온 날부터 「검찰관」을 제대로 다시 읽었어요. 지금도 러시아 전역의 극장가에서는 심심치 않게 「검찰관」을 상연한다는 정보를 입수했거든요. 당연히 공연을 본다고 하여도 알아들을 수 있는 말은 하라쇼좋다와 스빠시바감사합니다, 블린이런 제길!과 같은 하찮은 말뿐이겠지만, 극 중 인물과 서사를 모두 파악하고 본다면 굉장히 재미있어 공연을 즐길 수 있다고 전공자 친구가 귀띔해줬어요. 이건 언젠가 제가 연극을 보고 온다면 글벗님께 다시 자랑삼아 편지를 쓸게요.

이제 검찰관 응접실을 지나 침실로 가요. 들리시나요, 장례미사처럼 들리는 작지만 성스러운 읊조림을요. 느껴지시나요, 이 작은 방에 퍼져있는 온기를요. 보이시나요. 죽어가는 고골의 얼굴을 말입니다. 시계는 이 작은 방안에 고골의 마지막 숨이 바스러진 시각에 멈춰있고, 시계 옆에는 사제가 와서 그의 사망을 확인하고 작성한 사망서류가 놓여 있어요. 그가 숨을 거둔 작은 침대 위 천장 모서리에는 이콘화가 걸려 있고, 반대편에는 그가 처음 묻혔던 다닐로프스키 수도원과 숨을 거둔 고골 그림이 걸려 있죠. 예루살렘 성지 순례를 마치고 모스크바로 돌아와 그의 말년을 보낸 이 집은 알렉산드르 페트로비치의 저택이에요. 고골과 친분이 있던 그가 쇠약해진 고골을 불러 이 집에서 평온한 노후를 보내길 권했다고 해요. 그러면서 고골이 생을 마감한 이 방이 이 집에서 가장 따뜻한 방이라며 이 방에 침실을 마련해주었다고 합니다. 그런데 정말 신기하리만치 작업실이 있던 방향은 매우 찬 기운이 들었는데 이 방에 들어서는 순간 묘하게 따뜻한 기운이 돌지 않았나요. 고골의 탄생 백 주년을 기념하여 1909년 그의 묘는 노보데비치 수도원으로 이장되었어요. 노보데비치 수도원은 러시아의 각계각층의 위대한 사람들이 잠든 곳이에요. 묘비도 그들의 살아생전을 보여주듯 죽은 자들의 개성이 넘치는 공간이지요. 그러한 까닭에 수도원 안 묘지는 가이드북이 있을 정도로 관광객들이 고인의 묘비를 찾는 관광명소가 되었지요. 이 수도원에는 우리의 사전에 담긴 세르게이 미할코프도, 포도르 샬랴핀도 묘비 아래 영원히 살고 있어요. 당신과 그곳에 가도 벌써 함께 찾아볼 수 있는 사람이 적어도 세 명은 생겼네요.

이렇게 네 개의 방을 뒤로하고 마지막 방이 남았어요. 실제 고골이 머물 당시 이 방을 어떤 용도로 쓰였느냐 물어본들 박물관 직원도 그에 대한 답변만은 내놓지 못할 거예요. 제가 이미 똑같은 질문을 했었거든요. 제가 왜 그런 질문을 했는지는 들어서는 순간 글벗님도 이해하실 거예요. 자, 봐요. 놀랍지요? 이 방은 그의 문학관으로 꾸며 놓았어요. 우크라이나 지역 민담을 소재로 한 이야기 모음집 『지깐까 근교 마을의 야화』와 우크라이나 코사크인의 삶을 그린 「타라스 불바」가 수록된 『미르고로드』, 상트페테르부르크를 배경으로 한 세 편의 소설이 담긴 『아라베스크』, 그리고 그의 최대 걸작 『죽은 혼』까지 작품을 읽은 사람만이 알 수 있는 은밀한 기호처럼 전시를 해두었어요. 사실 저는 그 문학관을 둘러보며 누군가 앞에서 함부로 고골을 좋아하는 작가라고 말하면 안 되겠다는 반성을 했지요. 제가 읽은 작품보다 안 읽은 작품의 수가 훨씬 많았거든요. 그래서 읽은 작품 앞에서는 그 하나 하나가 무슨 뜻인지 저만의 해석을 할 수 있는 여지가 농후했는데 제목만 알고 있는 작품 앞에서는 침묵만이 흐를 뿐이었죠.

　저는 사실 무엇이 되었든 은근한 것을 좋아해요. 그래서 사람도, 장소도 매우 대중적이고 인기가 많으면 선뜻 마음이 가지 않아요. 오히려 베일에 가려지거나 남들이 미처 발견하지 못한 원석을 마음에 담아 한올 한올 벗기거나 보드라운 손수건으로 닦아내어 혼자 즐기는 편이에요. 문학청년을 꿈꾸던 시절 좋아하는 한국 작가가 있었어요. 여고생 때 논술 선생님께서 제가 아주 좋아할 것이라며 어느 작가의 장편소설을 추천해 주셨어요. 450쪽에 달하는 두꺼운 소설이었는데 하룻밤 만에 읽었던 것 같아요. 그 이후로 그 작가의 책을 저는 게걸스럽게 읽어 치우기 시작했어요. 그때 당시 아나운서가 작가를 초대하여 함께 낭독하는 한밤의 TV 프로그램이 있었어요. 저는 대학 시절 자주 여의도에 가서 그 프로그램의 방청석에 앉아있었지요. 특히나 그 작가가 손님으로 나오는 날에는 제일 먼저 줄을 섰던 것 같아요. 은근하게 좋아하는 제가 할 수 있는 가장 대범한 행동은 작가 앞에서 제 이름 석 자를 말하고 사인하는 그의 모습을 몰래 사진으로 남기는 것이 전부였어요. 그렇게 몇 년을 따라다녔던 작가가 어느 순간 모두가 알고, 사랑하는 작가로 자리매김하였어요. 그리고 얼마 못 가 그는 표절 시비에 걸려 처참하게 버려졌어요. 저는 그 과정을 조용히 바라보았어요. 너무나 배신감과 실망감이 컸지만 그것보다도, 그를 오랫동안 사랑한 저는 차마 아직 보낼 수 없는 차가운 시선과 칼날이 되는 말을 마구 쏟아내는 사람들이 밉고 무서웠어요. 그래서 그 사람들 때문에 저는 마음 편히 그 작가를 미워할 수조차 없었어요. 저마저 그 작가에게 돌을 던지고 싶지 않았지요. 갑자기 이 얘기를 하는데 또다시 가슴이 아프네요.

한 번도 그렇게 연관 지은 적 없는데 지금의 러시아도 제게 똑같아요. 부지불식간에 사랑하게 된 러시아예요. 주변에 누구도 여행을 다녀온 적 없고, 제대로 알고 있는 이가 없던 그곳을 저는 집에 두고 온 꿀 항아리처럼 혼자 야금야금 퍼먹기 시작했어요. 이곳에 산 지 십 년이 다 되어가도 아직도 모르는 것 투성이지만, 은근하게 이곳에서의 삶에서 나만의 향기를 품은 책을 쓰고 싶다는 생각이 꿈틀거리던 차 우크라이나 전쟁이 터졌어요. 사람들은 너 나 할 것 없이 러시아를 힐난하거나 아니면 세상에서 감쪽같이 지워나가기 시작했어요. 여러 분야에서 러시아는 제명당했고, 하물며 이름이 러시안블루라는 이유로 고양이조차 국제사회에서 퇴출당했어요. 전쟁을 일으킨 러시아를 옹호할 생각은 추호도 없어요. 하지만 '러시아'라는 그 세 글자에 이곳의 모든 것을 넣어 규탄하는 사람들의 태도가 무서웠어요. 저는 이곳에 산다는 이유만으로, 아니 이곳을 사랑한다는 마음을 갖고 산다는 것만으로도 숨고 싶었고 두려웠어요. 은근했던 제 사랑은 또다시 배신감과 비통함으로 제가 내치기 전에 많은 이들에게 질타받기 시작했어요. 무조건적인 옹호를 하고 싶은 마음은 없어요. 하지만 이곳에서도 간접적으로 전쟁에 대한 공포를 경험하며 삶이 무너지는 이들이 있고, 평화를 찾기 위해 고군분투하는 이들이

고골 박물관 2층 도서관

있다는 것을 알아줬으면 좋겠다는 작은 바람이 솟아났어요. 하지만 폭격당한 우크라이나의 처참한 사진을 보며 이런 바람을 글로 쓰는 것조차 용서받지 못할 일처럼 느껴졌어요. 그리고 깨달았지요. 은근 하기 위해서는 정취가 깊고, 꾸준함이 밑거름 되어야 한다는 사실을 말이지요. 저는 무작정 사랑한 러시아에 대해 아는 게 별로 없었어 요. 무엇보다 가장 근간이 되는 역사조차 바로 알지 못했고요. 마찬 가지로 고골도 겐나디 스피린이 그린 그림책 『코』에서 멀리 나가지 못한 얕은 독서로 그를 가장 좋아하는 작가라고 말하는 건 심각한 오류를 범하는 일이란 것을 그의 집 마지막 방에서 깨달았지요. 우 리, 누군가를 사랑한다는 말을 서슴없이 내뱉지 않기로 해요. 저는 모스크바에 있는 무궁무진한 문학가 박물관에 함부로 거침없이 가 지 않기로 다짐했어요. 은은한 노력을 취한 후 설레는 마음을 안고

고골 가로수 길문에 우뚝 선 당당한 니콜라이 고골 동상

한 발짝씩 다가가기로 말이죠.

　고골 박물관 이 층은 도서관과 작은 홀로 활용되고 있어요. 홀에서는 매달 음악회나 낭독회 등 각종 크고 작은 행사가 열리는 모양이에요. 도서관 내부에는 책상이 많지 않지만 고골의 집필실 전경처럼 모든 책상이 창문 앞에 한 자리씩 차지하고 있어요. 도서관 가장 깊숙한 곳에는 전자피아노가 서너 대 있어요. 당신과 함께 가는 날에도 그 소녀가 있으면 좋겠네요. 이곳에는 악보를 대여하여 피아노를 연주할 수 있거든요. 물론 전자피아노에 헤드셋을 연결하여 연주자 이외에 곡은 들을 수 없지만, 연주자가 건반을 누르는 소리만큼은 저 멀리서도 잘 들려요. 처음에는 누군가가 자판을 두드리는 소리이겠거니 했는데 이 정도로 자판을 빨리 누른다는 게 이상하여 소리의 근원지를 찾아가 보니 곡을 연주 중이었어요. 도서관의 대여 도서 목록에 악보는 생각조차 못 했는데 심지어 그 자리에서 연주할 수 있게 피아노가 마련되어 있다는 게 신기했어요. 그러나 이 궁금증과 신기함도 곧 스르륵 풀렸지요. 이 저택 주인장의 아내가 피아노를 좋아하며 신앙심이 깊었다고 해요. 그래서 고골과도 말이 잘 통하고 문화적 교류를 주고받은 모양이에요.
　우리, 이제 박물관을 나서서 조금 걸어볼까요. 이 박물관에서 조금 걸어나가 길을 건너면 시작되는 거리 이름이 바로 고골렙스키 불바르예요. 불바르는 가로수 길을 뜻해요. 고골 가로수 길을 걸으며 우리 조금 더 얘기를 나눠요.

고요한 돈강을 건너는 미하일 숄로호프

고골렙스키 불바르가 시작하는 초입에도 니콜라이 고골 동상이 있어요. 조금 전 우리가 노란색 고골 박물관 앞에서 보았던 고골 동상과는 분위기가 사뭇 다르죠. 사실 이 자리에 박물관 앞의 고골 동상이 있었다고 해요. 그러나 고골 동상의 모습이 마음에 들지 않았던 스탈린은 소련 정부의 이름으로 조금 더 당당하고 활기찬 모습의 고골 동상을 새로 제작하게 명령하였고, 그리하여 지금 우리 앞의 이 새로운 고골 동상이 우뚝 서 있게 되었지요. 이 동상의 사연을 듣자마치 굉장히 싫어하는 선생님의 교무수첩에서 우연히 볼펜 심 굵기마저 같은 내가 좋아하는 볼펜이 꽂힌 것을 마주한 느낌이었죠. 그리고 동상 밑에 각 작품의 하이라이트를 조각해 놓은 본래 동상이 더 가치 있다는 생각이 뒤늦게 들었지요. 사실 박물관 앞 고골 동상은 어딘지 힘이 없어 보이고, 가로수길 시작점의 동상이 생기 있어

보여 좋았거든요. 멀리서 뒷모습만 보아도 똑단발에 외투 입은 신사
는 고골뿐이거든요.

　가로수 길을 걷다 보면 또 하나의 동상을 만나게 돼요. 그 동상의
위인은 장편 대하소설 『고요한 돈강』으로 1965년에 노벨문학상을
수상한 작가, 미하일 알렉산드로비치 숄로호프예요. 사실 저도 이
소설을 읽지 않아서 이 개성 강한 동상을 한 눈에 알아보지 못했고,
지금도 이게 소설 속 어느 장면인지 풀어내지 못한 상태예요. 하나
이 동상이 왜 하필 고골 가로수 길에 있는지는 궁금해서 많이 생각
해 봤어요. 물론 그의 소설을 읽으면 명쾌하게 답이 나올 수도 있지
만, 아직 정면승부를 하지는 못했어요. 『고요한 돈강』은 제1차 세계
대전과 러시아 공산혁명을 배경으로 십 년간의 격동의 시대를 살아
가는 카자크인의 삶을 담은 작품이라고 해요. 바로 이 '카자크'가 고
골과 숄로호프의 공통분모가 아닐까 싶어요. 카자크는 우크라이나
와 남부 러시아의 초원 지역에 형성되었던 자치적 군사 집단이자 군
사민족으로 고골과 숄로호프 둘 다 출생에 카자크가 연관되어 있기
때문이지요. 숄로호프는 남러시아 돈강 연변 카자크에서 태어났고,
카자크계 조상을 둔 고골은 동부 우크라이나에서 태어났거든요. 이
때문에 고골의 성장 과정에서 카자크 이웃들과 교류가 많았고 그 시
절 그들에게 전해 들은 민담들은 그의 작품에 적지 않은 영향을 미쳤다
고 해요. 그의 작품 『타라스 불바』도 카자크인을 다룬 문학 작품이죠.
오늘은 끈질기게 겁도 없이 우크라이나를 입에 올리네요. 두 작가가
가로수 길에 앉아 오늘의 이곳에 대해 이야기를 나누는 모습을 상상
해요. 그들은 분명 침통한 얼굴일 거예요. 그렇죠? 우리도 가로수길

빈 벤치에 잠시 앉을까요.

　저는 당신에게 꼭 그곳에서 이 책을 선물할래요. 이왕이면 고골 엽서에 짤막한 편지와 우리의 화요일 날짜를 적어서 함께 당신께 내밀 거예요. 당신이 리본을 풀고 포장지를 뜯어 책 표지를 보며 어떤 표정을 지을지 저는 또 궁금하고 설레네요. 네, 맞아요. 제가 한눈에 반했던 겐나디 스피린의 그림이 곁들어진 고골의 『코』예요. 놀랍게도 같은 그림의 책을 돔 끄니기에서 만난 거예요. 우리나라에서는 절판되어 구하기 어렵게 된 책이지만, 이곳에 온 기념으로 러시아어 버전으로 꼭 당신에게 선물해 드리고 싶었어요. 오늘 덕분에 누군가가 글벗님에게 러시아 작가 중 누구를 읽어봤느냐 묻는다면 톨스토이나 푸쉬킨, 도스토옙스키와 체호프을 꺾고 고골이 가장 먼저 달음질쳐 나오길 바랍니다. 저도 은근하게 계속 제가 사랑하는 것들을 지켜내기 위해 노력해 볼게요.

추신 _
언젠가 글벗님은 제게 이런 말씀을 하신 적이 있죠.
편집자가 되는 순간, 독자로서의 순수함과 온전한 독서의 즐거움을 잃어버렸다고 말이죠.
그래도 가만히 아주 오래전 당신을 책의 세계로 인도한 당신의 첫사랑 작가를 기억해주세요. 그리고 그 첫사랑을 찾아냈다면, 운이 좋게 그의 책을 지금도 구할 수 있다면 저를 위해 한 권 선물해 주실 수 있나요. 가로수 길

에서 서로에게 서로의 첫사랑을 선물하는 거예요. 왠지 분홍색 립스틱이
나 장미향 핸드크림이라도 함께 선물해야할 기분이 드네요.

2022. 12. 15. 책의 세상에서도 나는 이미
유부녀가 된 것인지 문득 의문이 든 당신의 글벗으로부터.

우리의 작은 등불을 꺼트리지 마세요
_수요일의 글벗에게

    당신에게 띄우는 마지막 편지예요.

    때마침 오늘 만난 친구의 얼굴이 유독 밝게 빛나더군요. 그래서 이유를 물었더니 친정엄마가 지금 이곳으로 오고 계신다는 게 아니겠어요. 친구는 휴대폰을 보더니 잠시 후면 아랍에미리트 아부다비 공항에서 자신의 엄마가 갈아타는 비행기에 탑승을 시작할 거라 말했죠. 우크라이나와의 전쟁이 시작된 이후 러시아로 떠난 딸이 걱정되어 바리바리 싼 짐을 이고 지고 먼 길을 돌아오는 친구의 친정엄마 마음이 저한테까지 전해졌어요. 저희 친정엄마도 코로나가 온 세계를 강타하고 아직 외국 여행을 쉽사리 꿈꿀 수 없는 시기에 대단한 비행을 하신 전력이 있었거든요. 문득 그날의 엄마를 마중 나가던 날이 떠올랐지요. 엄마를 만난다는 설렘보다 보름 후에 헤어질 생각에 서글퍼서 눈물이 났죠. 셰레메체보 공항의 입국장의 내부 구조는 조금 독특하답니다. 입국하는 사람들이 컨베이어 벨트에서 수하물을 찾고 입국장으로 향해 나오는 그 일련의 과정 한 토막을 방문객을 기다리는 사람들이 입국장보다 한 층 높은 곳에서 통유리 너머로 내려다볼 수 있어요. 그곳에서 지켜보다가 기다리던 사람을 발견하면 재빨리 에스컬레이터를 타고 내려가 입국장 입구에서 그를 맞이하면 되었죠. 코로나 전염병이 발병하고 입국 과정에 코로나 검사 관련 서류를 제출하고 확인받는 단계가 딱 그 구간에 생겼지요. 얼

굴에 투명한 전면 마스크를 쓴 사람들은 물론이거니와 얇은 면장갑까지 야무지게 낀 사람들이 더러 보일 정도로 코로나에 대한 공포와 검사가 견고했을 때 였어요. 그러한 행색의 사람들 사이에서 마스크를 낀 엄마 얼굴을 단번에 알아볼 수 있었지요. 책과 깡통 햄을 잔뜩 넣어 벽돌처럼 무거운 등산 가방을 짊어진 엄마가 말도 잘 안 통하는 코로나 검사대에서 서류를 제출하고 통과 사인을 받기까지 얼마나 긴장하고 있는지 저는 느낄 수 있었답니다. 그런 엄마의 모습을 내려다보는데 눈물이 왈칵 났어요. 외할머니의 선물 보따리를 고대하는 제 아들과 딸을 보며 생각했죠. 이러한 시국에 단지 그리움 때문에 올 수 있는 건 엄마만이 가능한 일이겠다는 생각이 말이지요. 저는 이 전쟁 시국에도 딸을 위해 하루를 꼬박 걸려 다른 나라를 거쳐 러시아에 온다는 친구의 친정엄마 소식을 듣고, 몇 년 전 위험천만한 코로나 시국에 저를 위해 이곳에 온 엄마 생각이 나고 말았네요. 저는 친구에게 하루하루가 너무나 소중해서 첫날부터 눈물이 났던 얘기를 했어요. 그리고 부디 공항에서 꼭 웃는 얼굴로 엄마를 배웅하라는, 저도 단 한 번 성공한 적 없는 공항 작별 장면을 친구에게 주문했어요.

네, 맞아요. 저는 글벗님과 작별을 하루 앞둔 마지막 날의 편지를 쓰는 게 지금 많이 속상하다는 걸 감출 수 없어요. 제가 처음 편지를 쓴 날부터 마지막 편지를 쓰는 지금까지 사실 당신은 이곳에 온 적이 없는데도 말이죠. 당신은 그저 제 상상 속에서 저와 함께 여섯 날을 여행했을 뿐인데도 저는 정말 당신이 돌아가는 것처럼 생생하게 아쉬워요. 그런데 한편으로는 살그머니 설레기도 해요. 당신에게 이레의 모스크바를 선물하기로 마음먹었을 때 딱 두 장소가 머릿속에 떠올랐거든요. 한 곳은 우리의 첫날에 다녀온 필리 공원이었고, 나머지 다른 한 곳은 당신과의 마지막 날 밤에 갈 심산이었지요. 바로 이 멋진 곳에서 당신의 마지막 모스크바를 만들어줄 생각을 하니 그점이 저를 다시 웃게 합니다. 정말 영화처럼 너무나 완벽한 곳이 아닐까 생각해요. 마치 오랫동안 꿈처럼 여겨질 밤이 될지 몰라요.

　처음이네요, 우리가 밤에 집을 나서는 건 말이죠. 사실 이곳에 오래 살았지만 제게도 밤 외출은 흔치 않은 일이에요. 자, 우리의 마지막 모스크바가 저물고 있어요. 더 늦기 전에 모스크바의 밤거리를 함께 걸어 볼까요.

　우리의 수요일 밤 차림새는 조금 가벼워야 해요. 등 가방을 메는 것도 안 되고, 오늘만큼은 가방 속에 책이 있는 것도 금물이에요. 물론 당신의 작은 수첩이나 무거운 카메라는 괜찮아요. 왜 이런 당부를 드리는지는 나중에 알려드릴게요. 오늘은 마지막 날답게 가벼운 맥주 한잔 어때요. 로맨틱한 분위기의 카페보다는 조금 시끌벅적하고 독특한 분위기의 선술집을 택하겠어요. 음식점의 이름을 말씀드리면 이제 당신이 씩 웃을지도 모르겠어요. 우리는 모호바야 거리에 있는 '타라스 불바'에 갈 거예요. 이 음식점은 1999년에 문을 열어 모스크바 전역에 스무 개가량의 지점을 가진 우크라이나 전통식당이에요. 이 음식점은 외관에서부터 이목을 끌만큼 새하얀 외벽에 낮은 지붕을 얹고 속이 들여다보이는 네모난 창문이 마치 기차처럼 줄

지어 뚫려 있어요. 문을 열고 들어서면 그곳에는 또 다른 세계가 펼쳐져요. 먼저 입구 한 편에는 가죽으로 제본된 다양한 언어의 메뉴판이 한쪽 벽면을 가득 채우고 있어요. 메뉴판 오른쪽 위 귀퉁이에는 각 나라의 국기가 붙어있는데 입구에서 손님을 맞는 웨이터가 저희 같은 외국인 손님에게는 자신의 나라 메뉴판을 골라서 자리에 가라고 귀띔을 해줘요. 음식점 내부는 어느 한군데에도 여백의 미를 느낄 수 없을 정도로 신기하고 재미난 볼거리로 가득 채워져 있어요. 특히 러시아의 대표 화가 일리야 레핀이 그린 <터키 술탄에게 보내는 자포로지에 카자크들의 답신>을 보면 우리가 어제 만나고 온 고골을 떠올릴 수 있을 거랍니다. 네, 맞아요. 바로 이 음식점 이름인 타라스 불바는 그의 소설을 모티브로 했어요. 자세히 보면 화장실로 향하는 통로에 그의 소설책이 전시된 것도 볼 수 있지요. 이곳에서 일하는 웨이터들의 복장은 모두 카자크 전통 복장이며, 이곳에서는 우크라이나 전통 요리를 맛볼 수 있고, 주말에는 시간을 잘 맞추면 우크라이나 민요도 들을 수 있어요. 배불리 정찬을 먹을 수 있지만, 저희는 간단히 맥주 한잔과 그에 걸맞은 맥주 안주를 시키고 오래 머물지 않으려고 해요. 사실 이런 분위기를 당신께 보여드리고 싶었을 뿐이지 저는 이런 시끌벅적한 분위기를 좋아하는 편은 아니거든요. 규모를 감히 비할 수 없지만, 뭐랄까 뮌헨의 호프 브로이처럼 활기찬 곳에서 맛깔 나는 맥주 한잔 건배하며 당신과의 마지막 한 끼를 최대한 청승 떨지 않고 유쾌하고 고소하게 보내고 싶으니까요. 그래도 한 잔 이상은 마시지 않을 거예요. 왜냐하면 오늘의 진짜 마지막 장면을 위해 과음은 금물이니까요. 타라스 불바는 음식점임

에도 이곳 특유의 분위기와 멋스러움 때문인지 기념품을 팔아요. 타라스 불바가 그려진 우산과 머그잔, 모자, 티셔츠뿐만 아니라 카드놀이를 할 수 있는 빈티지한 카드와 웨이터들이 입고 있는 카자크 전통 복장도 살 수 있어요. 그래도 뭐니 뭐니 해도 이곳의 심볼이 새겨진 고골의 『타라스 불바』 소설책이 가장 유혹적이죠. 레스토랑을 나가기 전에 꼭 화장실을 한 번 들르도록 해요. 맥주를 마셨으니 특히요. 화장실 문을 열면 작은 화장실은 금세 작은 오디오북 청취실이 되고 말지요. 실감 나게 읽어주는 성우의 낭독이 비록 알아들을 수 없지만, 소설을 읽어주고 있다는 걸 눈치 챌 수 있어요. 저는 이럴 때 러시아어 공부를 열심히 해야겠다는 생각을 다시금 하게 돼요. 언제고 아무 때나 훅 들어오는 이들의 문화를 모두 수용할 수 있게 말이죠.

자, 이제 조금 걸을까요. 시간을 먼저 확인할게요. 우리는 여덟 시에 해야 할 일이 있어요. 만약 그때까지 한두 시간 여유가 있다면 이 주변을 걸어요. 알렉산드르스키 공원에 꺼지지 않은 불꽃과 근위병을 바라봐도 좋고, 아호뜨니 랴드라는 오래된 지하 쇼핑몰을 두서없이 구경해도 좋아요. 혹시 당신이 좋아한다면 내가 사랑하는 서점을 가도 좋아요. 서점 이름이 도스토옙스키 서점이라고 한다면 당신은 앞서 말한 경우의 수를 모두 무시하고 끝까지 서점을 택하고 말 것인가요. 그럼 어쩔 수 없다는 표정을 지으며 저는 또다시 당신을 서점으로 데리고 갈 참입니다. 그 서점은 어쩐지 우리나라 곳곳에 숨어있는 아기자기하고 특색 있는 작은 서점들을 닮았어요. 이 서점에서는 은은한 커피 향이 풍기기도 하고, 소파에 앉아 도란도란 이야기하는 이들의 말소리가 들리기도 해요. 기회가 될 때마다 이곳에 왔는데 솔직히 책보다는 엽서를 사러 왔어요. 이 서점에서는 자신들이 직접 제작한 굿즈를 많이 팔아요. 이건 제 추측인데 이 서점을 찾는 사람 중에 저 같은 사람이 적지 않은 듯해요. 그 이유는 매년 붉은 광장 옆 고시찌느이 드보르에서 열리는 북페어에서 이 서점 부스를 마주했기 때문이에요. 사실 저는 한국에서 북페어를 가본 적이 없어 비교할 수 없지만, 북페어에는 당연히 출판사만 참여할 거라는 속좁은 생각을 했어요. 그러나 그곳에 참여한 다양한 단체들의 향연에 저는 깜짝 놀랐어요. 일단 제 예상처럼 책을 제작하는 다양한 출판사들은 물론이거니와 책을 유통하는 서점도 다수 참여했어요. 그뿐만 아니라 각종 대학 출판부와 모스크바의 내로라하는 미술관과 박물관에서도 참여했고 우리나라의 지역신문처럼 여러 지역의 출판부도 모습을 보였지요. 어쩌다가 얘기가 여기까지 흘렀네요. 아무튼 제가 당신께 말씀드리려던 것은 그만큼 이 서점에서만 파는 굿즈가 굉장한 상품성을 지녔다는 사실이에요. 그러한 까닭에 이 서점에 오면 엽서를 한 뭉텅이 사는 것은 필수 코스지요.

  학창시절 문학 공부를 할 때 고전문학과 현대문학이란 용어를 많이 사용하잖아요. 저는 현대문학 중에서도 전후문학을 좋아했어요. 좋아했다고 표현하는 게 옳은 건지 모르겠지만, 이상하게 마음이 갔어요. 아마 제가 사랑한 외할아버지가 북에서 오신 분이셔서 그랬을지도 모르겠어요. 그 허무하고 쓸쓸한 분위기 속에 사는 '작은인간'들의 등을 쓰다듬어 주고 싶었거든요. 우리 문학에서 정의하는 전후문학은 전쟁을 소재로 하여 전쟁 후에 창작된 소설을 일컫지요. 문학소녀 시절 전장에 떨어진 소설 하나하나를 가슴에 삼키던 전후문학 속 전쟁은 한국전쟁이었어요. 동족상잔의 비극이라는 주제어도 늘 함께였죠. 그러나 이곳에 살다 보니 전쟁은 다른 얼굴과 이름, 의미로 읽혔어요. 그럴 때면 전쟁에 대해 나의 고국과 지금의 내가 사는 나라가 다른 역사를 가졌기에 그럴 수 있다고 여겼는데 우크라이나 전쟁을 이곳에서 겪게 되자 저는 많이 혼란스러웠어요. 학창 시절 전 세계 유일한 분단국가로 남아 있는 우리나라의 근현대사를 배울 때만 해도 늘 끄트머리에 독일을 염두에 두었어요. 그들의 장벽이 무너진 것처럼 우리의 철책도 언젠가 걷힐 날이 오리라 염원했지요. 이곳에 살면서 북한 사람들을 종종 마주칠 때면 한국에서는 한

번도 경험해 본 적 없는 묘한 감정이 일어요. 북한말이 들리면 나도 모르게 마음속에서 '우리의 소원은 통일 꿈에도 소원은 통-일'을 불렀지요. 그러나 통일의 길은 점점 묘연해지고, 비록 나라의 근간은 같았을지언정 이제는 전혀 다른 두 나라로 살아감을 인정해야 한다는 걸 깨달았지요. 교과서에서는 통일을 기원했지만, 현실은 분단국가로서의 엄연히 다른 두 나라로 존재할 뿐이었지요. 그리고 그러한 서로의 존재를 존중하고 받아들이는 자세가 필요하다고 생각했어요. 우크라이나와 러시아의 전쟁을 바라보며 그러한 생각은 확고해졌지요. 통일이라는 단어가 가진 폭력의 힘도 말이지요.

전쟁은 박물관에서나 마주하는 지구촌의 지나온 역사라고 여겼어요. 그러나 전쟁이 터졌고, 그것은 다름 아닌 제가 사는 나라에서 특별 군사작전이라는 이름으로 시작되었지요. 무려 전쟁 전날 밤 승리공원에서 미친 듯이 쏘아 올리는 붉은 불꽃을 바라보며 참 대단하다는 생각마저 했었는데 말이죠. 전쟁이 시작되고, 그것이 장기화하면서 감정의 어느 한 귀퉁이가 전쟁에 마비된 느낌이 들었어요. 내가 사는 곳이 우크라이나가 아니라 러시아, 그것도 우크라이나와 인접한 지역이 아니라 모스크바여서 다행이라는 생각이 들었어요. 그러다가 그런 생각을 하는 제가 너무나 역겨워서 참을 수 없었지요. 그래서 차마 이곳에 있는 우리도 힘든 시간을 보낸다는 말을 함부로 할 수 없었어요. 최소한 침략과 살상 무기로 밀미암은 죽음을 직면한 상황은 아니었으니까요. 하지만 고통스러웠어요. 올해 제가 많이 매달리고 의지했던 책이 한 권 있어요. 바로 안네 프랑크의 『안네의 일기』에요. 이 어린 유대인 소녀의 일기를 읽으며 저는 전후문학이 단순히 전쟁을 소재로 한 문학이 아니라 전쟁이 인간에게 어떠한 영향을 미치는지, 전쟁으로 파괴되는 인간과 사회, 시간과 공간 등을 여실히 보여줌으로써 그럼에도 삶을 갈구하는 아프지만 강인한 글이라 여기게 되었어요. 열두 살 소녀의 일기에 저는 큰 용기를 얻고 새로운 꿈을 꾸기도 했죠. 갑자기 웬 안네의 일기냐고요? 분명 제가 이 서점을 풀방구리 쥐 드나들 듯 발도장을 찍었어도 단 한 번도 눈여겨보지 않았던 공간이었어요. 그러나 우크라이나와의 전쟁이 시작되고 이 서점을 방문했을 때는 이 글씨가 눈에 띄더군요. '전쟁문학'. 그리고 그 글씨가 적힌 선반을 가득 메운 책 중에서 안네의 얼굴을 보았어요. 처음으로 이 작은 서점의 책방지기와 얘기를 나눠보고 싶다는 생각이 들었던 순간이기도 합니다. 제가 제 생각을 러시아어로 원활하게 구사할 수 있다면 좋겠다고 아쉬워했던 순간이기도 하죠. 러시아어책 원문을 술술 읽을 수 있는 수준이라면 이들이 받아들인 조국수호전쟁(세계2차대전)과 나치즘으로부터의 해방을 위한 지금의 특별 군사작전(우크라이나 전쟁)을 오늘날의 러시아 작가는 어떻게 써내려 갔을지 궁금했어요. 그들의 전후문학에서도 저는 작은 인간을 찾고 싶은 것인지도 모르겠어요. 승전국일지라도, 침략국일지라도, 전범국일지라도 전쟁은 결국 인간을 파괴한다는 것을 문학으로나마 위로받고 싶었어요. 제아무리 힘이 센 사람일지라도 전쟁으로 인해 어느 한 귀퉁이가 마멸되거나 거세된 인간상을 소설에서라도 만나 두 눈으로 확인하고 싶었어요. 글벗님은 서점을 운영하는 이들과 대화를 자주 하시죠. 다음에는 기회가 되면 작은 책방을

사색에 잠긴 도스토옙스키 동상 뒤로 펼쳐진 러시아국립도서관

운영하는 거인들의 이야기를 들려주세요. 분명 그 작은 공간에 이 방대한 책의 세계를 구현하려면 다들 자신들만의 철학과 지론이 있을 것 같거든요. 저는 이곳에서 안네를 만난 날 이후로 책방지기들의 삶이 몹시 궁금해졌어요.

이런, 얘기가 길어지는 바람에 늦을지도 모르겠어요. 이제 서둘러서 우리 그곳으로 가요. 그곳은 바로 길 건너편 러시아 국립도서관이에요. 건너편이라는 표현은 잘못된 것이네요. 횡단보도가 없어서 우리는 '레닌도서관' 지하철 역으로 이어지는 지하도를 관통해 그곳으로 향할 것이거든요.

러시아 국립도서관 앞에는 방금 우리가 있었던 서점 이름의 주인공인 도스토옙스키 동상이 깊은 사색에 잠겨 있어요. 이 동상을 지나 오른쪽 건물로 들어갈 거예요. 이 늦은 밤에 도서관이 문을 열었느냐고 당신은 의아한 눈초리로 주위를 살필지 몰라요. 네, 맞아요. 러시아 국립도서관은 밤 여덟 시면 문을 닫아요. 우리는 바로 모든 이용객이 집으로 돌아가고 불이 꺼진 도서관을 둘러볼 거예요. 밤 여덟 시부터 열 시까지 두 시간 동안 수백만 권의 책이 만들어 내는 끝없는 미로를 당신과 함께 헤맬 거랍니다. 정말 설레죠. 러시아 국립도서관 야간 투어는 3번 입구에서 시작해요. 야간 투어 금액은 1,500루블(한화 약 30,000원)이며 투어 시작이 여덟 시니까 그 전에 여유 있게 가야 해요. 왜냐하면 도서관에 마련된 기념품 가게가 우리가 야간 투어를 마치고 나오면 굳게 닫혀있기 때문이에요. 그러니 혹시 사고 싶은 게 있다면 투어 전에 사야 해요. 저는 당신과 함께 가면 지난번에 사지 못한 책갈피를 하나 살까 해요. 갈고리 모양의 책갈피도 예쁘지만, 하얀 레이스 끈 끝에 달린 동그란 원판 안에 러시아 국립도서관이 담겨 있는 책갈피가 있거든요. 우리의 낭만적인 밤에 갈피를 꽂는다는 마음으로 당신의 것도 하나 제가 살게요.

기념품 가게를 나오면 이제 눈치싸움을 잘해야 해요. 야간 투어를 신청한 사람들을 임의로 여덟 명씩 조를 지어주거든요. 아예 여덟 명이 맞춰온 사람들도 있지만, 저희처럼 둘이 온 사람들이 가장 많을 거예요. 대부분 단짝이나 연인일 테지만 간혹 혼자 온 신사도 찾을 수 있을지 몰라요. 조를 지어 입장을 시작할 때 저는 뒤로 물러서 가능한 마지막 조에 들어가기 위해 소심한 노력을 기울일 거예요. 그 이유는 투어의 하이라이트에서 밝힐게요. 여덟 명으로 이루어진 조에는 각각의 가이드가 함께하며 투어를 진행해요. 그러고 보니 당신이 저와 함께 한 이레 중 처음이자 마지막으로 러시아인을 가장 가까이서 바라보는 시간이 될 수 있겠네요. 다시 한번 고백하건대 당신만큼 저도 가이드의 말을 주워 담지 못할 것이니 제게 통역을 요청하는 눈빛을 보내지 마세요. 그냥 이 신비로운 장소에 당신과 제가 놓여있다는 사실을 즐기기로 해요.

이 도서관의 공식 명칭은 러시아 국립도서관이에요. 그러나 우리가 이곳에 오기 위해 잠시 관통했던 지하도가 있던 지하철 명에서도 볼 수 있듯 도서관의 옛 명칭은 레닌 도서관이랍니다. 러시아인들은 소련 시절에 사회주의 혁명지도자였던 블라디미르 레닌과 러시아어로 도서관을 뜻하는 비블리오테카를 합쳐 레닌카라는 약칭을 만들었고, 여전히 습관적으로 이 도서관을 레닌카로 불러요. 가이드는 본격적인 야간 투어에 들어가기에 앞서 이 도서관의 역사를 설명해 줄 거예요. 저는 그 자리에서 바로 당신에게 설명해 주지 못할 것이기에 조금 공부를 해보았지요. 상트페테르부르크에 살던 니콜라이 루먄체프 백작(1754-1826)에게는 막대한 문화유산이 있었는데 안타깝게도 직접적인 상속인은 없었다고 해요. 그래서 백작이 죽은 후 그가 취했던 많은 소장품이 국가 소유로 넘어갔지요. 그 당시 모스크바에는 공립 박물관이 하나도 없었고, 개인 소장품만 있던 상태였던지라 모스크바에 그의 박물관을 세워 1862년 개관하였어요. 10월 혁명 이후 루먄체프 박물관의 컬렉션은 트레티야코프 미술관과 예르미타시 박물관, 그리고 푸쉬킨 미술관에 기증하였답니다. 그리고 그 박물관의 기존 책을 기반으로 만든 도서관이 이 도서관의 전신이에요. 1924년 서적 애호가를 위한 이곳은 레닌의 이름을 딴 레닌 도서관이 되었고, 1992년부터 러시아 국립도서관이라고 불리게 되었지요. 비록 사회주의는 실패했을지라도, 새로운 세계에 대한 실현을 꿈꿨던 나라답게 러시아는 그의 깊은 사유를 존중하는 것 같아요. 가이드가 제가 공부한 것 이외에 더 진솔하고 새로운 이야기를 해줄지 몰라요. 아쉽게도 그 호흡 속에 빨려 들어갈 수는 없지만, 우리와 함께하는 조원들을 관찰하는 것은 또 다른 재미예요.. 그들은 진지한 표정으로 가이드의 말을 경청할 게 분명해요. 그리고 질문 시간에 누군가는 꼭 질문을 하는 것도 우리와 조금 다른 모습이지만, 신선한 자극이에요. 가이드는 이제 우리를 지하 계단으로 안내할 거랍니다. 머리 조심하세요. 지하로 한 계단씩 내려갈수록 천장이 낮아지거든요.

　오래된 도서관의 지하를 보는 경험은 이런 투어가 아니고는 불가능한 일이 분명해요. 몇 해 전 재미나게 보았던 스페인 드라마 생각이 나요. 살바도르 달리 마스크를 쓰고 붉은 작업복을 입은 강도들이 화폐 조제국에 무단침입하는 내용이지요. 지하 탈출구를 만들기 위해 범인들이 은행의 지하 벙커 같은 곳곳을 탐색하는 장면을 꽤 흥미롭게 보았거든요. 레닌 도서관의 지하가 꼭 그것을 연상시켰어요. 가이드는 우리가 몇 개의 층계참을 지났는지 기억하지 못하는 지하 통로에서 두 개의 문을 열어 줄 겁니다. 하나는 시계의 방이고, 다른 하나는 전화기의 방이에요. 시계의 방에는 도서관의 시계를 관장하는 장치가 중앙에 자리하고 있고, 그 뒤편으로 레닌 사진이 걸려 있는 게 인상적이에요. 가이드는 그곳에 있는 시계 중 하나를 열어 시계의 작동 원리를 알려줘요. 설명을 듣고 있노라면 일 분은 쉬이 지나가기 마련이죠. 그럴 때면 무수히 많은 시계가 붙어있는 곳에서 분침이 한 발짝씩 나아가는 소리가 소스라칠 정도로 크게 들려요. 문득 이 방에서 일하는 누군가가 있다면 어쩐지 불행할 수 있겠다는 생각이 들었지요. 시간을 쪼개 쓴다는 말을 우리 흔히 하잖아요. 하지만 이곳에 있으면 일분일초에 내가 쪼개져 하루를 마치고 나면 왠지 아무것도 집중하지 못한 채 후춧가루가 되어버릴 것 같거든요. 이 방에는 시계 이외에도 글 쓰는 이들의 로망을 상징하는 오래된 러시아 타자기와 초록색 갓의 스탠드가 전시되어 있어요.

　전화기 방은 매우 비좁으니까 가이드가 문을 열어주면 얼른 들어

가 편한 곳으로 자리를 잘 잡도록 해요. 모스크바 시내에는 전화기 박물관이 있어요. 마치 그 박물관의 한 귀퉁이를 옮겨온 느낌이 드는 방이에요. 동그란 구멍에 손을 넣고 다이얼을 돌리는 옛 전화기가 정답게 느껴지죠. 그중 숫자가 24번까지 적힌 네모난 버튼이 있는 전화기를 가이드가 설명해 줘요. 그 숫자가 무엇을 뜻할지 한 번 맞춰보시겠어요. 바로 단축번호예요. 이 전화기에는 24번까지 단축번호를 저장할 수 있었다고 해요. 제가 초등학생일 때 아버지가 휴대폰을 처음 사용하시기 시작했어요. 모두에게 낯선 신문물이었죠. 아버지가 매일 입고 다니시는 공장 점퍼 안주머니에 늘 손때 묻은 작은 수첩이 있었지요. 거기에 적힌 많은 거래처 상호와 번호를 아버지 휴대폰에 하나씩 저장해 드렸죠. 그때 단축번호 1번은 우리 집

전화번호였죠. 그 이후 아버지가 휴대폰을 바꾸실 때마다 저는 같은 작업을 반복했고, 조금씩 아버지의 단축번호 목록도 길어지기 시작했죠. 지금의 스마트폰에도 단축번호 기능이 있나요, 혹시. 그러고 보니 언제부터인가 아버지의 단축번호를 입력해 드리던 일도 하지 않게 되었네요. 누군가의 단축번호 1번이 된다는 건 꽤 근사한 일이잖아요. 아니 기쁘고 슬플 때 바로 1번을 눌러 상대편에서 응답해 준다는 일조차 감사하단 생각이 드네요. 타국에 살다 보니 점점 전화라는 행위 자체도 과거의 소통방식처럼 느껴져요. 저는 제 스마트폰의 벨소리가 무엇인지조차 모르고 사니 말이죠. 알람 소리는 매일 듣고 살지만, 이곳에서 누군가 내 목소리를 애타게 찾아주진 않더라고요. 가이드가 방문을 잠그며 물을 거예요. 여러분의 단축번호 일번은 누구입니까.

두 방을 엿보고 나오면 가이드는 마치 우리네 전기 검침원처럼 어느 두꺼비집 같아 보이는 사물 옆에서 설명을 이어가요. 그는 그것을 열어 도서 신청서를 전달하는 파이프 관의 작동 원리를 설명한답니다. 레닌도서관의 도서 보관소는 무려 19단으로 이루어져 있으며 그곳에는 책과 브로슈어, 잡지, 신문, 논문 등이 약 4,700만 개 가량 보관되어 있다고 해요. 이 진귀한 보물 중 원하는 출판물을 신청하기 위해 이곳에는 파이프관이 조성되어 있어요. 도서 신청서를 적은 종이를 특수 캡슐에 담아 그것을 파이프에 넣으면 12m/s의 속도로 쏜살같이 날아 도서 보관소에 도착해요. 그러면 신청 도서는 새빨간 특수 트롤리에 담겨 철도를 타고 신청인에게 오는데 이 모든 일련의 과정까지 한두 시간 소요된다고 해요. 혹은 도서 운반용 엘리베이터가 지하까지 운행돼요. 설명을 들어도 너무 신기하지 않나요. 캡슐에 종이를 넣어 날리다니 너무나 아날로그적이잖아요. 그래서 과거에만 사용한 방식이겠거니 했는데 지금도 이런 방식을 인터넷과 함께 사용한다고 해요. 그 이유는 중간에 다른 무언가를 거치지 않기 때문에 신속하고 정확하기 때문이죠. 놀랍게도 이런 방식을 고수하는 곳이 도서관 말고도 몇몇 있다고 하는데 그중 하나가 은행이에요. 가이드가 도서 신청서를 넣는 특수 캡슐 말고 다른 캡슐을 보여주며 퀴즈를 냅니다. 정답의 캡슐에는 현금 뭉치가 담길 것이고, 은행 내부에도 이러한 캡슐을 날리는 파이프관이 있다고 해요. 어쩐지 제가 이 지하실의 모습에서 기시감을 느낀 게 엉뚱하지만은 않았던 것 같아요. 캡슐을 보는데 오래 전 졸업식을 앞두고 반 친구들과 학교 운동장에 타임캡슐을 묻었던 기억이 떠올랐어요. 몇 년의 시간이 흘러야 도착했던 캡슐 속 과거는 추억의 뇌관에서 이미 오래전 발화한 탓에 과거인지 미래인지 정의할 수 없는 애매한 시간을 담아 현재의 내게 왔죠. 당신에게 띄우는 제 일곱 통의 편지도 그러할까요. 당신이 모스크바에 온다는 미래를 위해 저는 당신과 함께할 곳을 몇 번이고 서성거렸고, 이렇게 편지를 쓰는 순간에는 이미 함께하는 우리의 모습이 현재 벌어지는 일처럼 상상여행을 하고 있죠. 편지를 다 쓰고 나면, 그리고 당신은 다 읽고 나면 마치 우리의 여행이 과거처럼 여겨질까요.

지하실 견학을 마치고 지상으로 향하는데 가이드가 말해줘요. 이

도서관은 제2차 세계대전에도 열려 있었다고 말이지요. 심지어 그 시기에도 새 책을 사들였고, 16개국과 책을 교환하기도 했다네요. 그러나 전쟁 기간에도 독자에게 개방되었던 도서관이 폐쇄되었던 적이 있었어요. 바로 코로나 대유행 기간이에요. 전쟁과 전염병, 그 두 개 모두 오래전 역사에서나 접할 일이라 생각했는데 역사도 반복되는 것이 맞나 봐요. 저는 포탄이 터지는 나날에도 이곳에 와서 책을 읽는 사람들은 과연 누구였을까 궁금했어요. 그리고 문득 우크라이나의 도서관은 안전할지, 지하 벙커에서 책 읽는 이들이 있을까. 글을 쓰는 사람들이 있을까. 옷장 속에서, 혹은 비밀은신처에서 희망을 꿈꾸는 사람들이 존재할까. 그렇다면 그들의 마음이 꺾이지 않길 간절히 바랐어요. 생사 앞에서 책을 읽는 사람의 등불은 그 무엇도 함부로 꺼트릴 수 없었으면 좋겠다고 말이죠.

　고백할 게 하나 있어요. 우크라이나 전쟁이 발발한 지 두 달여 만에 우리나라에서 출간된 우크라이나 그림책 작가 올가 그레벤니크가 쓴 『전쟁일기』를 어렵사리 구해서 읽었어요. 출간 소식을 듣자마자 한달음에 읽고 싶었지만, 다른 한편으로는 읽고 싶지 않았어요. 러시아의 추악한 민낯과 전쟁으로 고통 받는 우크라이나인의 마음을 맞닥뜨릴 자신이 없었거든요. 150쪽이 채 안 되는 그녀의 그림일기를 저는 두렵고 죄스러운 마음으로 읽다가 중단하기를 되풀이했어요. 그녀의 그림과 일기에서는 그들이 수년간 가꾼 집과 정원, 도시가 지워지고 삶이 무너지고 있었어요. 반대로 저의 글에서는 이곳의 집과 정원, 도시를 마음에 그리고 삶을 쌓아 올리고 있었는데 말

예요. 우크라이나의 '안네'를 만난 기분이었어요. 심지어 그레벤니크와 그의 아들 표도르, 딸 베라의 나이가 저와 제 아들 시우, 딸 나경과 흡사했지요. 전쟁이 일어나기 전 올가 그레벤니크의 표현처럼 '천 개의 계획들과 꿈이 있었'던 평화로웠던 일상까지도요. 그래서 저는 그녀의 전쟁 일기를 읽고 제가 당신에게 써온 편지를 전부 갈 가리 찢고 싶었어요. 그저 엉엉 울고만 싶었어요. 이게 다 무엇인가, 이런 것을 써도 되는 것인지 괴로웠어요. 하지만 당신이 고골의 집사처럼 저를 다독여 주었지요. 무엇이 되었든, 어떤 형식이 되었든 지금을 기록해 보자고. 상상으로 행복한 러시아 여행을 꿈꾸는 글. 판타지에는 가려져 있는 저의 어두운 마음을 읽어줄 누군가가 정말 있을까요.

 지상으로 올라오면 색인 카드의 방을 지나는데 달빛이 떨어져 오묘한 색으로 물든 이 방은 무척 매혹적이에요. 저는 설야의 야간투어를 했었는데 글벗님과는 언제 하게 되는지 궁금하네요. 한여름밤에 펼쳐지는 백야의 야간 투어는 경험해 보지 못했기에 궁금하지만, 저는 그래도 새까만 겨울밤의 도서관 야간 투어에 한 표를 던지렵니다. 큰 창으로 받아들이는 밤은 절대로 어둡지만은 않아요. 새하얀 눈이 러시아의 겨울밤을 환하고 포근하게 덮어주기 때문이죠. 그러고 보면 러시아의 겨울이 삭막하거나 추운 색채가 아닌 것은 바로 이 눈 덕분이에요. 달빛에 반사된 눈이 어두운 방을 밝혀줘요. 그 방을 지나치면서 떠오르는 영화 한 편이 있지요. 혹시 당신도? 네, 바로 이와이 슌지 감독의 <러브레터>지요. 봄바람에 나부끼는 커튼은

아니지만, 도서관의 창가는 늘 그 장면을 떠오르게 하죠.

　이제 도서관의 이 층으로 향해요. 가이드의 뒤를 따라 조원들의 가장 꽁무니에서 미로 같은 도서관을 둘러보다가 대학 시절이 떠올랐어요. 새내기 시절부터 존경하던 복학생 선배가 있었어요. 에이, 사모했다는 표현이 더 솔직할까요. 그 선배를 문학 수업에서 만나 같은 조가 되었죠. 조별 숙제를 하기 위해 학번도 높았던 그 선배가 저를 학교 도서관에 처음 데려가서 도서관 이모저모를 설명해 주었죠. 어느 구역에 무슨 책들이 있는지 자판기 커피는 어디가 맛있는지, 도서관 안에서 영상자료를 볼 수 있는 곳은 어디이며 어느 소파가 유독 푹신한지, 어떤 테이블에서는 소소한 담소를 나눌 수 있는지 등 그가 깊고 푸르른 도서관에서 자유로이 유영하는 모습을 수줍게 바라보았죠. 그러니 제가 그를 '문학 선배'라고 하며 사모할 수밖

에 없었지요. 불현듯 그가 떠오른 것은 투어 그룹에 젊은 대학생 연인이 있었기 때문이기도 해요. 깍지를 낀 그들이 아까 색인 카드 방 코너를 돌 때마다 짧은 입맞춤을 하는 게 몹시 사랑스럽고 풋풋해서 제 심장이 어찌나 콩콩거렸는지. 제가 다 입술을 쭈뼛거렸다니까요. 그리고 계속 그들을 흘깃흘깃 엿보았다는 엉큼했던 저의 그날 밤 행각을 당신에게 몰래 적어봅니다.

이 야간 투어의 대미를 장식하는 3번 열람실에 가기 전에 우리는 몇 곳을 지나요. 크렘린이 마치 한 폭의 그림처럼 담기는 큰 창이 있는 방은 불이 꺼져 있어요. 아마도 그 창밖 풍경을 마음에 담게 해주기 위한 배려 같아요. 누군가 실수로 불을 켰더니 재빨리 끄라고 가이드가 소리쳤거든요. 그 방을 지나면 벽면이 온통 분홍색인 방이 나와요. 양 벽면에 그림만 걸려 있어서 마치 갤러리 같지만, 아쉽게도 야간 투어를 하는 저희에게는 그림을 감상할 시간은 허락되지 않아요. 다시 걸음을 되짚어 돌아온 길을 걸으면 도서관의 책임자들이 쓰는 개인 사무실이 양옆으로 펼쳐지는 복도가 나와요. 중학생 때 진로 적성 검사를 학교에서 한 적이 있는데 그때 추천 직업군에 도서관 사서가 있었어요. 그때는 그 직업이 무슨 일을 하는지 도통 알 수 없기에 관심도 주지 않았었지만, 개인 집무실에 달린 명패를 보니 도서관에서 일하는 사람들의 하루가 무진장 궁금한 거 있죠. 책에 대해 알면 알수록 참 많은 사람이 책과 관련된 일을 한다는 걸 깨닫게 돼요. 책에는 오직 작가와 독자만이 있는 줄 알았는데 글벗님을 만난 이후로 편집자가 책의 탄생 과정에서 얼마나 중요한 역할을 하는지 알게 되었잖아요. 마치 당신은 임신 초기부터 저를 봐왔고, 열 달을 잘 품어서 순산할 수 있도록 도와주는 노련한 산파 같기도 해요. 그렇게 세상에 태어난 책을 읽어주는 독자만을 생각했었는데 이 유서 깊은 도서관에 오니 도서관은 서점과는 또 달리 그렇게 세상에 태어난 책이 잘 자라날 수 있게 하는 요람이자 잘 묻어주는 묘지 같기도 하네요. 그러한 책의 세상을 관리하는 많은 사람이 또 이곳에서 호흡하고 있고요. 다시 한 번 글벗님과 이곳을 둘러보고 있다는 사실이 저를 가슴 벅차게 만드네요.

얼마 전 리모델링을 마쳤다는 도서관 카페는 마치 식물 카페를 연상케 할 정도로 녹색과 갈색의 조화가 감미로워요. 매우 센스 있게 식물을 배치한 것은 아니지만 테이블 하나 건너에 굵다란 화분이 놓여있고, 카페 중간에 격자무늬 형식의 책꽂이에 책 대신 덩굴 식물과 관엽식물이 자리 잡고 있어요. 혹시 우리 집에서 몬스테라와 스킨답서스를 보셨나요. 우리 집 소소한 도서관 카페 한 뼘의 초석이 될 아이들이에요. 만약 당신이 몇 년 후 다시 제게 와주신다면, 그때는 우리 집 초록 아이들이 무성하게 장성한 모습으로 당신을 맞이할 수 있다면 좋겠네요. 자, 이제 이 야간 투어의 마지막 코스만 남겨두고 있어요. 육중한 문을 여는 순간, 탄식이 나올지 몰라요. 당신이 러시아 영화 <모스크바는 눈물을 믿지 않는다>를 보지 않았다면 이 유명한 3번 홀의 모습은 처음일 테니까 말이죠.

오스카상을 받은 블라디미르 멘쇼프의 1988년 작 <모스크바는 눈

물을 믿지 않는다>는 러시아인 남녀노소 누구나가 아는 영화에요. 저도 이 영화를 러시아어를 처음 배울 때 접했어요. 이 영화만큼 모스크바를 잘 표현하고 담아낸 영화는 없다고 러시아를 전공하는 학생은 꼭 봐야 한다고 했었죠. 이 영화에 바로 3번 열람실에서 촬영한 장면이 등장해요. 그 당시에는 선택된 소수만이 이 열람실을 이용할 수 있는 특권을 부여받았다고 하지만, 다행히 지금은 러시아 또는 14세 이상의 다른 국가의 시민이라면 누구나 열람이 가능해요. 심지어 야간 투어 중인 우리는 천장까지 높이가 14m나 되는 이 거대한 열람실의 이용객이 아무도 없는 고요한 상태를 누릴 수 있어요. 이런 행운을 거머쥔 밤은 퍽 황홀할 거예요. 민트색 벽지와 거대한 웨딩케이크를 떠올리게 하는 주름진 크림색 커튼, 커튼 사이 푸쉬킨과 톨스토이, 고리키 등 벽에 걸린 러시아 문학가들, 그리고 홀의 한 벽면을 차지하는 거대한 그림과 그 앞에 책을 읽고 앉아있는 레닌 동상. 그 웅장하고 고혹적인 분위기에 당신은 압도당할 거예요, 아무렴요. 녹색과 갈색의 조화는 아까 카페에서부터 계속 이어져 오고 있어요. 이곳은 더는 설명이 필요 없는 곳이에요. 사실 레닌 동상 뒤편의 그림 설명을 가이드가 굉장히 열정적으로 해줘요. 아쉽게도 제가 그림의 숨겨진 의미를 해석할 실력이 되지 못할뿐더러 주어진 짧은 시간 안에 이 황홀한 풍경을 온전히 담고 싶은 마음에 귀에 잘 들리지도 않을 거예요. 그러나 그 그림이 소련 시절 그들의 과학적 성취와 새로운 세상을 실현하기 위한 노력의 발자취를 담아냈던 거라는 추측은 어렴풋이 해봐요. 맞은 편 벽면에 걸린 숫자 대신 별자리가 조각된 시계에도 눈길을 한 번 주세요. 오오, 아쉽게도 우리의 도서관 투어가 끝을 향해 달려가고 있어요. 제가 마지막 그룹이길 바란다고 했죠. 드디어 다른 그룹이 모두 나가고 우리 팀만 남았어요. 정말 우리 아홉 명과 3번 열람실을 지키는 경비원 한 명 말고는 아무도 없어요. 그러면 가이드가 말할 겁니다.

"당신들을 위해 제가 준비한 선물이에요."

그리고는 암전.

불 꺼진 열람실에 각자의 테이블에만 불을 밝히는 초록 스탠드가 만들어내는 장관은 방금까지 천장에 매달린 샹들리에에 불이 켜져 있을 때와는 또 다른 운치를 자아내요. 나는 이 근사한 선물을 받은 순간, 당신 손을 꼭 잡고 당신 귀에 속삭일 거랍니다. 이곳의 내게 와줘서 고마웠다고. 누군가 내 삶에 몰래 주고 간 선물처럼 나타난 당신 덕분에 나의 러시아를 쓰기로 마음먹었다고. 그리고 그 마음을 굽히지 않고 잘 키워냈다고.

투어가 끝이 나고 집으로 돌아가기 전 우리는 조금 걸어서 노브이 아르바트 거리로 가요. 거기서 돔 끄니기를 바라볼까 해요. 잠이 든 책들의 집을 바라보며 마지막으로 당신에게 따뜻하고 달콤한 라프 한 잔을 건넬게요. 우리의 이레에 대해 되돌아보며 우리의 마지막 밤을 아쉽지만 놓아줄게요. 당신이 돌아가려면 고단한 여정이 남아 있으니 말이죠.

잘 가고 또 와요.. 기다릴게요.

추신 _

전쟁이 시작된 그해 여름 당신을 만난 날 제가 당신에게 내민 촛대를 기억하시나요.

구세주 성당에서 산 촛대에는 가장 얇은 밀랍 초만 꽂을 수 있는데 제가 그만 초는 깜빡하고 말았지요. 이제야 당신에게 밀랍 초 한 묶음을 내밉니다. 그리고 당신에게 마지막 부탁을 해도 될까요.

요즘도 빈티지 가게를 즐겨 가신다면, 그리하여 그곳에서 혹시 호롱불 등잔을 발견하신다면 저를 위해 그 등불을 밝혀주세요.

나의 친애하는 글벗님, 부디 우리의 작은 등불을 꺼트리지 말아 주세요.

2022. 12. 29. 당신이 모스크바에 온다면
당신의 영원한 글벗 강민아 드림

우크라이나 전쟁 발발 직후 글벗에게 보낸 편지

　저의 시작은 이러했습니다.

　우리의 미팅이 멈춘 지 벌써 한 달이 지났네요. 실은 '벌써'라는 표현을 쓰는 것은 조금 거짓말이기도 하여 저는 쑥스럽기도 해요. 매주 수요일 마감의 부담감이 없어져 느슨한 것이 외롭고 괴로웠고, 새벽 만남 없이 시작되는 목요일 아침은 헛헛하고, 섭섭했어요. 대신 제게 목요일은 또 다른 특별함이 생겼답니다. 이제 목요일은 제가 평일 닷새 중 유일하게 운동을 하지 않고 다섯 살 딸아이를 유치원에 등원시키자마자 바로 택시를 잡아타고 시내로 나가는 날이 되었어요. 저는 오늘, 제가 보낸 삼월의 목요일에 대해 쓰려고 해요.

　그날의 감정을 글로 옮기려 하니 가슴이 먹먹해져요. 제 책상 위 작은 촛대 안에서 조용히 타들어 가는 누런 밀랍 초가 손가락 한 마디 정도 작아지는 걸 바라본 후에야 다시 글을 이어 봅니다. 저는 제게 주어진 자유로운 첫 번째 목요일에 이곳 모스크바에서 마음을 깊이 나눈 친구와 여덟 살 아들녀석을 데리고 붉은 광장에서 멀지 않은 곳에 자리한 구세주 성당을 갔어요.
　"민아야, 어디 가고 싶은 곳 있어? 괜찮다면 우리 구세주 성당에 가도 될까? 마음이 어지러울 때 그곳에 가서 초를 밝히고 오면 마음이 좋더라고."

우크라이나에 폭격을 퍼부은 지 딱 보름 되던 날이었지요. 종교가 없는 저는 그 마음을 온전히 이해하기 어려웠지만, 마음의 위안을 받을 수 있는 곳이 있는 친구가 부러워 그러자 하였지요. 날이 풀려 봄이 왔나 싶었는데 그날은 매서운 한파가 기세 좋게 거리의 사람들을 움츠리게 하였어요. 아들은 저와 제 친구에게 손을 한쪽씩 내주고 구세주 성당 안으로 콩콩거리며 들어갔어요. 우리는 삼엄한 입구 검색대를 지나 예배당 안에 발을 들였지요. 마침 그날 그 시간의 구세주 성당은 예배 시간이었어요.

아아, 그 엄숙한 분위기를 어떻게 묘사할 수 있을까요. 저는 그 분위기에 압도당하였고, 온몸을 감싸는 숙연함에 고개를 떨구었어요. 떨군 얼굴의 두 뺨을 타고 흐르는 눈물은 그대로 놓아두었지요. 지금 생각해 보면 그날의 눈물이 제게는 참 중요한 시작이었던 것 같아요. 예배당 안을 그득 채운 러시아인들이 차가운 바닥에 무릎을 꿇고 기도하는 모습이 제게는 희망의 불씨였던 것 같아요. 그날 그들이 무엇을 위해 기도하는지 알 수 없었으나 그곳에 있던 모두의 간절함은 같았을 거란 걸 느꼈어요.

구세주 성당 안에는 작은 가게가 드문드문 있어요. 이콘화와 묵주 등 종교 예식 물품을 파는 가게 하나, 어린이를 위한 성경 그림책과 종교 관련 출판물을 다루는 책 가게 하나, 그리고 친절하게 스베치라고 밀랍 초를 팔며 소원을 적은 종이를 받아주는 가게 하나가 있었지요. 많은 사람이 줄을 서서 초를 사거나 소원을 적은 종이를 내

밀었어요. 저는 아직 한글이 서툰 아들에게 소원을 물어봤지요. 아들은 제게 이렇게 써달라 했어요.

  -전쟁이 죽었으면 좋겠어요. 전쟁이 너무 무서워요.

  우크라이나 전쟁이 시작되자 아이가 다니던 국제학교는 조금씩 와해되고 있었어요. 친구들과 선생님 중에는 작별 인사를 할 시간조차 제대로 갖지 못한 채 급작스럽게 본국으로 돌아가는 이들도 허다했어요. 아이는 영문도 모른 채 학교가 작아지는 걸 목도하였고, 결국엔 예기치 않은 임시 휴교로 목요일의 저와도 함께 하고 있었죠. 아이의 소원을 적는 제 마음은 나락이었어요. 코로나도 모자라 전쟁을 겪는 아이의 유년 시절을 어떻게 어루만져줘야 밝게 기억할 수 있을까요. 아이는 각기 다른 크기의 밀랍 초 중 가장 뚱뚱하고 키가 큰 초를 가리켰어요.

  "엄마, 가장 큰 양초를 켜야 내 소원이 제일 빨리 이루어지지."

  저는 그때 무엇에 홀린 듯 성당에서 켤 초와는 별도로 가장 작고 얇은 초 열 자루와 아이 것과 같은 가장 크고 두꺼운 초 한 자루를 더 샀어요. 가방에 초를 넣는데 마치 가엾은 성냥팔이 소녀의 초를, 아무도 거들떠보지 않던 그 소녀의 초를 제가 몽땅 사준 기분이 들었어요.

  커다란 중앙 예배당에 들어서 초를 밝히는데 다시금 감정이 복받쳐 저는 주저앉고 말았지요. 손을 잡아 일으켜 주던 친구도 결국은 눈물을 흘렸고, 저는 안경을 벗고 얼굴을 감싸 안은 채 서럽게 목놓아 울고 말았답니다. 그런데 아들이 울어버리고 말았어요. 아들이 어깨를 들썩이며 제 바지에 얼굴을 묻고 울어버렸어요. 우리의 눈물은 쉬이 멈추지 않았고, 저는 억눌려 있던 공포와 슬픔, 상실감과 허탈함을 눈물에 담아 쏟아냈어요.

"엄마, 이제 나갈래. 여기 너무 무서워. 다시는 안 올래. 눈물이 자꾸만 나. 이상한 곳이야. 바보 같아."

아들의 말에 저희는 감정을 겨우 추스르고 성당을 나왔지요. 정말 이상한 나라에서 나온 것처럼 새파란 하늘과 성당 앞을 쉴 새 없이 오가는 수많은 차에 비해 행인은 단 한 명도 보이지 않았어요. 우리는 고요한 거리에 서서 방금 그곳에서 꺼이꺼이 울던 것이 꿈인지 생시인지 분간이 되지 않을 정도로 상쾌함을 느꼈어요.

저의 외가는 천주교였고, 친가는 원불교였던 까닭에 독실했던 엄마는 냉담하게 되었어요. 혹시 리투아니아에 있는 샤울레이, 십자가의 무덤을 아시는지요. 이문열 작가의 『리투아니아 여인』이라는 소설에 그 장소가 나오거든요. 소설을 읽는 내내 꼭 한 번 가보고 싶다는 생각을 했지요. 때마침 결혼 전 친정엄마와 발트 여행을 할 때 그곳을 들렀지요. 하루에 그곳을 지나는 버스가 몇 편 되지 않아 버스 시간을 미리 잘 숙지하여야 했어요. 버스 정거장에서 십자가의 무덤까지는 좁은 외길로 걸어 들어가야 했는데 양옆은 끝도 없는 들판이 펼쳐졌지요. 엄마는 십자가의 무덤에 자신의 오랜 묵주를 걸어두었어요. 그리고 다시 버스 정거장을 향해 돌아오는 길에 자신의 친정오빠 때문에 세상을 일찍 떠난 자신의 올케, 저에게는 참 다정했던 외숙모와의 오래 전 추억을 얘기했어요. 시선을 저 멀리 들판의 어딘가에 둔 채 얘기를 이어가던 엄마의 표정은 쓸쓸해보였어요. 그리고 정말로 예정된 시간에서 큰 오차 없이 우리가 서 있는 정류장에 도착한 버스를 타고 우리는 버스터미널에 내렸지요. 그리고 무언가를 먹을 생각에 터미널 근처를 배회하다가 우연히 작은 정교회 성당이 보여 그곳의 문을 열었지요.

그때의 성스러움이 오늘의 것과 똑같았다는 것을 저는 구세주 성당을 나와 헛헛한 배를 채우러 식당으로 향하며 걷는 도중 깨달았어요. 때마침 그 작은 성

당에서는 어린이 성가대가 노래를 부르고 있었고, 엄마는 바로 예배당 나무 의자에 무릎을 꿇고 성호를 긋고 기도를 했어요. 엄마의 두 뺨에는 눈물이 흐르고 있었고, 성호도 제대로 그을 줄 모르는 저는 엉거주춤 의자에 앉아 양손을 깍지 낀 채 눈을 감았어요. 아니 사실

실눈을 뜨고 엄마를 관찰했어요. 엄마가 기도하는 모습은 제가 아주 어렸을 적에 본 이후로 처음이었거든요. 엄마는 그 성당 한 편의 작은 가게에서 묵주를 샀어요. 십자가의 무덤에 놓아둔 것과는 다른 색감과 모양의 묵주였지요.

흔히 종교를 마음의 안식처라고 많이 표현하잖아요. 비록 저는 종교가 없지만, 절대적 존재의 숭엄함과 사람의 나약함은 부정하지 않아요. 그리고 그 나약함을 마음껏 드러내도 질타받거나 조롱받지 않고. 그렇다고 섣부른 위로도 건네지 않는 그곳을 저는 한동안 자주 찾을 것 같다는 생각이 들었어요.

글벗님, 저는 한 치 앞을 알 수 없는 이러한 시국의 러시아에서 결연하게 헬스클럽 1년 회원권을 끊고 매일 아침 치열하게 두 시간씩 담금질해요. 하다가도 뜻 모를 눈물이 땀과 함께 흘러내려 수건으로 그것을 훔치고 다시금 몸을 단련하는 날도 더러 있었어요. 예기치 않게 터지는 눈물이 처음에는 우울증이 온 것인가 걱정하였지만, 저는 이제 그 눈물의 의미를 찾아 나서기로 마음 먹었어요.
구세주 성당에서 흘린 눈물은 아마도 연대 의식의 발로가 아니었을까 싶어요. 언론에 보도되는 미치광이 러시아의 모습이 아닌, 아파하고 고통스러워하는 러시아의 모습이요. 함께 전쟁을 슬퍼해도 괜찮다는 넉넉한 공간에서 나의 러시아를 한 방울 되찾은 기분이에요.

다음 편지에는 또 다른 목요일에 대해 쓸게요. 될 수 있다면 수요일

에 편지를 띄울게요. 새로운 목요일이 제게 새로운 마음을 불러일으
키기 전에 말이죠.
 당신이
보고 싶고 듣고 싶지만, 편지할게요.

2022. 4. 6 춘설의 모스크바에서
 당신의 벗, 민아로부터

(*이후 글벗에게 보낸 편지들이 모여
   앞의 일곱 통의 편지가 되었다.)

III. 세 통의 편지

사랑하는 나의 푸쉬킨에게

아아, '위대한 푸쉬킨'이라고 당신의 이름을 되뇔 때는 편지에 담으려는 저의 마음이 너무나 보잘것없고 유치하게 느껴져 첫 문장을 쓰지 못하였어요. 그러나 당신을 수식하는 '위대한'을 '사랑하는'이라고 고치고 나니 비로소 당신이 러시아 문학의 아버지가 아닌 제가 사는 러시아 곳곳에서 마주하는 불멸의 문학청년으로 다가오더군요. 심지어 당신의 이름 바로 앞에 '나의'를 덧붙이니 만인이 사랑하는 당신의 구불구불한 머리에 감히 제 손가락을 집어넣어 맴맴 돌려 보아도 당신이 오로지 저만을 향해 미소 지어줄 것만 같은 착각마저 들었어요. 좋아요. 이 정도로 당신과 저와의 거리가 좁혀졌어요. 이제 당신에게 편지를 쓸 참이에요.

당신을 향해 제 눈길이 머물렀던 순간을 어디에서부터 풀어야 할까요. 결정했어요. 가장 현대적이면서도 의외의 공간이었던 그곳에서부터 시작하는 게 좋겠어요.
세레메체보 공항은 당신의 탄생 220주년에 맞춰 공항 명에 당신의 이름을 부여했어요. 정부 사업의 일환으로 추진된 '러시아의 위대한 위인들' 인터넷 투표에서 당신은 당당하게 모스크바에서 가장 큰 국제공항인 세레메체보에 이름을 올리게 된 것이지요. 공항 터미널에서 당신이 그려진 벽을 처음 보았을 때 저는 모스크바의 골목길을 걷는 기시감이 들었어요. 모스크바 곳곳에서 당신은 다양한 자세를 취하고 있잖아요. 사랑하는 아내 곤차로바와 손을 맞잡고 있기도 하고, 사색에 잠긴 표정으로 홀로 우뚝 서 있거나 심지어 벌러덩 뒤로 누워 하늘을 보는 시인 특유의 여유로운 자태를 뽐내고 있기도 하죠. 이처럼 친숙한 당신이 공항 한쪽 벽에 그려져 있으니 더욱 반가울 수밖에요. 당신의 매혹적인 곱슬머리 속에 그려진 성 바실리 성당과 구세주 성당, 발쇼이 극장 등을 보고 있노라면 모스크바를 처음 찾는 외국인 누구라도 그곳이 가보고 싶어질 거예요. 저는 당신의 벽화를 뒤로하고 비행기 탑승을 기다리며 공항에마저 자신의 이름을 새긴 당신의 발자취를 떠올려 보았어요. 당신을 근대문학의 창시자라고 칭하는 이유는 독자적인 작품세계를 넓히는 가운데 러시아의 사상과 정치, 역사를 문학으로 끌고 와 깊이를 더하고 시대정신을 담았기 때문이 아닐까 생각해요. 서구문화의 유입 속에서 러시아 문학의 정체성을 확립하고자 고군분투한 당신의 작품에는 아름다운 서정뿐만 아니라 민중의 역사, 자유의 이념도 담겨 있으니까요. 그러한 까닭에 모스크바의 명실상부한 국제공항에 당신만 한 적임자가 또 어디 있겠어요. 타국과의 관계를 이어주는 것뿐만 아니라 이곳에 발을 딛는 순간, 이곳이 러시아임을 입증해주는 당신의 얼굴. 다른 이들의 얼굴을 흠씬 일그러트리게 하는 오늘의 러시아가 더는 고립된 채 흉악하고 까맣게 얼룩진 얼굴을 하지 않으면 좋겠다고 당신의 말간 얼굴을 보고 저는 생각했지요.

그러고 보니 당신의 얼굴을 보고는 눈물이 났던 적이 있더랬죠. 그곳은 한 장의 사진과 그 사진에 얹어진 당신의 이름으로 말미암아 시작된 여행이었어요. 바로 그곳은 당신이 잠들어 있는 푸쉬킨스코예 고리랍니다.

그곳은 모스크바에서 서쪽으로 800km 떨어진 곳에 자리한 당신의 외증조부 한니발의 영지이기도 하지요. 제가 알기로 당신은 그곳, 미하일롭스코예에서 세 번의 시절을 보냈지요. 네 번이 맞을까요. 그곳에 제가 갔어요. 코로나로 팔십여 일간 집안에 갇혀있던 지난했던 팬데믹 시절의 종지부를 찍듯 저희 네 식구가 처음 떠난 가족여행은 매우 머나먼 곳을 향했지요. 찬란한 여름 볕이 지나고 따스한 가을 햇살이 눈부시던 날, 이백여 년 전 열여덟의 당신, 스물의 당신, 스물다섯의 당신이 산책했던 그곳을 저도 걸었지요. 눈 앞에 펼쳐진

너른 벌판과 잔잔한 연못보다 더 빨리 흐르는 구름을 보고 있자니 저도 모르게 눈물이 쏟아졌어요. 온몸으로 흠뻑 들이마신 공기가 제 몸 구석구석에 쌓여있는 세균 덩어리와 꾸깃꾸깃 구겨져 있던 얼룩진 마음들을 모두 분해하고 하얗게 정화해주는 것만 같았어요. 자연이 주는 위로와 감동이란 말로 표현이 다 될까요. 물론 부족하지요. 하지만 당신이 머물렀던 1819년 여름 미하일롭스코예에 남겨준 시 「마을」이 저의 눈과 입을 대신해주었지요. 스물의 당신이 제 옆에 나란히 서서 같은 풍광을 바라보는 기분이었어요. 그 시가 많은 사람의 필사로 널리 퍼진 것이라 해요. 그 마을 사람이라면 이 시를 갖고 싶은 것은 너무나 당연한 이치입니다. 시에 적힌 당신의 표현처럼 그곳은 '평안함과 일, 영감의 안식처'였어요. 특히 1연의 '내 하루의 보이지 않는 시냇물이 흐르는 곳, 행복과 망각의 품에서.'는 몇 번을 되뇌고 읊조려 봐도 감동이 가시지 않았어요.

　푸쉬킨, 당신은 저와 같은 정취를 느낀 게 분명요. 저 멀리 내려다 보이는 풍차. 그 풍차 사진 한 장과 당신이 그곳에서 유배 생활을 할 때 몰두한 작품이 『예브게니 오네긴』이었다는 한 마디로 사실 우리 가족의 여행은 시작된 것이에요. 풍차를 좋아하는 아들에게도, 문학을 흠모하는 저에게도 푸쉬킨스코예 고리는 최고의 여행지였지요. 직접 눈으로 이 마을을 바라보니 그곳에서 더 큰 세계를 담지한 문학을 이어나갈 수 있었던 당신을 이해할 수 있었어요. 청년 시절 두 번의 휴가를 보내고, 한 번의 유배 시절을 보낸 뒤 결국 그곳에서 영원한 안식을 취하게 되었으니 당신에게 그곳은 세 번 보다는 네

번의 시절이란 표현이 맞는 것일 수 있겠어요.

　아주 오랜만에 떠난 러시아 지방도시 여행이었어요. 한국인에게는 낯선 러시아 지방을 찾아다니며 여행 에세이를 쓰겠다던 꿈을 꾸었던 신혼 시절 이후로 말이지요. 러시아가 삶의 터전이 된 후 아이가 태어나고 해를 더하자 이곳의 풍경과 일상이 점차 한국처럼 익숙해졌어요. 나 자신으로 사는 삶은 '엄마'라는 값진 호칭에 몸 둘 바 몰랐고, '꿈'이란 단어는 일상에서 희미해졌지요. 그러나 당신이 문학 청년 시절 잠시 머물렀고, 혁명동지들이 멀리서 찾아와 사상을 나누기도 했던 당신의 유배지이기도 했으며 지금은 영원히 잠들어 있는 미하일롭스코예. 그곳의 땅을 꾹꾹 눌러 밟는 동안 불쑥불쑥 마을 곳곳에서 정답게 현재의 사람들과 조우하는 당신의 흔적을 마주하며 땅속에 꾹꾹 묻혀있던 저의 꿈이 흙을 탁탁 털며 저를 향해 걸어오는 것을 느꼈지요. 그것은 마치 오랜 세월 잊고 있던 첫사랑의 얼굴처럼 푸른 봄을 담은 설렘의 얼굴이었지요.

　미하일롭스코예에서 지내는 동안 머물렀던 숙소는 통나무로 만든 러시아 전통 주택이었어요. 바닥에는 카펫이 깔렸고, 작은 방이 두 개 있는 아담한 크기의 집이었지요. 조금 큰 방에 들어갔더니 당신의 초상화를 품은 작은 액자와 함께 당신의 소설책과 시집이 침대 옆 협탁에 놓여있었어요. 그리고 깃털 모양의 펜까지 전등 옆에 가지런히 누워 있으니 그 얼마나 사랑스러운 모습이었게요. 저는 얼른 옆 방으로 가보았지요. 옆 방의 협탁에는 액자만 하나 덩그러니

있었지요. 액자 속에는 아름다운 당신의 아내 나탈리야 곤차로바가 연필로 그려낸 것 같은 흑백의 모습으로 담겨 있었어요. 그윽한 눈망울, 오똑한 코, 야무진 입매와 잘록한 허리, 그리고 자신이 아름답다는 것을 알고 있다는 듯한 도도한 자태의 곤차로바를 보고 있자니 그녀를 보고 사랑의 시를 읊었던 당신의 마음도 이해가 가지 않는 것은 아니었어요. 하지만 그러한 애정 어린 시선은 찰나에 불과했고, 저는 불현듯 차오르는 분노에 그녀의 초상화를 침대 위로 내팽개쳤어요. 앗, 이 구절을 읽을 때 당신은 기분이 언짢아지실까요. 하지만 저도 어쩔 수 없었어요. 그녀의 이 아름다움이 당신을 죽음으로 몰고 간 것만 같았으니까요. 황제인 니콜라이 1세마저도 그녀의 아름다운 모습을 더욱더 가까이에서 자주 보기 위해 당신을 궁정 시종보로 임명하였다는 설이 있잖아요. 그리고 결국 당신을 죽음으로 몰고 간 프랑스 귀족 단테스와의 결투 또한 곤차로바의 불륜 때문에 치러진 것이니까요. 세계의 수많은 문학 작품 중에 이따금 자신의 미래를 예견하기라도 한 것 같은 작가의 작품을 만날 때가 있어요. 혹은 자신이 연기한 극 중 인물과 같은 삶을 살게 되는 배우도 종종 있고요. 저는 당신의 몇몇 작품에서 묘사된 결투 장면을 읽으며 당신과 단테스의 결투를 그려보았어요. 그리고 도저히 제 상식으로는 이해할 수 없는 그 당시의 결투 문화에 대해서 다시금 생각하게 되었어요. 특히 『예브게니 오네긴』과 『벨킨 이야기』 중 「발사」에 나오는 인물들을 보며 당신이 치른 결투가 명예를 지키는 것과 동시에 당신이 꿈꿔온 사랑에 대한 마지막 용기가 아니었을까 생각했어요. 그래도 당신이 오네긴을 사랑한 타티야나처럼 당신의 문학을 존경하고, 당신을 순수한 열정으로 사랑해주는 여자를 만났더라면 어땠을까 하는 아쉬움은 절대로 사그라지지 않아요.

당신의 결투를 이야기하니 꼬리에 꼬리를 물고 그곳을 이야기하지 않을 수 없군요. 당신이 상트페테르부르크에 살 적에 즐겨 찾았던 문학 카페 말입니다. 결투하러 가기 전 마지막으로 그곳에 들러 상심에 젖었을 당신을 그려보는 것은 퍽 가슴 아픈 일이었어요. 아니 더 솔직히 말하자면 그곳의 내부가 궁금하면서도 그곳을 마지막으로 들렀을 때 당신의 마음을 짚어보기가 두려워 매번 상트페테부르크 여행에서 뒤로 미뤘던 것도 사실이에요. 하지만 미하일롭스코예를 다녀온 후 저는 그곳에 가보기로 마음을 먹었지요.

"엄마, 엄마가 좋아하는 푸쉬킨이 이 사람 맞아? 이건 늑대인간 같아, 무서워!"

창밖으로 시선을 던지고 있는 당신의 모습을 한 마네킹을 보는데 제 딸아이가 놀라서 이렇게 소리를 쳤어요. 그 말을 듣자 슬픈 마음이 일시에 당혹감으로 변하기도 했지요. 당신의 까무잡잡한 피부와 굽슬굽슬한 검정 머리가 하늘색 눈동자와 어우러진 모습을 보면 여섯 살 딸아이가 보름달 밑에 웅크리고 있는 고독한 늑대인간을 떠올리는 것이 무리가 아니었지요. 모스크바 곳곳에서 만나는 당신은 언제나 어린아이처럼 순수한 표정을 짓고 다정한 모습을 하고 있었으니까요. 그에 반해 문학 카페 일 층 창가 자리에 앉아 있는 당신은 우수에 젖어 있었지요.

아아, 나의 위대한 푸쉬킨.

그래요, 이제는 위대한 당신 이름 앞에서도 글을 쓸 수 있어요. 언제 어디서나 누구에게나 러시아의 푸쉬킨으로 읽히지 않고, 푸쉬킨은 오롯하게 푸쉬킨으로 받아들여질 수 있도록 자신의 문학처럼 정열적이고 치열하고, 때로는 낭만적이고 자유로운 삶을 살아간 당신을 존경해요. 언젠가 저의 고국 한국과 당신의 나라 러시아 사이에 하늘길이 다시금 열리는 날이 오겠지요. 그러면 이전처럼 푸쉬킨 세레메체보 공항에서 사람들은 모스크바 여행을 시작하겠지요. 그들은 공항에서부터 만나는 당신을 반가워할 게 분명해요. 그리고 모스크바 이곳저곳에서 당신을 마주할 때면 우리 한국인들은 당신을 향한 러시아인의 애정을 느낄 거예요. 혹시 이거 아시나요? 옛날 우리나라 이발소 대부분에는 당신의 시가 늘 걸려 있었다는 사실을 말이에요. 아니 심지어 오늘날 서울 한복판에 한 손에는 펜을, 다른 한 손

에는 책을 든 모습을 한 당신의 동상이 우뚝 서있답니다. 한국인의
애송시인 이 시와 함께 말이죠.

삶이 그대를 속일지라도
슬퍼하거나 노여워하지 말라
슬픈의 날 참고 견디면
기쁨의 날이 오리니

마음은 미래에 살고
현재는 늘 슬픈 것
모든 것은 순간에 지나가고
지나간 것은 다시 그리워지나니

싹둑싹둑 가위에 잘려 떨어지는 자신의 머리카락을 바라보던 중년
의 아버지나 뽀글뽀글 머리가 잘 나오기를 고대하며 머리를 메두사
처럼 만들고 있는 어머니, 똑 단발로 자르던 여고생과 군인처럼 짧
은 머리를 유지해야 했던 까까머리 남학생이라면 누구나 당신의 시
한 구절은 멋들어지게 읊을 수 있을 정도로 친숙해요. 그리고 이제는
당신 앞을 지나가는 모두가 당신의 시를 읊조릴 수 있게 되었어요.

우리의 역사에는 커다란 아픔이 있어요. 한국은 전 세계 유일한 분
단국가이지요. 그러한 까닭에 우리에게 한국 전쟁은 과거에 종속되
지 않고, 현재까지 이어져 오는 갈등이자 아픔입니다. 종전이 아니

라 글자 그대로 휴전인 상태에요. 그래서 그 전쟁에 개입했던 소련은 아직도 우리의 잠재의식에 살아 숨 쉬고 있어요. 따라서 오늘날에도 러시아가 비단 러시아로만 읽히지 않고, 우리가 소련의 껍데기를 쓴 러시아로 바라볼 수밖에 없는 것도 그러한 까닭이 아닐까 싶어요. 하지만 당신은 우리에게 러시아 역사의 한 시절이었던 소련보다 '러시아 국민시인'이라는 더 큰 상징으로 다가와 마음에 위안을 줍니다. 그러니까 놀랍게도 말이죠. 당신은 이미 한국과 러시아를 이어주는 가교架橋였고, 그 역할을 단 한 번도 내려놓지 아니하고 지속하고 있었던 것이지요. 한국과 러시아의 사이가 점점 더 멀어지는 것만 같아 몹시 괴롭고 나락이었던 제게도 당신이 와주었어요. 당신은 제가 한국에 두고 온 사랑하는 이들을 이곳 모스크바에 올 수 있게 해주는 '지름길' 그 자체였어요. 저는 이 놀라운 비밀을 이제야 깨달은 것이에요. 그러니 사랑하는 푸쉬킨, 당신은 사랑하는 나의 푸쉬킨이자 우리가 사랑하는 푸쉬킨이에요. 당신이란 존재가 있어 오갈 곳 없어 발만 동동 구르던 슬프고 어두운 밤, 당신 발치에서 마음을 녹였어요. 사랑한다는 말을 쓰면 너무 달뜬 마음을 표현하는 것 같아 꺼려졌지만, 당신은 부지불식간에 저를 도왔고, 저는 더욱 당신을 이해하여 귀히 여기게 되었으니 용기를 내 고백합니다.

내 사랑 푸쉬킨, 당신 덕분에 눈물을 아니 흘릴 수 없습니다.
사랑합니다.

2024. 7. 모스크바에서 강민아

칠순의 아버지에게

　단 한 번도 당신을 아버지라 부른 적 없지요. 한국에서 떠나오는 날 밤이면 두고 오는 편지에도 늘 저는 '부모님께'로 시작하여 아이처럼 정답게 엄마와 아빠를 연신 부르다가 총총 말을 마치고 말았지요. 아마도 이곳에 있으면 다 큰 어른인 양 씩씩하게 지내다가도 친정집에만 가면 아무런 것도 하지 못하는 어린애인 척 굴기에 펜으로 부모님을 부를 적에도 경건하고 애틋한 마음을 갖지 못한 까닭이겠지요. 저는 당분간 아주 오랜만에 러시아에서 부모님 생각을 깊이 하며 지낼 예정입니다. 사실 이 편지를 쓰기로 마음먹은 순간부터 이미 저는 시간을 되짚어 지금의 저보다 젊었던 부모님과 함께했던 제 유년의 시절을 배회하고 있어요. 편지에서 당신을 아버지라고 부르다 보면 이따금 한국에서 걸려 오는 전화에서도 아버지라는 말이 불쑥 나올까요. 아, 그것은 어쩐지 아쉬운 생각이 드네요. 저는 언제까지나 아버지의 철없는 고집불통 막내딸이고만 싶으니까요.

　아버지.
　아버지라고 하니 이미 당신이 제 곁을 떠나 가슴 속 별이 된 것만 같은 슬픔이 가슴에 차오르네요. 어쩌면 아버지도 제 이름이 아니라 딸. '나의 딸'이라고 소리 내어 저를 부르신다면 제가 너무도 당신 곁에서 멀리 떨어져 있다는 생각에 마음이 아프실까요.

아버지가 세상에 나와 육십갑자를 다 지내고 다시 낳은 해의 간지가 돌아온 그해, 저는 이곳에서 첫째를 임신하였죠. 그 바람에 아버지의 회갑연을 챙겨드리지 못했고요. 함께 하지 않아도 괜찮다며 네 몸과 배 속의 아이를 잘 지키는 것이 가장 큰 선물이라던 아버지의 말씀을 따른 것은 자식 된 도리보다 어미 될 의지가 앞섰던 것이지요. 이미 그때부터 시작되었던 것 같아요. 내 마음이 흘러가고 바라보는 곳이 부모가 아니라 자식이 된 날들이요. 제 아들을 처음 안으시던 날 아버지가 하신 말씀을 기억해요.

"요놈이 나랑 나이가 같구나. 시우 커가는 모습 보며 나도 새롭게 한 살 두 살 나이 먹어야겠다."

삼칠일도 지나지 않은 아이를 안은 아버지의 얼굴은 유년 시절 제게 처음 백구 새끼를 안아보라고 주시던 날의 순박하고 개구진 얼굴과 똑같았어요. 머리에 겨울만 얹고 산 지 이미 오래된 아버지의 백발이 다시금 풍성하고 새카맣게 변하는 것만 같았지요. 비록 회갑연에 옆에 있지 못한 것은 한스럽지만, 아버지 말씀 덕분에 제 아들이 당신과 같은 갑자에 태어난 게 신통하고 기뻤어요. 그리고 그때 마음속으로 다짐했지요. 아버지의 칠순은 꼭 함께 하자고 말이죠. 이왕이면 아버지가 모스크바에 오셔서 딸의 집에서 열 살 된 손자 녀석과 따스한 시간 보내고 가시길 바랐죠. 그날이 참 멀 것만 같았는데 이렇게도 성큼 앞으로 다가왔어요. 저는 행복하고 설레는 마음으로 아버지와의 이레를 그릴 생각이에요. '우리 아빠가 벌써 일흔이라니……'라는 서글픈 어조가 아니라 '우리 아빠가 벌써 일흔이라니!'라는 설레고 가슴 벅찬 어조로 말이죠.

　아버지와의 여행은 월요일로 시작하고 싶어요. 그 이유는 모두 엄마의 잔소리 때문이에요. 대학 입학 통지서를 받은 저와 아버지는 운전면허학원을 같이 다녔지요. 교복을 입은 저와 출근하시는 차림새의 아버지를 깜깜한 새벽, 운전면허학원 앞에 내려주는 건 다름 아닌 어머니였죠. 그때의 아버지 연세를 생각해본 적 없는데 지금 손가락을 접고 펴는 걸 반복하여 유추하니 아버지는 그해 쉰둘이었네요. 예순일곱에 자전거 타는 법을 배운 톨스토이가 대단하다고 생각해본 적은 많지만, 아버지가 쉰둘이라는 젊다고만은 할 수 없는 연세에 운전면허증을 취득한 것은 왜 대수롭게 여기지 않았는지 이제야 의문이 드네요. 아버지는 이십 년 넘게 기사 노릇을 해준 당신의 아내가 여전했는데 무엇에 동해 운전대를 잡을 용기를 내셨나요. 저는 문득 아버지가 스무 살이 되는 딸아이가 더 넓은 세상으로 나간다기에, 심지어 어슴푸레한 새벽녘 운전대마저 잡는다기에 따라나섰던 게 아니었을까 생각해봤어요. 그 이유에 곁들여 아내의 잔소리로부터 해방되고자 큰 결심을 하신 거죠. '월요일 아침이면 다른 집 남자들처럼 혼자 회사에 출근하면 좀 좋아? 애도 아니고 맨날 내가 태워다 회사에 내려주고 데려오고.'는 월요일 조회 시간의 국민의례처럼 온 가족이 외우는 엄마의 이십 년된 잔소리였지요. 유독 다른 요일보다 월요일이면 어머니는 여느 가정주부와 달리 남편의

기사 노릇까지 해야 하는 자신의 신세를 꽤 강한 어조로 한탄하시곤 했으니까요. 제 눈에는 출근 시간에 청록색 SUV에 조수석이 아닌, 운전석에 탄 어머니 모습이 멋있기만 했는데 말이지요.

아버지, 아버지가 이곳에 와계신 이레 동안 제가 그 시절 당신의 아내처럼 기사가 되어드릴게요. 비록 어머니처럼 능숙한 운전 솜씨는 아니어서 모든 곳을 제 차로 모실 수는 없지만, 여행의 첫날만큼은 꼭 제가 운전하여 아버지와 함께 가고 싶은 곳이 있어요. 월요일 아침, 딸의 차를 타고 우거진 숲 속 아담한 카페로 출근하는 건 어떠실까요.

아버지의 신발 문수가 몇이었지요. 아버지의 생신은 간장 게장을 담그기 가장 좋은 음력 삼월 초니까 이곳은 아직 봄이 올까 말까 갈

팡질팡하고, 짓밟힌 눈이 얼었다가 녹기를 반복하며 온 거리를 지저분하게 만들고 있을지 몰라요. 아버지가 편히 신으실 수 있는 장화 한 켤레 장만해 놓을게요. 아마 아버지의 운동화나 구두로는 이곳의 눈길도 진흙탕도 모두 감당해내기 힘들 거예요. 특히나 우리가 가려는 미쉐르스키 공원은 공원이라 쓰고 숲이라 부르는 곳이에요. 한국의 공원을 생각하면 오산이에요. 차라리 경치 좋은 곳에 있는 수목원이나 산림욕장, 휴양림 정도를 생각하시는 게 좋을 것 같아요.

　미쉐르스키 공원은 오백 헥타르(오백만 제곱미터)가 넘는 거대한 공원이에요. 이 공원으로 들어가는 출입구의 수도 많고, 또 어느 방향에서 시작하느냐에 따라 각기 기억하는 모습이 달라질 정도로 이 공원은 다양한 얼굴을 갖고 있어요. 제 내비게이션에도 미쉐르스키는 연못과 달팽이 숲, 자전거, 숲 카페 등 네 가지 이름으로 달리 저장되어 있어요. 저는 이 중에서 숲 카페에 아버지를 모시고 가기로 마음먹었어요. 아버지와 카페. 한국에서조차 단 한 번도 함께 가본 적 없는 장소를 선택하니 설레기도 하고, 이런 곳에 뭘 하러 왔느냐는 아버지의 핀잔이 들리는 것도 같아요. 그래도 저는 꼭 아버지와 이곳에서 달콤한 커피 한잔과 와플, 혹은 러시아 전통음식인 블린을 곁들어 먹고 싶어요. 아버지와 단둘이 보내는 이레의 시간이 주어진다면 어떤 이야기가 그 시간 속에 곁들어질까 상상했어요. 내게 익숙한 아버지 모습이 자연스럽게 과거를 뚫고 흘러나오는데 아버지 손에 막걸리 대신 캔커피가 들린 제주도의 여름밤이 불쑥 떠올랐어요.

짧은 직장 생활이었지만, 제가 한 달에 한 번 제주로 출장을 가던 시절을 아버지도 기억하시지요. 김포공항과 가까운 우리 집은 옥상에 오르면 아담한 크기의 비행기가 잘 보이죠. 퇴사하고 한량처럼 지내던 저와 아버지는 곧잘 옥상에 올라 함께 빨래를 널고 화단에 물을 주었잖아요. 이따금 비행기가 뜨거나 내릴 때면 아버지는 그 비행기의 꼬리 색을 유심히 보셨죠.

"조금 더 다녀보지 그랬냐. 너에게 좋은 경험이었는데."

아버지는 말씀하셨지요.

그러고보니 제가 살면서 가장 빨리 그만둔 것이 첫 직장이었네요. 유년 시절을 통틀어 학원도 한 번 다니면 기본 삼 년 이상은 다니던 제가 첫 직장은 고작 두 계절만 겪어봤으니 말이죠. 한 달에 한 번 제주도에 취재를 다녀온 후 쓴 글을 모아 매달 잡지로 나오는 일은 즐거움을 넘어 황홀한 일이었지요. 출장 가는 비행기에서 지난달 씨름했던 글들이 사진과 함께 실린 기내지가 되어 좌석 등받이에 꽂혔고, 그것을 읽는 승객을 염탐하던 시간이 떠오르네요. 지금 돌이켜보면 아버지 말씀처럼 조금 더 다녀볼 걸 하는 후회가 들어요. 그때는 뭐가 그리 분해 파르르 떨었는지 당장 관두지 않으면 마치 나 자신이 이 사회의 천편일률적인 나사 하나가 되어버리는 것처럼 나를 무척이나 대단하게 여겼지요.

직장을 관두고 결혼하기 전, 부모님을 모시고 제주도에 가고 싶다는 결심을 한 것은 어쩌면 당연한 일이었던 것도 같아요. 취재하며

마음에 담아두었던 곳곳을 부모님과 꼭 가고 싶었지요. 제주 앞바다가 훤히 내려다 보이는 전망 좋은 곳에서 한라산 소주 한 잔과 멜젓을 찍어 먹는 똥돼지, 향기로운 동백꽃 길, 제주 바람이 스며드는 돌담길 사이에 핀 선인장 군락과 천 년의 숨결을 머금은 비자림을 우리는 둘러보았지요. 숙소도 연인이나 아이가 있는 가족들이 갈 법한 예쁘고 우아한 곳으로 예약하고 싶었지만, 아버지는 그러셨죠.

"나는 싫다, 여행이란 자고로 마음 가는 곳에서 실컷 먹고 눈에 보이는 곳 아무 곳에 들어가 한숨 자고 나오는 것이지."

아버지 말씀에 네 아빠는 젊었을 적부터 그랬다며 어머니는 혀를 끌끌 찼고, 결국 우리는 어느 횟집에 들어가 저녁을 배불리 먹고 그 횟집 건물 이 층의 여관에서 하룻밤을 묵게 되었죠. 침대와 텔레비전이 너무 밭은 까닭에 바닥에 셋이 앉을만한 공간이 없었지만, 과

년한 딸과 아내와 한 침대에 또르르 눕기 민망했던지 아버지는 막걸리를 사오신다며 방을 나섰지요. 그리고 얼마나 흘렀을까 아버지는 손에 익숙한 편의점 문양이 박힌 비닐봉지를 들고 웃으며 들어오셨지요. 배는 불렀지만, 입이 심심했던 차에 어머니와 저는 무엇을 씹어볼까 봉지를 뒤적이는데 글쎄 생각지도 못한 그것이 있었지요. 밥값만큼 비싸다고 뉴스를 볼 적마다 아버지가 욕을 하던 그 프랜차이즈 카페의 캔커피 말이에요. 나는 눈이 휘둥그레져서 그것을 집어들자 아버지가 배시시 웃으셨지요. 세 개씩 사온 막걸리와 맥주병 사이 값비싼 캔커피 두 개를 잊을 수 없던 제주도의 푸른 밤을 당신도 기억하실는지요.

아버지에게 달콤한 커피를 꼭 한 잔 사드리고 싶었어요. 말처럼 쉽게 되지 않겠지만, 어머니와 단골집에서 통닭구이나 홍어 삼합을 드시고 동네 개천을 걸으시다가 집으로 그냥 가지 마시고 카페를 들르셨으면 해요. 조금 전의 음식점 냄새가 진하게 뱄을지도 모르는 두 분이 얼마간 카페에 머무르며 커피 향을 손등에라도 묻히고 나오셨으면 좋겠어요. 연애 시절 다섯 살이나 어린 아가씨를 단 한 번도 근사한 경양식집이라든가 맛난 빵집에 데리고 가지 않고 빠짐없이 포장마차로 앞서 들어간 아버지를 이제 와 꾸짖을 생각은 없어요. 하지만 그 시절 하지 못했던 조금은 낭만적인 데이트를 이제라도 두 분이 하셨으면 좋겠어요. 고봉밥보다 높이 올라간 케이크 한 조각도 어머니를 위해 시켜 놓고, 커피 한 잔 마시다 보면 옛 생각에 잠겨 서로가 추억하는 날들의 조각을 맞추는 재미가 생길지도 모르잖

아요. 제가 이렇게 멀리 떨어져 살다 보니 아쉬운 점 중 하나가 어머니였다면 분명 포크를 옆으로 눕혀 접시에 묻은 크림까지 싹싹 긁어 드시고 남을 그러한 디저트와 케이크를 맛보여 드리지 못한다는 점이에요. 딸아이 생각에 퇴근길에 역전 아이스크림 가게에 들르던 아버지로 돌아가 당신의 늙은 아내를 위해 기탄없이 귀여운 케이크 한 조각과 터무니없이 값비싼 커피 한 잔을 사는 칠순의 남편이 되시길 바라요. 결국은 아버지를 좋은 카페에 데려온 저는 제가 해야 할 임무를 떠넘기며 검은 속내를 내비치게 되었어요.

 아버지에게 이 숲에 관한 이야기를 많이 해드리고 싶어요. 한국에 살 때 숲은 너무 나의 일상과는 먼 곳에 존재하는 단어였어요. 차마 백설공주를 죽이지 못한 사냥꾼이 슬그머니 빠져나오거나 헨젤과 그레텔이 계모를 따라 들어갈 때처럼 동화에서나 익숙하게 등장하는 곳이 숲이잖아요. 그러나 러시아에 살면서 숲은 정말 한국에서의 아파트 상가처럼 제 발길이 매일 드나드는 곳이 되었지요. 이전 동네는 시쳇말로 숲세권이었어요. 집에서부터 숲까지 오 분도 걸리지 않았거든요. 아쉽게도 아버지는 제가 많이 사랑했던 그 숲은 가보신 적이 없지요. 그 숲에서 첫째를 키웠다고 해도 거짓이 아닐 정도로 하루의 절반을 그 숲에서 보냈지요. 모스크바 시내로 이사 올 때 숲을 잃어버린 기분에 많이 울기도 했어요. 그랬던 제게 이사 와서 가장 기쁨으로 다가온 곳이 바로 이곳이에요. 둘째는 이 숲에서 많은 시간을 보냈어요. 비록 이전 집처럼 유모차를 끌고 나오면 바로 앞에 펼쳐지는 거리에 존재하지는 않았지만, 차로 15분 거리에 있으니 주말이면 남편에게 이곳에 가자고 졸랐지요. 시우도 쇼핑몰 속 키즈 카페보다 흙 위에 나뒹구는 나뭇가지와 작은 열매들을 가지고 노는 게 즐거운 아이여서 우리는 주말마다 이곳을 찾으며 아이를 키워냈어요. 유모차가 걸음마 보조기로, 그것은 킥보드와 자전거로, 스케이트와 스키로 끊임없이 바뀌어 이 숲을 산책했어요. 걸음마 보조기를 끌며 한 발 한 발 걷던 아이가 한 발을 디디며 킥보드를 타고, 양발로 페달을 돌려 자전거를 타고, 날카로운 날에 자신의 균형을 맞추어 빙판을 가르더니 종내에는 눈길 위를 미끄러지듯 밟으며 나아갈 정도로 성장했어요. 아이를 키우며 겪는 감격스러운 순간들을 지나오며 아버지와 어머니를 향한 마음은 그리움에서 죄스러움으로 변한 날이 참 많았어요. 새해 첫날에도 떠오르는 해보다 빨갛게 저무는 석양빛을 바라보는 부모님에게 이제 막 피어나는 어린 것의 물기를 가까이서 나누지 못함이 애석해서 말이지요.

아버지와 저 사이에 주어진 날이 얼마만큼 남아 있을까요. 이곳에서 산 세월이 조금씩 몸피를 키워갈수록 한국에 가는 게 귀찮고 피곤하다고 여겨지는 감정이 생기더라고요. 당시 새색시였던 제게 이곳에서 먼저 둥지를 튼 한 분이 그런 말을 했거든요. 향수병, 그것도 한때고 아이들 낳아서 바삐 키우다 보면 애들 방학 때 한국 들어가는 것도 일이라고 여겨지는 날 온다고. 그때는 이해할 수 없었는데 제가 그때 그 말을 한 그치와 비슷한 삶의 길이를 이곳에서 재고 보니 이제는 충분히 이해가 가요. 남편 없이 시댁과 친정을 전전하며 양가 부모님의 일상에 얹어진 생활, 짧은 시간 안에 치러야 하는

병원 업무는 흡사 의료관광을 방불케 할 정도로 고단할 뿐만 아니라 고통과 두려움의 연속이죠. 그 틈틈이 그리웠던 친구 얼굴 살짝 들여다보고 아이들과 한국의 관광지 몇 군데 가면 하릴없이 또 다시 작별의 시간을 맞이할 준비를 해야 하죠. 다시 러시아로 돌아가기 위해 끊임없이 쏟아지는 택배 상자를 뜯어 그것들로 꾹꾹 채워 꾸린 이민 가방이 거실에 하나둘 다시 줄서기 시작해요. 그러면 아버지는 체중계를 가지고 나오셔서 그것을 들어보시고는 한숨을 내쉬며 어찌 가져갈는지 태산 같은 걱정을 하시죠. 공항 출국장에서는 마치 그리스 로마 신화 속 주인공이라도 된 양 절대 뒤를 돌아보지 않으려고 작정하다가 부모님 얼굴이 눈에 밟혀 돌아보는 제 마음에는 커다란 돌이 쿵 내려앉아 기어이 눈물이 쏟아집니다. 늘 마지막이 눈물범벅이 되는 게 속상해 둘째를 낳고 들어와서는 더욱 한국 가는 게 내키지 않았던 것 같아요. 그런데 언젠가 아들에게 부모님 연세를 알려주다가 덜컥 우리에게 주어진 시간이 그리 길지 않다는 생각이 들었어요. 일 년에 한 번 맞는 휴가를 꼬박꼬박 챙겨야만 저는 겨우 부모님 얼굴을 봅니다. 아이의 방학을 틈타 가는 것이니 한 번 가면 한 달가량 있지만, 그 한 달 중 앞서 말한 해야 할 것들을 모두 차치하고 부모님과 온전히 보내는 날을 따지면 하루 정도이지 않을까요. 그렇다면 아버지와 제가 오롯이 보내는 날이 삼십 일이나 될까 싶더군요. 그 엉뚱한 수학을 독학한 날 이후로 저는 매년 한국에 가기로 굳게 마음먹었답니다. 아버지가 제 곁에 계셔주실 수 있는 날이 가히 많지 않다는 것을 이제야 비로소 깨달았기 때문입니다.

저는 미쉐르스키 공원에 자리한 이 운치 있는 카페 자리 중 커다란 사모바르 가까이에 아버지를 모시고 싶어요. 사모바르는 러시아의 물 끓이는 주전자를 말해요. 언젠가 어머니께 사모바르 모형에 찻잎이 가득 들은 기념품을 선물해 드렸지요. 사모바르 옆자리는 훈훈한 기운이 감돌기에 초봄의 얄궂은 봄기운을 포근하게 바꿔줄 테니까요. 저는 그 자리에서 아버지와 마주 앉아 당신이 걸어온 칠십 년을 칠십일처럼 들을 거예요. 아버지가 한 뼘 한 뼘 자라나던 하루를 작은 수첩에 일기 제목처럼 적을까 해요. 제목에는 아버지가 어린 학생이 되던 날이 있고, 상급 학교 진학을 위해 큰 시험을 보던 날도 있고, 부부가 되고, 첫 삽을 뜨고, 아버지가 되던 날도 있겠지요. 부모님이 흙으로 돌아가시던 날도 있고, 눈빛만 봐도 마음을 알아채던 친구가 눈을 감은 날도 있겠지요. 그리고 자식을 출가시키고, 할아버지가 되던 날도 있고 말이죠. 아버지 인생의 따뜻한 날과 슬픈 날을 제가 모두 어루만지고 싶어요. 자서전이라는 표현까지는 너무 거창하지만, 글로 쓰며 아버지의 인생을 제가 살아보려 해요.

저와 오빠가 모두 새 가정을 꾸리고 텅 빈 집이 너무 커서 어머니와 아버지가 대청소를 하신 적이 있다고 들었어요. 어머니는 마치 화가 난 사람처럼 거침없이 생활 집기며 결혼할 때 해온 자개농까지 버리셨던 그날 말이에요. 당신의 갓난아기 사진이 담겨 있던 앨범까지도 가차 없이 내놓았다던 어머니는 아버지에게도 모든 손때 묻은 물건들의 처우를 봐주지 말라며 버릴 것을 강요했다죠. 그러나 아버지는 어머니와 달리 이참에 잘 되었다고 생각하여 그 모든 것을 깨끗

이 잘 닦아 다시 가지런히 정리하여 넣었다지요. 그 물건 중 아버지의 흑백사진은 제가 간직할 수 있게 해주세요. 청년의 모습을 한 아버지의 네모난 조각들을 기워 한 권의 책으로 만들어 제 책장 가장 높은 곳에 꽂아 둘 거예요. 그러기 위해서 우리는 일주일 동안 틈나는 대로 아버지의 삶을 끊임없이 되짚어 함께 걸을 거랍니다. 제 생각만 했던 순간들이요. 결혼하여 당신 곁을 떠나 이곳으로 향하는 비행기에 올라타던 날, 하루를 꼴딱 고생한 끝에 날이 바뀌어 깜깜한 새벽에 엄마가 되던 날. 그런 날 아버지는 어떠했는지 비로소 이제야 궁금해졌어요.

카페를 나와 아버지와 하염없이 걸을 거예요. 아버지와 제가 손잡고 나란히 길을 걸었던 게 결혼식 날이 마지막이었을까요. 정말 그런 걸까요. 아아, 그렇다면 용기를 내서 다소 어색하겠지만 아버지의 손을 꼭 잡고 숲을 걷겠어요. 거대한 참나무 사이를 총총히 지나고, 해변처럼 넓고 깊은 호숫가를 호젓하게 거닐고, 기이한 모양으로 물에 잠긴 나무 옆도 슬쩍 비켜 걷고, 자전거 서너 대가 너끈히 다닐 수 있도록 잘 닦인 길도 터벅터벅 걸어요. 저는 그날 마음 한구석에 이러한 희망을 품고 걸을 거랍니다. '내 딸이 자신의 아이들과 커나가고 있는 이 나라가 삭막하고 무섭기만 한 나라가 아니구나. 참으로 좋은 자연을 벗 삼아 잘살고 있구나, 다행이구나.'라는 생각을 아버지가 무심결에 하시는 게 제 바람입니다. 그런 생각을 하기에 충분한 곳이 바로 미쉐르스키 공원이니까요.

아버지와의 여행을 생각하며 미쉐르스키 공원을 걷고 온 날, 저는 처음으로 공원 지도를 찾아 한 부 출력해 두었어요. 길눈이 좋은 아버지에게 지도를 보여 드리면 좋아하실 것 같아서요. 지도를 보는데 지도 속 공원의 모양새는 마치 귀가 길고 목덜미가 두껍고, 등에 굵직한 가시가 두 개 박혀 있으며 꼬리가 제법 긴 동물이 마치 똥을 누는 모습 같아 웃음이 났어요. 미쉐르스키 공원이 얼마나 방대한지 알고 있었으나 아버지를 모시고 간다는 생각을 하기 전에는 공원을 한눈에 들여다볼 수 있는 지도를 전혀 떠올리지 못 하였는데 말이지요. 아버지와의 여행은 앞으로 이러하겠지요. 물가에 내놓은 어린 부모를 위해 조금 어른이 되었다고 착각하는 딸의 마음으로 세심히 살피겠지요. 더욱 좋은 곳에만 모시고 다니며 안심시키고, 제가 보았던 황홀한 것을 나누고 싶고, 이곳에서 제가 성장한 요람 같은 곳에서 아버지의 젊은 날을 함께 들여다보는 날들이길 바라요.
　아버지 건강하세요.

　　추신_
　　어머니 몰래 당신의 추억 상자를 잘 꾸려와 주세요. 딸에게 가져가야 할 것 투성이인데 왜 그런 쓸데 없는 구시대의 유물까지 우정 들고 가느냐 어머니가 퉁바리를 놓을지 모르니까요. 어머니는 이해 못 하실지 몰라요. 그것이야말로 아버지의 칠순을 기념하는 선물의 초석이 될 거란 사실을요.

　　2024. 새해 벽두에
　　아버지를 생각하며 타국에서 딸 올림

두 아이의 엄마가 된 그녀에게

친구야, 너와의 여행을 꿈꾸는 것은 참으로 오랜만이다. 아마 우리의 마지막 여행은 내가 러시아로 떠나기 바로 직전 가을이었던 것같아. 내가 일월의 신부였으니 그 해 바로 전 가을 동해 여행은 아가씨 신분으로서의 마지막 여행이기도 했지. 그때의 너와 나는 앞으로 각자의 자리에서 열심히 살아내고 오랜 시간이 흐른 후에야 지금처럼 다시 단둘이 오붓하게 여행할 날이 오지 않겠냐는 말을 주고받았지. 적어도 결혼과 동시에 남편 말고는 아는 이 단 하나도 없는 타국에서 몇 년이 될지 모르는 시간을 보내게 될 나는 그런 생각에 휩싸여 너와의 여행 내내 소중하지 않은 순간이 없었지. 특히 정동진에서 레일바이크를 타며 바라본 동해는 지금도 잊히지 않아. 어머, 그러고 보니 그로부터 십여 년의 시간이 흘렀는데도 그때 본 동해가 내게는 마지막이구나. 레일바이크 타기로 이미 다 계획했음에도 초미니스커트를 입고 기차역에 나왔던 네 호기로운 젊음이 문득 떠올라 웃음이 난다. 그래서 너와의 여행은 다름 아닌 수요일에 시작할 거야. 그래야만 하는 이유가 있거든.

수요일에 모스크바를 처음 만나는 너와는 멀리 가지 않을 거야. 하지만 아침에 조금 서둘러야 할 거야. 늦어도 오전 여덟 시 오십 분까지는 그곳에 도착해야 해. 집에서 그리 멀지는 않아. 바로 십 분 거리에 있어. 아, 너도 내 가방에 준비물을 하나 챙겨야 해. 네 운동복과

속옷 한 세트야. 이쯤 되면 눈치챘지? 그래 맞아, 오늘은 바로 내가 연회원 카드를 산 동네 헬스클럽을 갈 거야. 너무 황당할까. 하지만 나는 알아, 너는 어제 한국에서 여행 가방을 다 싼 후에도 열심히 홈 트를 하고 왔을 사람이라는 걸. 아니면 둘째 출산 이후 여태껏 꾸준 히 했던 필라테스나 얼마 전부터 배우기 시작했다던 폴댄스 수업을 받고 왔을지도 모르겠다. 어때, 우리의 첫 행선지가 헬스클럽이라는 사실에 박장대소하는 네 모습이 그려진다. '정말이야? 내가 여기서 운동을 한다고?' 하며 너는 놀라겠지만 나는 알아. 아홉 시 수업이 시 작되면 너는 자연스럽게 몸을 풀고 온 힘을 기울여 몸을 단련할 거 란 것을. 그렇지만 왜 굳이 수요일이냐고? 그건 내가 좋아하는 엘레나 선생님의 스트레칭과 줌바 수업이 오직 수요일에만 있기 때문이야.

카운터에 미리 얘기를 해뒀으니 걱정하지 마. 너는 일일권으로 헬 스클럽을 이용할 거야. 한국처럼 운동복을 대여해주지는 않지만, 호 텔에서 쓰는 것 같은 커다란 수건을 대여해줘서 아주 유용해. 이제 나를 따라 이 층의 여성 탈의실로 가자. 운동할 준비를 모두 마치면 삼 층의 가장 큰 강당으로 갈 거야. 잠깐 기다려, 잊지 말고 아까 받 은 수건과 내가 집에서 가져온 개인 물병도 하나씩 챙겨야 해. 수요 일에 나는 두 시간 수업을 듣는 새 물 일 리터를 다 마시곤 하지. 자, 이제 본격적으로 운동하러 가볼까?

일 교시는 스트레칭이야. 한국에서 헬스클럽 다닐 때는 잘 못 보던 수업 중 하나야. 에어로빅이나 방송댄스, 요가나 필라테스는 익숙한데 스트레칭이라는 명목의 수업은 잘 없잖아. 그래도 우습게보면 안 돼. 러시아 여자들은 굉장히 유연하거든. 아마 어렸을 적부터 체조 수업이 교과 과정에 포함되어서인지 유전적 요인인지 확실치는 않지만, 분명한 건 다들 기본 이상이라는 점이야. 너 기억하니? 내가 보기와 달리 굉장히 유연하잖아. 학창 시절 체력장 때 유연성 테스트에서는 반 일등을 했던 사실 말이야. 그래서 스트레칭 수업에는 조금 자신감이 있어서 요가 매트를 앞쪽에 깔아. 내 기억에 너도 좋았던 것 같지만, 오늘이 첫 수업이고 모든 동작을 러시아어로 가르쳐주니 쉽게 따라올 수는 없을 거야. 그러니 내 뒤에 네 요가 매트를 깔자. 눈치껏 날 잘 보고 따라 해. 시작한다, 쉿!

이 헬스클럽의 연회권을 끊던 날이 내게는 아직도 선명해. 그날은 둘째 아이의 유치원 입학식이기도 하였고, 러시아가 우크라이나를 침공한 지 딱 육 일째 되는 날이었어. 교민사회는 공포로 얼어붙었고, 모든 것이 흔들리던 삼월의 첫날이었어. 한 치 앞을 내다볼 수 없는 상황에서 많은 이들이 허겁지겁 귀임을 준비했고, 또다시 하늘길이 막혀버릴지도 모른다는 불안감이 엄습했지. 그러한 상황에서 나는 겁도 없이 이곳에서 일 년을 운동하겠다는 마음으로 비자금을 탈탈 털어 연회권을 산거야. 다들 의아하게 여겼어. 당장 내일의 일도 모른다는 걸 불과 닷새 전 몸소 경험하고도 이곳에서의 일 년을 어

떻게 계획하고 보장받으려 하느냐고 말이지. 그러한 상황에 직면하니 무언가를 시작한다는 건 생각보다 많은 용기와 자신감이 필요했던 게 사실이야. 그런데 말이야, 친구야. 머뭇거리는 내 눈에 들어온건 다름 아닌 딸아이의 노오란 유치원 가방이었어. 유치원에서 마련한 노란 유치원 가방을 힘껏 안고 지루했을 법도 한 입학식을 의젓하게 치르는 딸아이의 뒷모습을 보며 나는 용기를 얻었어. 이토록 어지러운 형국에도 설레는 마음을 가질 수 있다는 것, 무언가를 새로이 시작할 수 있다는 것이 얼마나 감사하고 다행한 일인지. 입학식을 치르고 나와 한걸음에 나는 헬스클럽으로 향했지 뭐야. '아침에 일어나면 오빠는 학교 가고, 아빠는 회사 가고, 나는 유치원 가고, 엄마는 운동가고.' 이건 딸아이만의 유행가 가사야. 아침에 이 말을 노래 부르듯 흥얼거리며 자다 일어난 내복 차림으로 유치원 가방을 메는 딸아이 모습에 나도 질 새라 씩씩하게 하루를 시작하고 있어. 그래서 코로나로 인해 확 찐 자가 된 내 모습을 건강하게 되살려 보고자 매일 아침 고군분투 중이지만 너도 알다시피 쉽지 않아. 두 아이는 번갈아 아프기 일쑤고, 아이들 병시중이 끝나면 내 몸이 지쳐 쓰러지고 마니까. 그래도 운동으로 진땀을 빼고 난 후의 상쾌함은 그 무엇과도 비교할 수 없지, 안 그래?

스트레칭한 이후의 너는 허벅지에 손을 문지르며 장난 아니라는 제스처를 취할지 몰라. 우리나라와 달리 이곳의 스트레칭은 유독 하체 운동에 집중된 느낌을 받을 거야. 아마 동양인과 다른 체형 때문이지 않을까 하는 합리적인 추측을 했어. 엘레나 말고 다른 선생님,

다른 강좌 모두 다 들어봤지만 역시나 상체보다는 하체에 더 많은 시간을 할애하는 공통점을 발견했거든. 아마 물에 석회가 있어서 나이를 먹으면 어쩔 수 없이 코끼리 다리가 되는 환경 때문에 더 다리 근육을 단련하는 것일지도 몰라. 아무튼 이제 요가 매트는 다시 있던 자리로 갖다 놓으면서 자리도 좀 바꿔야겠어. 줌바 수업에서는 난 가장 뒷줄에 서. 왜냐고? 춤은 유연성과 정말 무관한 것인 모양이야. 양손을 들고 웨이브 동작을 하는 거울 속 내 모습을 볼 때면 웃음이 터지고 말거든. 정말 어쩜 저렇게 고릴라 같을까 싶어. 웃지 마시게나, 친구. 굉장히 낯선 안무에서 너도 나처럼 당혹스러운 춤사위를 선보일지 모를 일이라고.

내가 줌바 수업을 좋아하는 이유는 제법 많아. 먼저 한 번도 들어본 적 없는 노래에 몸을 맡겨 춤을 춘다는 점이야. 내가 살면서 갈 수 있을까에 대해 의문조차도 들지 않는 뜨거운 햇살이 내리쬐는 나라의 선율이랄까. 듣고만 있어도 까무잡잡한 피부의 사내가 피어싱한 혀를 쉴 새 없이 굴리고 레게머리에서부터 원색의 의상으로 손을 쓸어내리며 그루브를 타는 모습이 그려져. 내 마음은 이미 그곳에 가 있지만, 현실은 각목 나부랭이지. 두 번째는 엘레나 선생님의 줌바댄스를 감상하는 즐거움이야. 그녀가 노래 중간중간에 내는 추임새 소리 때문에 나는 그녀에게 돌고래라는 애칭을 붙여줬어. '호이 호이' 하며 맛깔스럽게 춤추는 그녀를 볼 때면 안 돌아가는 골반도 더 흔들어보게 돼. 그리고 매주 바뀌는 그녀의 줌바댄스 의상을 훔쳐보는 재미도 쏠쏠하지. 세 번째는 엉망진창이 되는 시간을 누리는 점

이야. 한국이었다면 감히 상상도 할 수 없는 자신감이 생겨서 마음껏 망가져도 되거든. 대신 한 가지 주의해야 할 점이 있어. 절대 치아가 보이게 웃으면 안 돼. 특히 민망해서 혀를 빼꼼 내미는 행동은 더더욱 삼가야 해. 나는 처음에 그것도 모르고 공동묘지에서 벌떡 일어난 시체처럼 양손을 들고 쿵쾅거리는 내 모습에 나도 기가 찬 거야. 그래서 웃음이 터지고 말았지. 그러자 거울 속의 많은 눈이 모두 나를 노려보지 뭐야. 맙소사, 그들은 진지했던 거야. 나는 예의에 어긋난 행동을 한 것이었어. 처음에는 민망한데도 머쓱하게 미소 짓지 않는 게 참 어려웠거든. 근데 이제는 그게 편해. 나는 마치 신예 개그우먼이 된 것처럼 관객 앞에서 정색하고 기가 막힌 막장 쇼를 선보이는 기분이야. 마지막으로 카타르시스야. 갑자기 생뚱맞게 카타르시스냐고 너는 묻겠지. 근데 그 단어 말고는 달리 설명할 도리가 없어. 그날을 얘기하자면 나의 첫 줌바 수업이 있던 봄날의 수요일로 거슬러 올라가야 해.

서당개 삼 년이면 풍월을 읊는다는 속담이 있듯이 러시아어를 못해도 눈칫밥으로 하고 싶은 것을 어설프게나마 따라 할 수 있는 경지에 도달했지. 게다가 스트레칭이나 필라테스는 정적이었고, 파워 트레이닝도 맨 뒷줄에 서서 아령이나 스텝박스를 이용하여 눈치껏 따라 하면 그만이었으니까. 그러나 줌바 수업은 긴장되었어. 안 하면 되는 걸 왜 굳이 하면서 그랬느냐고? 줌바댄스가 고강도 유산소 운동이라 다이어트에도 탁월한 것은 입증된 사실이니까. 텔레비전이 달리지 않은 런닝머신 사십 분은 너도 해봐서 알겠지만 너무 지루한 일이잖니. 그리고 긴장되지만 궁금했어. 러시아인의 줌바댄스는 어떤 것일까. 창밖은 눈발이 휘날리는데 라틴음악에 맞춰 장신의 그녀들이 춤추는 모습을 보고 싶었거든.

엘레나가 줌바 수업을 위해 들어왔는데 나는 바로 이전 스트레칭 수업과 같은 강사인 줄 전혀 눈치채지 못했어. 쉬는 시간동안 그녀는 헤어스타일부터 의상까지 전부 바꿨고, 심지어 편안하고 몽환적인 표정으로 임했던 그녀의 얼굴까지도 개구쟁이 얼굴에 섹시한 윙크를 취할 줄 아는 관능적인 여성으로 바뀌어버렸거든.

첫 노래부터 유쾌한 라틴음악이 흘러나왔고, 나를 제외한 모든 이들은 흐트러짐 없이 줌바댄스를 췄어. 물론 이따금 방향을 실수하기도 했지만 다들 대체로 잘 추임새를 주거니 받거니 하면서 한 곡 한 곡이 끝날 때마다 손뼉을 치더라고. 수업이 끝날 쯤 되었을 때는 나도 목을 가다듬고 용기 내서 한 번 정도 돌고래 소리를 내볼까도 생각했어. 그런데 나는 그만 그녀의 레깅스에 그려진 만국기 패턴이 눈에 들어온 거야. 순간 알 수 없는 분노감에 목이 콱 멨어. 왜 화가 났느냐고? 그 만국기에서 나는 자연스레 태극기를 제일 먼저 찾아보았고, 그다음에는 러시아, 그리고 다음으로는 나도 모르게 우크라이나 국기를 찾고 있었지. 그러자 일순 지금 한 쪽에서는 사람이 죽고 사는데 이렇게 신명 나게 춤을 춰도 되는 거야? 하는 죄책감과 더불어 그 공간에 있던 모든 이들에게 환멸이 느껴졌지. 혼자 화가 난 나는 씩씩거리며 거울 속 한 사람 한 사람을 쏘아보았지. 겨우 열흘도 안 되었는데 애도의 마음까지는 아니더라

도 이런 분위기는 자제해야 하는 거 아닌가 나는 홀로 자괴감에 빠져 중도에 강당을 나갈까 고민까지 했어. 그런데 그 다음으로 나온 곡은 느린 템포의 러시아 가요였어. 마지막으로 온몸의 근육을 이완시켜주는 동작으로 이루어진 마무리 곡이었어. 근데 그때 가사에 사랑을 뜻하는 단어 류보브любовь가 나오는 순간 양손을 교차해서 자신의 어깨를 꼭 끌어 감싸는 동작을 하는데 당혹스럽게도 눈물이 터져 버리고 만 거야. 세상에, 친구야 상상이나 되는 일이니? 그래, 나라면 충분히 그럴 수 있다고 너는 말할지도 모르겠다. 네 말대로 나는 정말 감정 부자임이 틀림없어. 그런데 그 눈물이 바보처럼 멈추지 않는 거야. 코를 훌쩍거리며 마지막 줌바 댄스를 마무리 지었는데 다행히 아무도 눈치 채지 못한 것 같았어. 나는 설명할 수 없는 기이한 내 감정에 복받쳐 조금 마음을 추스른 후 강당을 나가려 했지.

그런 내게 나의 돌고래 그녀가 다가와서 어디가 아프냐며 걱정스러운 표정으로 물었어. 나는 나도 모르게 이렇게 대답하고 말았지.

"당신의 바지에서 우크라이나 국기를 찾지 못했어요."

괴변이었어, 그야말로! 하지만 그녀가 아무 말 없이 나를 안아주었지. 그게 다야. 나보다 훨씬 작고 어린 러시아 사람이 처음 보는 외국인의 온전하지 못한 말을 듣고 말이지.

첫 번째 이후로도 나는 매주 수요일 줌바 수업을 들을 때면, 마지막 노래에서 류보브라는 단어와 함께 그 동작을 하며 자꾸만 눈물이 흘러나왔어. 처음에는 그 눈물의 이유를 찾으려고 무진 애를 썼는데 나는 결국 그냥 흐르는 대로 내 감정을 놓아두기로 했어. 그래서 아이러니하게도 일주일 중 가장 역동적이고 흥분되는 시간에 나는 계속 감정을 터트렸어. 그게 반복되니 어느 순간에는 눈물이 나오지 않았어. 그러니까 나는 그 시간이면 늘 온몸의 땀과 눈물과 응어리진 감정을 배출한 거야.

그나저나 친구야, 네가 줌바댄스 추는 모습이 너무 기대된다. 이왕이면 여대생일 때의 그 춤 실력이 죽지 않았길 바랄게. 나는 모든 한국인 아줌마는 몸치일 거라는 편견을 심어주긴 싫거든. 수업 중 거울 속 나와는 눈이 마주치지 않길 바랄게. 내 춤사위를 보면서 치아를 보이지 않으려면 어금니를 꽉 깨물어야 할 거니까 말이야.

한바탕 땀 흘리고 나와서는 어처구니없게도 너를 동네 어귀에 자리한 생맥주 전문점으로 데리고 갈 거야. 뭐하는 짓이냐고 날 책망

하는 소리가 들리는군. 그래도 어쩔 수 없어. 이건 내가 꼭 해보고 싶었던 일 중 하나거든. 친구와 동네에서 슬리퍼를 찍찍 끌고서 낮술하는 것. 이 소소하지만 실현 불가능했던 일을 네가 여기 왔을 때 아니면 내가 어떻게 이룰 수 있겠니? 그러니 고 예쁜 입 삐쭉거리지 말고 마음에 드는 맥주나 골라 보라고, 나의 사랑스러운 친구.

　이 생맥주 전문점 이름에 대해서 나만의 특별한 사연이 있어. 붉은 벽돌 건물 코너에 자리한 이 생맥주 전문점은 아담한 규모에 비해 창문이 다섯 개나 뚫려 있지. 아치모양 창문의 테두리는 마치 생맥주 크림처럼 하얀색으로 페인트칠이 되어있고, 그 하얀선 안쪽은 노란 알 전구가 금빛 후추알처럼 콕콕 박혀있지. 그리고 간판에는 'ХМЕЛЬ&СОЛОД'라고 쓰여 있어. 러시아어를 오랜만에 보니 옛날 생각나지 않아? 내가 예카테린부르크에 교환학생으로 있을 때 네가 편지 보내줬었잖아. 내가 영어로 쓰면 분실할 가능성이 크다고 러시아어로 주소를 가르쳐줬었지. 그러한 까닭에 너는 생전 처음 보는 러시아어를 쓰느라고 고생깨나 했지.

이 코너를 돌아 한 블록만 걸어 들어가면 모스크바 한국학교가 나와. 그래. 맞아. 이 길은 내가 매일 아침과 점심에 모스크바 한국학교 병설유치원에 아이들을 등하원 시키며 수없이 지나다닌 길이야. 그래서 나는 길 건너 우리 집에 가고자 초록 불로 바뀌기를 기다리며 바라보는 신호등처럼 매일 무심결에라도 한 번은 저 간판을 바라봤지. 간판을 보면 러시아어를 하나도 읽을 줄 몰라도 &기호가 맥주잔에 풍덩 빠져있기 때문에 맥주집이라는 것을 단박에 알 수 있지. 그런데 러시아 간판들은 대개 무엇을 파는 곳인지 명시되기 마련이거든. 예를 들면 꽃цветы:쯔베띄, 아이스크림мороженое:마로즈노예, 혹은 과일фрукты:프룩띄이나 고기мясо:먀싸처럼 고유명사가 아닌 일반명사가 간판이 되는 게 부지기수야. 그런데 이 생맥주 전문점에는 맥주пиво:삐바라는 단어가 적혀있지 않아 독특했어. 그러면서 나는 간판에 명시된 두 단어를 내가 읽고 싶은 대로 아무렇게나 읽고 살았어. 호프 혹은 술기운이나 취기를 뜻하는 хмель흐멜은 빵을 의미하는 хлеб흘렙으로, 엿기름 혹은 누룩을 뜻하는 солод쏠라트는 소금이라는 뜻의 соль쏠로 읽었어. 틀림없이 그렇게 쓰여 있는 것처럼 보였어. 그래서 나는 맥주집 이름이 빵과 소금이라니 역시 러시아스럽다고 생각했어. 러시아 단어 중에 хлебосольство흘레바쏠스트바라는 단어가 있어. 빵과 소금의 합성어로 환대와 우정을 뜻하는 단어인데 러시아인들에게는 빵과 소금이 가장 귀한 음식이거든. 그래서 귀한 손님을 맞이할 때면 소금을 위에 올린 빵을 대접하는 전통이 있어. 그런 까닭에 나는 동네 모퉁이에 자리한 맥주집 이름으로 기가 막히다고 생각했지 뭐야.

"암, 그렇고말고. 동네 어귀에는 인생의 빵과 소금처럼 선술집이 꼭 필요하지. 우리 동네에 오는 손님을 이곳에서 환대하면 안성맞춤이겠어."

이렇게 나의 자의적 해석을 합리화하곤 했지. 그런데 유모차를 탄 채 오빠를 배웅하고 마중 가던 딸아이가 노란 가방을 메고 자신의 유치원을 향해 걸어 다니자 그제야 그 단어가 아니라는 것을 나도 깨달은 거야. 유치원에서 러시아어를 배우는 딸아이가 신호등 불빛이 바뀌길 기다리면서 내게 저 간판을 소리 내서 읽어 달라 하였거든. 나는 두 단어 모두 낯설어서 사전을 찾아보았지. 그 이후로 이 맥주집은 비로소 <빵과 소금>이 아닌 <술기운과 누룩>으로 제 이름을 찾은 게야. 내 마음속 간판이 더 문학적이지 않아? 비록 진짜 이름이 고소한 맥주향을 담고 있지만, 그것보다 인생의 깊은 향을 더 머금은 것 같은 나의 자의적 해석이 제격이지?

그렇게 간판을 바로 읽고부터였어. 저 술집 안에 들어가 보고 싶다는 마음이 보글보글 끓어오르기 시작한 시점이. 그리고 저곳을 나올 때는 결코 정직한 걸음걸이 말고 술기운을 흩뿌리며 조금 단정하지 못한 걸음걸이로 나오고 싶었지. 백야가 시작된 여름밤이든 청량한 바람이 이마를 쓸어주는 가을 낮이든 좀처럼 해가 뜨지 않아 밤처럼 어둑한 겨울 아침이든 언제여도 좋을 것 같다고 생각했지. 맥주를 잘 마시는 친구와 함께라면! 알다시피 나는 맥주보다는 소주를 좋아하잖니. 그래서 한 잔밖에 즐기지 못할 게 분명하거든. 그리고 혼술도 좋아하지만, 왠지 동네 초입의 생맥주 전문집은 다른 누구도 아닌 막역한 친구와 가야 제 맛일 것 같아서. 그래서 너를 데리고 가고 싶었어. 아구, 이미 콸콸 들이 붓는 네 모습이 그려진다. 애 둘 낳고도 네 주량은 여전하니? 그러고 보니 아이 엄마가 된 너와 내가 이렇게 호쾌하게 술잔을 부딪치는 것도 참 오랜만이다. 내가 한국에 살았다 한들 쉽지 않았겠지? 그렇다면 조금 위로가 될 것도 같다. 동네에서 친구와의 낮술이라니, 이제 막 주민등록증을 받았던 낭랑 18세 때나 했던 일인데 말이야.

친구야. 안주도 골라볼 테야? 우리나라 노가리처럼 여기도 마른안주가 꽤 많아. 네가 몇 잔을 마실지 기대된다. 한국은 수입 병맥주 전문집이 많지만, 러시아는 이런 생맥주 전문점이 많은데 전광판에 나오는 국기들 보이지? 서유럽보다는 동유럽과 동구권, 그리고 러시아산 맥주가 대부분이야. 맛이 좋은 맥주를 찾아내면 말해줘. 네가 한국으로 돌아가고 나서 이따금 오늘이 그리울 때 페트병에 하나 가득 받아서 집에 가서 마셔야지. 청승 떠는 거 아니니까 걱정하지 마. 대신 너도 이곳에 있는 이레 동안 매일 저녁 귀갓길에 사줄게. 그럼 됐지? 한국에서는 눈총 맞을 짓이지만, 여기서는 전혀 그럴 일 없어. 맥주병을 들고 산책하는 것 말이야. 나도 언젠가 유모차 주머니에 병맥주 하나 넣고 산책한 적 있어. 소심한 일탈을 하는 기분이었어.

아마 단유한 바로 다음 날이었지. 대신 네 남편에게 맥주병 산책은 비밀로 하자. 굳이 나쁜 친구로 찍힐 필요는 없으니까 말이야. 이렇게 일주일씩이나 심란맞은 이곳의 내게 오는 것을 허락해준 네 남편에게 나는 언제까지고 '우리 아내의 모스크바 사는 좋은 친구'로 기억되고 싶어. 내일은 멋진 곳에 데려가서 널 귀히 대접하는 모습의 인증 사진을 많이 찍어줘야겠다. 자, 우리의 남은 여행을 위하여, 건배!

추신_
아무래도 너와 매일 저녁은 맥주로 마무리할 것 같은 생각이 들어. 내가 제일 좋아하는 안주 기억하지? 그래 맞아, 사람 입맛이 어디 변하니? 한국 식당에서도 이것만큼은 안 팔더라고. 삭은 홍어는 내가 양보할게. 너를 수하물 검사대에서 고생시키고 싶지 않으니 말이지. 그래, 곱창과 과메기도 눈물 흘리며 내가 내려놓을게. 이따금 진공포장을 해서 가져오는 사람이 있다는 소문은 들었지만 나도 시도해보지 않은 걸 감히 네게 시킬 마음은 없어. 자. 이거는 가능할 거 같아. 돼지껍질. 버터 오징어구이도 팔면 부탁할게. 차마 시어머니 오실 때 부탁드릴 수 없던 건데 친구한테는 별별 걸 다 주문한다. 그래도 사와 줄 거지? 앗, 짐가방을 네 남편이 싸주려나. 그래도 어쩔 수 없다. 대신 좋은 보드카 한 병 네 남편 앞으로 사놓을게. 그리고 혹시 그간 내가 모르는 기가 찬 안주가 생겼거든 빠짐없이 잘 꾸려서 와야 해, 절대 쉽게 포기하지 말고. 알았지?

2023. 10. 5.
마을 어귀에서 소금과 빵을 들고 널 기다리는
민아캉으로부터

IV. 당신에게 편지를 부친 후 길목에 서서

나만의 편지 역사
_편지는 호명이다

"내가 같이 달려 줄게. 포기하지 마."

터덜터덜 걸으려던 나의 등짝을 가볍게 치며 친구가 말했다. 옆에서 함께 마지막 한 바퀴를 달리겠다는 친구가 나타나서 나는 비록 꼴찌였지만 완주할 수 있었다.

사춘기를 심하게 겪은 편은 아니다. 그러나 돌이켜보면 다양한 빛깔의 감정에 눈뜨고, 복잡하고 어려운 상황에 직면하여 그 안에서 여러 가지 선택과 고민을 겪는 시기가 청소년 시절에 응축되어 있으므로 그 시절을 사춘기라고 바꿔 부르는 것인지도 모르겠다. 그렇다면 사춘기는 겪어내야 할 난관이나 통증이 아니라 어른이 되는 과정 중 자신도 의식하지 못한 채 한동안 머물렀던 봄빛의 시간이 분명하다.

나의 사춘기에는 작은 돌무덤 하나가 있다. 그 작은 돌무덤에는 강인하고 눈빛이 선한 친구가 살고 있다. 친구가 내게 머물렀던 삼 년 남짓의 짧은 시간이 사춘기를 관통하던 시기와 맞물려 있는 탓에 나는 사춘기란 단어를 보면 하릴없이 그 친구가 떠오른다.

중학교 삼 학년 때였다. 다른 반으로 갈라진 친구와 내가 체육 시간이 겹치는 요일이었다. 그날은 체력장 항목이었던 오래달리기 기록을 재는 날이었다. 달리는 것이라면 넌더리를 치는 나였기에 그날은 몹시 우울했다. 선생님의 호루라기 소리에 맞춰 아이들이 일제히 달리기 시작하였고, 나는 아예 처음부터 꼴찌의 행색을 하고 달렸다. 한 바퀴, 두 바퀴 운동장을 돌수록 나는 뒤처졌고, 완주한 친구들은 운동장 관중석에 앉아 휴식을 취하였다. 그러자 운동장이 점점 더 커지는 것만 같았고, 발은 더욱 무거워졌다. 경주 전 뛰지 않고 걷는 것은 절대 안 된다고 엄포를 놓았던 체육 선생님의 얼굴도 희미해지고 있었다. 어차피 따놓은 꼴찌였기에 그냥 걷자는 생각으로 그나마 가볍게 뛰어오르던 발꿈치마저 땅에 꾹 내려놓으려던 순간이었다.

"내가 같이 달려 줄게. 포기하지 마."

터덜터덜 걸으려던 나의 등짝을 가볍게 치며 친구가 말했다. 전교생 중에 축구를 가장 잘하는 아이가 내 옆에서 나비처럼 팔랑팔랑 날아다니듯 달렸다. 그 친구 덕분에 걷지 않고 달려서 완주했다. 그날의 장면은 지금까지도 내가 좌절감을 맛보거나 고독하고 우울할 때면 불쑥 꿈에서 몇 번이고 재연되었다.

친구는 열일곱에 세상을 떠났다. 바다가 얼마나 깊고 무서운지 모르고 친구는 나비처럼 그곳에서도 나풀나풀 포기하지 않고 헤엄쳤던 모양이다. 친구의 아버지께서 친구가 어릴 적 살던 집이 잘 보이

는 높은 산꼭대기 나무 아래에 한 줌의 재가 된 친구를 묻고 돌무덤을 만들어 주었다. 나는 친구를 보러 달리기만큼이나 질색인 산을 오르기 시작했다. 처음에는 위치를 정확히 기억하지 못해 늘 친구의 생일과 기일 즈음 친구의 아버지와 함께 산을 올랐다. 열아홉 살이 되어서야 혼자 친구를 조용히 찾아갈 수 있었다.

  친구들과 휴대폰 문자나 이메일을 주고받으며 시답잖은 수다가 켜켜이 쌓여 영롱한 우정으로 탈바꿈하던 고교 시절. 나는 돌무덤에 숨어버린 친구가 그리웠다. 서점에 가서 100매 편지지를 사서 야속하게 떠나버린 친구가 몹시도 생각날 때면 편지를 썼다. 알 수 없는 미래에 대한 불안감과 대입 스트레스, 같은 반 친구와 옥신각신하여 생긴 마음의 상처를 조잘조잘 편지에 털어 놓았다. 답장을 받을 수 없더라도 나는 친구에게 편지를 쓰는 게 좋았다. 그때 나는 부를 수 없는 친구의 이름을 쓰는 행위로 많은 위안과 격려를 받았고, 친구가 내 옆에 있다고 느꼈다. 입으로 소리 내서 부르면 대답할 수 없는 친구의 부재를 잔인하게 확인하는 기분이 들어 슬펐지만, 편지는 발화와 응답이 동시성을 가질 수 없어서 좋았다. 어차피 다 쓴 후에 전송되는 글이었기에 얼마든지 편지를 쓰며 친구를 불러도 외롭지 않았다. 오히려 파랗게 절인 친구가 물기를 털고 생기 있는 얼굴로 나를 바라보는 환상에 자주 빠지곤 했다. 그때 깨달았다. 절망적일 때 쓰는 편지는 희망으로 내딛는 애틋한 발걸음이란 사실을.
  나는 편지를 쓰며 나 자신을 스스로 위로하고 격려하는 어른으로 자라났다.

편지는 곧 호명呼名이다. 이름을 부르는 행위만으로도 편지를 쓰는 발신인과 편지를 읽는 수신인의 관계가 곰삭는다. 더불어 수신인과 발신인 사이에는 어떠한 가림막도 없으므로 편지의 내용도 한결 진솔해지기 마련이다. 타인을 통해 에두르지 않을뿐더러 발화하는 순간 날아가 버리는 말과 달리 편지는 수신인이 몇 번이고 다시금 펼쳐볼 수 있으므로 더욱 단어를 세심히 고르고 마음을 가르는 과정을 거친다. 그 과정에서 나를 들여다보고 성찰하는 시간이 마련된다. 누군가의 이름을 나지막이 부른 후에 쓰는 말은 결단코 거짓일 수 없다. 편지에 담긴 나의 이야기를 듣고자 조용한 곳을 찾아 다른 것에 구애받지 않을 시간을 내어 편지를 읽고 있는 이에 대한 고마움이 저변에 흐르고 있다. 편지란 쓰는 사람뿐만 아니라 읽는 사람 또한 마음을 쓰는 일이기 때문이다.

글벗에게 일주일을 담은 일곱 통의 편지를 쓰면서 나는 『안네의 일기』를 쓴 어린 유대인 소녀 안네 프랑크를 자주 떠올렸다. 나의 '글벗'과 안네의 '키티'를 도식화할 수는 없지만, 절망적인 시간 속에서 그녀는 일기를 썼고, 늘 '키티님'을 호명하며 하루를 기록하였다. 나는 글벗에게 편지를 쓰면서 더욱 안네를 가슴 깊이 이해했다. 내 마음에 귀 기울여 주는 이의 존재감만으로도 힘이 났기 때문이다. 너무나 고통스럽고 슬픔에 허덕이는 날, 우울하거나 불쾌한 기분이 삭여지지 않는 날에는 그날의 사건이나 혹은 감정을 복기하는 것 같아 일기를 쓰기가 매우 어렵다. 하지만 편지는 오히려 고통스러운 날의 나를 살리는 글이 되어주므로 멈추지 않고 쓸 수 있다. 그건 분명 혼자가 아니라는 강한 믿음과 안도감이 글에 내재해 있기 때문이다. 내게는 '글벗'이란 존재가 글쓰기를 멈추지 않게 해주는 버팀목이었다. 글벗은 실체가 있는 나의 편집자인 동시에 이 글을 읽어줄 미래의 독자이기도 했다. 오늘날의 러시아여도 달뜬 마음으로 편지를 읽어줄 누군가의 러시아에 희망의 빛깔을 입혀주고 싶었다. 러시아라는 세 글자가 자신의 인생에 들어있거나 스쳐 간 누군가에게는 일말의 위로나 반가움이 전해지길 바랐다. 지금 이 글을 읽고 있는 생면부지의 글벗에게도 나는 이미 많은 날을 빚진 셈이다.

그러한 글벗에게 편지를 쓰기 위해 나는 모스크바를 수집하기 시작했다.

나만의 수집 행로
_수집은 산책이다

　수집가들의 첫 수집품으로 꼽히는 항목은 단연 우표이다. 수집의 영역으로 나를 이끌어준 물건 역시 두말할 나위 없이 우표였다. 우표를 수집한 사람이라면 누구나 이러한 고민 앞에서 진지하다. 야들야들한 비닐에서 노란색 우표 시트지를 꺼내어 엄지손톱처럼 작은 우표를 어떤 방식으로 나열할 것인지 고심하는 것은 수집가만이 누릴 수 있는 정리의 즐거움이 아닐까. 우표의 명시된 가격, 혹은 우표의 테마, 또는 우표의 크기, 그것도 아니면 우표 발행 연도 등으로 우표를 나눈다. 심지어 세계 우표까지 손에 넣게 된다면 고민의 폭이 더 넓어지기도 한다. 역설적이게도 우표 수집 취미는 수집과 동시에 분류를 익히는 데 큰 도움을 준다. 어쩌면 수집은 내가 만든 작은 세계 속에 질서를 부여하여 그 세계를 내가 온전히 장악하는 데에 참된 즐거움이 있는 것인지 모른다. 나만의 방식과 기준으로 몇 번이고 수집품을 새로이 정렬하며 나의 세계 속 구성원이 그곳에 안전하게 존재하고 있음을 확인하던 나는 꼬마 수집가였다.

　대학 시절 첫 유럽 배낭여행을 갔을 때 작은 기내 캐리어 하나만 단출하게 가져갔었다. 매일 기념품 가게를 들를 때마다 나는 기쁘면서 괴로웠다. 유럽은 나라별뿐만 아니라 도시별로도 수집할 물건들이 많았다. 기념품 가게 또한 왜 이리도 지천인지. 볼펜과 머그잔, 작은 술잔과 오르골, 골무, 엽서, 그리고 마그네틱 등이 수집품 후보에 올랐다. 나는 고심 끝에 엽서와 마그네틱을 택했다. 그러나 그것들을 택하고 보니 또다시 그 안에서 선택해야 할 요소가 넘쳐났다. 사진엽서와 일러스트 엽서, 명화 풍의 풍경엽서와 옛 풍경의 흑백사진 엽서, 상징물이 표시된 지도 엽서 등 빙글빙글 돌아가는 엽서 판매대에 꽂혀있는 엽서는 나의 취향을 구체적으로 정확하게 묻고 있었다. 마그네틱도 마찬가지였다. 커다란 철판에 덕지덕지 붙어있는 마그네틱은 엽서보다 더욱 입체적이고 다양한 질감으로 각자의 개성을 뽐내고 있었다. 첫 여행지에서 나의 취향을 가려내자 다음 여행지에서는 그에 들어맞는 엽서와 마그네틱을 사며 더욱 짜릿함을 느꼈다. 이윽고 이러한 일련의 과정을 거치며 나의 취향은 확고해졌다.

배낭여행을 계기로 수집가로서의 견문이 확장되었다. 수집가의 필수 항목에 확실한 취향과 선택이 더해졌다. 취미 우표의 세계에 발을 들이고는 학교 뒤에 자리한 우체국으로 달려가 매달 발행되는 우표를 샀다. 당시의 우표수집이 취미인 초등학생에게 수집된 우표들은 일관적인 공통성을 띠기도 했을 정도로 나의 취향이 필요 없는 수집이었고, 개근상처럼 우표 수집책을 채워나가는 뿌듯함과 성취감이 수집의 원동력이었다. 그러나 유럽 방방곡곡의 기념품 가게를 누비며 수집 단계에서 나의 취향에 근거한 철저한 고민과 선택이 이루어졌다. 이것은 이전과는 다른 나만의 독자적인 수집이 시작된 것을 의미한다. 그 이후로 지금까지도 일관성 있는 기준으로 소소한 것을 모으며 커다란 행복을 느끼는 청년 수집가로 살고 있다.

　수집의 주체가 '나'였던 건 변함이 없었다. 그러나 글벗에게 편지를 쓰기로 결심한 날부터 나는 수집의 주체를 '글벗'으로 바꾸어 생각했다. 특정한 타인을 기준으로 하나의 나라 또는 도시를 수집하는 행위는 즐겁고 새로웠다. 물건을 모으던 단순한 취미이자 버릇이 글감을 모으는 일로 확장되자 방대하기만 하였던 모스크바가 내 손안에 잡히기 시작했다. 종이 한 장을 꺼내 '당신이 모스크바에 온다면'이라는 전제 문장을 쓰고 생각나는 대로 모스크바의 관광명소를 나열하였다. 장소를 두서없이 열거한 후 글벗의 특징과 개성, 취향 등을 적으며 현실에 있는 존재인 동시에 내가 창조하는 소설 속 등장인물처럼 '당신'을 형상화하였다. 그러한 당신을 내 마음 한가운데에 앉혀 놓고 무수히 많은 모스크바의 곳곳 중에 함께할 곳을 선택하였다. 마치 '글벗'이라는 커다란 자석을 품에 넣고 모스크바 곳곳의 장소들과 물건들을 마주하여 끌어 당겨지는 것들만 모으는 것과 같았다. 남들에게는 대단하게 여겨지지 않을 곳이지만 철썩 붙어버린 장소에는 그만한 이유가 있었고, 그것을 명확히 찾아내느라 몇 번이고 그곳에 갔다. 그와 반대로 나조차 가본 적이 없지만, 분명 글벗이 좋아할 거란 확신에 직접 가서 보고 느끼며 그를 위한 수집품으로서의 가치가 있는 것인지 확인한 장소도 있다. 그렇게하여 모아진 모스크바의 면면을 일곱 개의 요일에 맞춰 묶어주는 작업이 이뤄졌다. 이러한 분류작업에서 필요한 요소는 그날 하루의 주제였다. 마치 소설을 쓰듯 칠 일의 서사에 발단과 전개, 위기, 절정과 결말을 넣고 싶었다. 나는 우리의 여행이 한 편의 짧은 독립영화처럼 몇 번이고 끝임없이 마음속에서 재상영되었다.

나는 글벗과의 여행을 쓴 이후 다른 수신자에게 편지를 쓰고 있다. 편지의 수신자가 달라졌다는 것을 달리 표현하면 수집의 주체가 변하였다는 뜻이었다. 똑같은 모스크바이지만 전혀 다른 물건과 공간, 순간들이 새로운 자석에 이끌려 또 다른 얼굴의 모스크바가 수집되었다. 글벗과는 다른 성격과 성향, 나이, 성별, 관계의 수취인에게는 이전과는 다른 또 다른 나의 사적인 러시아가 나와서 신기하고 반가웠다. 그리고 이 작업이 참으로 이색적이고 내가 사는 세상을 바라보는 심미안을 기르는 계기가 될 수 있음을 깨달았다.

모스크바를 수집하며 러시아를 막연하게 좋아했던 나의 마음에 하나씩 이유를 달아준다. 대학 시절 소설창작 수업에서 들었던 교수의 말은 아직도 내 뇌리에 박혀 있다.

"세상은 '그냥, 갑자기, 우연히'가 가능하지만, 소설에서는 불가능하다."

나는 소설의 세계를 갈망한다. 세상에는 이해하기 힘들고, 설명할 수 없는 일투성이지만, 적어도 나의 세계는 허투루 흘러가지 않았으면 좋겠다. 그래서 모스크바를 수집하는 과정에서 나는 나를 많이 알아갈 수 있었다. 절망적인 날들에 편지를 쓰며 불렀던 글벗은 내게 희망이었다. 그 희망이 나에게 온다면 함께 가고 싶은 곳들은 차마 매정하게 뒤돌아설 수 없는 내가 택한 정주지定住地를 향한 애정이었다. 그리하여 전쟁 때문에 어정쩡한 마음으로 종종걸음을 치던 나는 내 삶의 터전인 러시아를 꾹꾹 밟으며 큰 보폭으로 산책할 수 있었다. 거창하게 들릴 수 있지만, 많은 날의 산책 덕분에 타국살이 하며 글을 좋아하는 사람으로서의 소명의식을 찾았다. 지금의 나와 우리, 그리고 이곳을 기록하는 것. 그것이 내가 할 수 있는 가장 보람되고 건강한 삶을 사는 마음과 행동 양식이라는 결론에 이르렀다.

　수집蒐集은 곧 산책散策이다. 산책은 한가로운 걸음걸이로 뜻풀이가 가능한 산보散步와 묘한 차이가 있다. 산책에는 흩뿌려지는 걸음에 담기는 마음 조각이 있다. 산책을 이루는 한자 두 개를 유심히 바라보며 골똘히 산책의 의미를 되짚어본다. 흩을 산散과 꾀, 계책, 대쪽 책策. 꾀를 흩뿌리며 걷는 것이 산책일까 대나무 숲 속을 거닐며 흩뿌려진 대쪽을 마주하는 것이 산책일까. 나는 불현듯 무사히 집으로 돌아가기 위해 새어머니를 따라 숲길을 걸으며 남몰래 은색 조약돌을 흩뿌리던 헨젤이 떠올랐다. 물론 그 순간을 헨젤은 산책으로 여기지 않았을 테지만, 그 장면만큼 산책을 잘 설명하는 것도 없을 것 같다. 헨젤은 주변의 정경을 기억하고자 주위를 더 유심히 살피며 걸었을 것이며, 마음속에 이는 불안함과 공포를 다스리고자 끊임없이 자신과 대화를 이어갔을 것이고, 걸음 하나하나에 마음을 싣고 떨어트린 조약돌이 걱정되어 뒤를 돌아보았을 것이다. 마음의 쪽 하나를 걸음에 담아 흩뜨리고 온 곳에 다시금 가면 언젠가 뿌려두고 온 내 마음 조각들이 여전히 그곳에 널려있다. 그것들을 모으고 모아 놓으면 결국 그것들은 '나'가

된다. 결국 상반되는 한자어를 가진 수집과 산책은 자신 삶의 단편을 모으고 흩뿌리면서 자신을 알아가는 과정이다. 나는 글벗에게 모스크바를 선물하기 위해 내가 자꾸만 걷고 걸었던 그곳들에 흩뿌려두었던 반짝이는 조약돌을 모아 나에게로 도달할 수 있었다.

나만의 여행 가이드라인
_정주지를 여행하다

　대학시절 학교 선배와 한 달이 넘는 유럽여행을 했을 때 이야기다. 당시 나와 같은 시기 러시아 대학의 기숙사에서 생활하던 그 선배에 게는 한국에 두고 온 연인이 있었다. 나는 우연히 무임승차처럼 그의 배낭여행에 합류한 해맑은 후배였다. 그리고 이미 선배가 짜놓은 여행길에는 나 말고도 그의 절친한 친구와 나의 룸메이트 언니도 동행하였다.

　"오빠, 유럽 배낭여행에 왜 스위스가 빠져 있어? 꼭 가봐야 하는 나라 아니야?"

　나는 세계지도를 들여다보며 의도한 것처럼 스위스만 쏙 빼는 동선으로 짜인 선배의 여행 일정에 의문을 제기했다.

　"스위스는 나중에 내가 사랑하는 사람과 신혼여행으로 꼭 가고 싶은 나라라서 뺐어."

　나는 그 말을 듣자 그 선배가 참 멋진 사람이라는 생각과 동시에 나도 스위스는 왠지 꼭 좋아하는 사람과 가야 할 천상의 나라처럼 여겨지기 시작했다.

　지금 돌이켜 보면 선배와의 배낭여행은 새로운 세상을 보고 듣고 경험하는 즐거움이 가득했지만, 마음 한편으로는 지금 내 옆에 있는 사람에게 내가 최고의 여행 파트너가 아니란 생각에 조금 씁쓸한 여

H. W. Bornemann

Dealer in Boots, Shoes and
Rubber Goods. We try to
suit you in both Work and
Dress Shoes. First Class Re-
pairing a Specialty.

BREMEN INDIANA

DR. E. V. GLASSMAN

BREMEN INDIAN

Andrew Dirmeye

Metz and Olds

Automobile

Both of these Car are
fect masterpieces in
bile Design and
tion, handsome in
ance, up to the
equipment and in
thing about them
ive of efficiency
ispeal to you

행이었다. 가끔 사색에 젖은 듯한 선배의 옆모습을 볼 때면 옆에 나 대신 사랑하는 연인이 있었으면 더 행복한 표정이었을까 싶은 생각에 종내에는 미안한 마음마저 들었다. 대신 나는 부모님과 함께 유럽을 여행하는 내 모습을 상상했다. 생전 처음 보는 황홀경이 펼쳐질 때면 여행 프로그램을 즐겨 보시던 엄마의 얼굴이 떠올랐다. 부모님에게는 내가 최고의 파트너일 게 분명할 테니 우리의 여행이 더욱 완벽하고 아름답게 추억될 거라 확신했다. 그리하여 나는 첫 배낭여행을 마치고 새로운 배낭여행의 꿈을 가졌고, 이 년 후 대학 졸업 여행으로 그동안 모은 돈을 털어 엄마와 오십여 일간의 유럽여행을 떠났다.

대학 도서관에서 유럽여행 관련 도서를 열 권도 넘게 대여했다. 그리고 엄마에게 가고 싶은 나라를 선정하게 하였다. 엄마가 고른 나라와 내가 첫 번째 배낭여행에서 좋았던 곳과 못 가본 곳을 취사선택하여 우리만의 여행 루트가 만들어졌다. 당연히 나는 엄마와 스위스에 자리한 융프라우요후 설산을 보는 것도 빼놓지 않았다. 여행루트가 결정된 이후 나는 엄마에게 나라마다 그 나라에서 가고 싶은 명소와 하고 싶은 일, 먹고 싶은 음식, 그리고 사고 싶은 기념품을 적게끔 하였다. 그리하여 엄마와의 한 달이 넘는 배낭여행이 시작되었다. 풍족하고 호화롭지 못한 주머니 사정으로 엄마를 모시고 고급 레스토랑에서 만찬 한 번 즐기지 못한 배낭여행이었지만, 우리는 행복했다. 가이드북에 나오는 뻔한 동선이 아닌 우리만의 일정으로 유럽을 누볐다. 엄마와 나는 국경을 넘으면 꼭 우체국에 들러 엽서를 부쳤다. 엄마는 사랑하는 아빠에게, 나는 지금의 남편이 된 당시의 사랑하는 연인에게. 여행이 새로운 곳에서의 견문 확장이 전부가 아니란 것을 그 여행을 통해 깨달았다. 여행은 누군가와 함께할 것인지를 정하고, 그 사람과 함께하는 여행은 어디로 떠나야 가장 행복할까를 고민하는 것에서부터 시작한다는 것을. 그렇기엔 그 여행은 내게도 엄마에게도 더할 나위 없이 좋을 수밖에 없었다. 서유럽이라는 미지의 대륙에서 가고 싶은 도시들만 점을 찍어 연결하였으니 무엇 하나 버릴 날이 없는 여행이었다.

　모스크바에 당신이 온다는 생각에 칠 일간의 여행 컨셉을 고안한 것은 앞선 엄마와의 여행 가이드라인이 기저에 깔려 있었기 때문이다. 여행은 파트너를 이해하는 만큼 즐겁고, 여행지에 대해 관심을 갖고 공부를 한 만큼 얻는 것이 많다. 이번 글벗과의 상상여행은 내게도 신선한 여행이었다. 그 까닭은 여행지가 저 멀리 어딘가로 떠나야 당도하는 곳이 아닌 바로 나의 삶의 터전이었기 때문이다. 대학 시절에는 그토록 간절하게 사계절을 겪어 보고 싶은 러시아였다. 하지만 이곳이 정주지가 되자 한 해는 눈 깜빡하면 흐르는 시간이 되었고, 신비롭고 환상적인 공간이었던 러시아는 이제 내게 익숙해져 별다를 것 없는 일상이 되고 말았다. 이번 글쓰기를 통해 더 세심하게 내가 사는 도시를 바라보는 눈과 마음이 생겼다. 그 눈과 마음으로 찬찬히 바라보는 모스크바는 나의 소중한 '당신'과 함께 하고 싶은 것이 가득하였다. 소중한 사람과의 완벽한 여행을 위해 답사하듯 동선을 재차 확인하고 계절이 바뀔 때의 풍경을 세세하게 살피며 가장 아름다울 때의 모습을 글벗이 본다면 좋겠다는 마음으로 여행을 구상했다.

러시아 전공자가 아닌 까닭에 온전히 번역되지 못하는 것이 내게도 무수한 도시, 모스크바. 호기심에서 그쳤던 것들을 진득하게 탐색하는 과정은 마치 땅 밑에 숨어 한 뿌리에 엮여 있는 고구마를 줄줄이 끌어올리는 것과 같았다. 동상이 왜 이 거리에 자리하고 있는지, 나에게는 새로운 인물이지만 너무나 유명한 인물과 어떤 상관관계에 있는지 등 새로이 알게 되는 인물이나 공간, 그들의 역사 등 모든 것이 긴밀히 연결된 것을 알아채는 짜릿함 그 자체였다. 또한 상상여행을 시작하자 일상에서는 잘 꺼내지 못했던 나의 내밀한 마음을 고백하기에 이르렀다. 마치 고해성사를 하듯 입 밖으로 내뱉어보지 못한 속내를 토해내기도 하고, 오래전 기억을 끌어와 오늘의 내가 걷는 길에 무심히 내려놓기도 했다. 그렇게 마음을 무장해제 시키는 것은 여행이 가진 힘이었다. 일상 여행자로 잠시 살아본 특별한 경험이었다.

내가 러시아를 사랑하는 마음은 애국심과는 다르다. 고향을 아끼고 사랑하는 마음을 뜻하는 애향심에도 내 마음은 썩 들어맞지 않는다. 러시아는 내가 태어나서 자란 곳도, 조상 대대로 살아온 곳도 아니기 때문이다. 그러나 고향의 사전적 정의 중 마지막 문장, '마음속에 깊이 간직한 그립고 정든 곳'에는 맞닿아 있다. 러시아는 내게 국가적 개념이 아니다. 다만 러시아가 내게는 정주지란 사실과 이유만으로 나는 러시아의 여러 행실과 면모에 무심할 수 없는 사람인 것은 확실하다. 언젠가는 나도 한국으로 돌아갈 사람이다. 그때는 이곳을 감히 고향이라 부를 수 있을까. 이곳에서 만난 한국 사람들은 거의 모두가 언젠가는 고국을 향해 이곳을 떠난다. 물론 이곳에서 영주권을 얻어 돌아갈 기약이 없는 이들도 적지 않겠지만, 보편적으로 짧든 길든 이곳에서의 삶을 꾸려나가다가 귀국한다.

처음에는 막연하고 두려웠던 러시아. 이곳으로 오기 전 많은 것을 준비하고 싶어도 뜻대로 잘되지 않는 곳. 베일에 싸여 좀처럼 정보를 쉽게 얻기 힘든 요상한 나라. 러시아에 오면 매일 맞닥뜨리는 것들 ―화내는 듯 빠른 억양의 낯선 언어, 무뚝뚝한 러시아인의 표정과 다소 거만하고 뻔뻔한 그들의 태도, 화가 날 정도로 느리고 비효율적인 일처리 등―에 적응하는 시간이 필요하다. 그러나 그 시간이 결코 고역스럽기만 한 것은 아니다. 도심 속 울창한 숲과 공원, 아이에게는 한없이 상냥한 태도와 인자한 미소, 참견하기 좋아하는 할머니의 애정 섞인 잔소리, 유럽과는 확연히 다른 건축물의 동화적인 색감, 그리고 세련된 유머를 겸비한 다양한 박물관과 미술관 등을 마주하면 일전의 화가 나거나 위축되던 마음은 조금씩 사라진다. 마지막으로 러시아를 상징하는 겨울, 끝도 없이 내리는 흰 눈에 모든 것이 새하얗게 뒤덮인 풍경 위로 분홍빛 하늘이 펼쳐지는 환상적인 아침을 맞이하면 하릴없이 사랑에 빠질 수밖에 없다. 그러나 나는 사람들이 이곳을 마냥 사랑하기보다는 애증하는 느낌을 많이 받는다. 마냥 사랑할 수만은 없는 미운 구석이 존재하는 나라, 러시아. 그렇기에 더 여행할 맛 나는 나라, 한없이 사랑스럽다가도 별안간 미워지는 나라, 나는 이곳에서 오랜 짝사랑 중이다.

안 올 수도 있는 미래이지만, 이미 내게는 과거가 되어버린 글벗과의 환상 여행. 당신의 여행을 위해 내가 한 여행이나 진배없는 시간을 통해 여행의 참된 묘미와 즐거움을 느끼는 시간이었다.

Ⅴ. 희망을 향한 길

V. 희망을 향한 길

러시아와 우크라이나의 전쟁이 시작된 지 얼마 지나지 않았을 때는 택시를 타면 택시 운전수가 나의 국적을 묻고는 자연스레 전쟁에 대한 내 생각을 물었다. 외국인의 견해가 궁금했던 것인지 아니면 나의 대답 이후에 자신의 의견을 장황하게 늘어놓기 위함이었는지 정확하지 않다. 그러나 러시아어를 잘 못한다는 나의 짧막한 답변 뒤로 거의 모든 택시 운전사들은 목적지까지 가는 동안 전쟁에 대해 끊임없이 얘기하였다. 나는 그들의 표정과 어투에서 그들이 일으킨 전쟁이 꽤 정당한 행동이고, 승리를 자신한다는 느낌을 받았다. 불편한 느낌을 그득 안고 내리면 어김없이 그 택시 뒷유리에는 승리의 제트(Z) 표식이 있었다. 내가 탄 몇 대의 택시로 일반화할 수는 없지만, 그들은 이 전쟁을 러시아와 우크라이나 양국 간의 전쟁이 아니라 유럽과 미국을 통틀어 러시아를 간섭하는 외세를 향한 선전 포고로 생각하는 것 같았다. 침략만 당한 역사를 가진 나라에서 나고 자란 나로서는 더욱 이해하기 힘든, 수긍할 수 없고, 아예 받아 들어줄 수조차 없는 추론이었다.

전쟁은 계절이 서너 번 바뀌고 해를 달리 해도 여전히 이어지고 있다. 예비군 징병 때문에 야반도주가 벌어지고 이산가족이 급증하며 가정과 직장, 지역 공동체가 와해되던 러시아 국민들의 어수선한 상황도 다소 진정되었다. 일촉즉발의 상황으로 태세가 전환될까 각자 이곳으로 떠나올 때 가져왔던 이민 가방을 꺼내놓고 마음 졸이던 교민사회도 대폭 축소되었으나 다행히 잔존하고 있다. 점차 한국 언론에서도 험악한 영상과 전쟁의 참상이 보도되는 횟수가 줄었고, 러시아 안팎의 사람들 사이에서 전쟁 이야기는 사그라들었다. 심지어 한국에 사는 어떤 이는 아직도 러시아가 전쟁 중이냐고 내게 되묻기도 했다.

전쟁이 발발한 지로부터 일 년 육개월이 흘렀을 무렵이다. 남편이 내게 러시아 다른 지역으로 출장간 남편의 직장 동료가 택시 운전수와 나눈 이야기를 들려줬다. 택시 운전수에게는 제대하자마자 막 결혼식을 올린 앞날이 창창한 아들이 하나 있었다고 한다. 그러나 운명의 장난처럼 식을 올리고 얼마 지나지 않아 전쟁이 터졌다. 제대한 지 세 달도 채 되지 않은 아들은 일순위 징집 대상자였고 전쟁터에 끌려가 죽었는지 살았는지 소식도 끊긴 채 지내다가 얼마 전에 잠시 휴가를 나왔다고 했다. 아들의 몸에는 크고 작은 전쟁의 상흔이 심어졌고, 깊게 박힌 총알을 빼지 못해 병가를 받아 집으로 돌아온 것이었다. 운전수는 자신의 아들이 몸뿐만 아니라 정신까지 망가져서 왔다고 말했다. 매일 땅을 파서 몸을 웅크리고 잠들면 아들의 몸에는 벌레가 기어다니고, 머리 위로는 아군인지 적군인지 알 수 없는 헬기가 떠다녔다. 병가를 마치고 전장으로 다시 떠나는 아들에

게 무어라도 든든하게 들려 보내고 싶었지만, 아들은 모든 것은 부
질 없고 짐이 된다며 빈손으로 떠났다고 했다. 나는 몇 사람의 입을
통해 건네 들은 이야기에도 몸서리쳤고, 여태까지 내 기억 속에 축
적된 전쟁영화의 장면들이 오버랩 되었다. 나는 마치 본 적도 없는
그 택시 운전수의 눈을 그의 택시 뒷좌석에 앉아 백미러를 통해 엿
보는 것 같았다. 마치 남편이 스베틀라나 알렉시예비치가 쓴『전쟁
은 여자의 얼굴을 하지 않았다』(문학동네, 2015)의 한 단락을 내게
낭독한 것만 같았다. 우크라이나 전쟁이 발발하고 나는 그 책을 다
시 꺼내 들었고, 전쟁 속 사람들의 이야기를 다시 읽는 것은 내게 고
역이었다. 한 편의 드라마나 다큐멘터리가 감동을 자아내는 '전쟁영
화'가 아니었다. 지금 장소만 이곳이 아닐 뿐 그곳에서 자행되는 현
실이었고, 불행과 절망의 회상록이 되풀이되고 있었다. 어제의 일기
이자 오늘의, 내일의 일기였다. 그리고 그 절망과 공포는 전쟁에 동
원된 두 국가의 한쪽만이 아니라 모든 개인이 짊어지고 가는 것이었
다. 그 이야기를 들은 후 그들의 원한 섞인 비통한 목소리가 매일 밤
귓가에 들려왔다.

　전쟁은 아직도 끝나지 않고 계속 되고 있다. 어쩌면 러시아인들도
차마 꺼내지 못하는 깊은 슬픔과 고통이 있을 거란 생각이 이제야
들었다. 전범국이라 낙인찍힌 나라의 국민이라 하여 그들이 이 전쟁
을 전혀 두려워하지도, 비탄하지도 않는다고 어떻게 확신할 수 있단
말인가. 그들 스스로도 갑자기 마주하게 된 전쟁, 타국의 모든 것을
휘젓고 파탄 내버린 전쟁에 대해 자신을 납득시켜야할 명분을 찾느

라 무심한 얼굴을 한 채 발을 동동거렸을지 모른다. 그건 정말 아무도 모를 일이었다. 다만 그들은 침묵에 익숙한 사람들이었고, 그들이 목소리를 내어도 이방인인 동시에 러시아어를 못 하는 귀머거리인 나는 듣지 못할 뿐이었다.

나는 전쟁이란 단어에 마비된 감각을 일깨울 필요를 강하게 느꼈다.

전쟁의 분위기에서 짓눌렸던 모스크바의 그해 봄을 잊을 수 없다. 모든 것이 부정적인 회로를 통해서만 러시아를 읽고 생각하고 느끼던 시기. 전쟁에 대해 마구 성난 목소리로 뜨거운 감자를 던지며 헐뜯는 모습이 절망인 줄 알았다. 그러나 전쟁 상황이 이제는 기이하게 받아들여지지 않고, 전쟁 때문에 뒤틀린 모습에 적응이 되어 의구심조차 들지 않는 것이 진정한 절망이었다. 갑자기 정전이 되면 사람들은 어둠 속에서 우왕좌왕하며 빛을 찾는다. 그러나 차츰 어둠에 익숙해지면 어둠 속에서도 명암을 가려낼 수 있다. 절망에 놓였을 때 더욱 희망을 갈구하며 그 상황을 개선하고 벗어나고자 사람은 노력한다. 그러나 그러한 노력이 부질없는 것이며, 나의 힘으로 이루어질 수 없는 것이라 단념하는 순간 희망은 사라진다.

인문학도가 타인에게 할 수 있는 가장 무서운 행동은 상대방을 이해하려는 마음을 버리는 행위라고 대학 시절 사모하던 대학교수의 말이 떠오른다. 걷잡을 수 없는 미움 때문에 나는 러시아를 한동안 이해하고 싶지 않았다. 러시아를 이해하려는 행동조차 잘못된 것이라 여겼기 때문이다. 그러나 절망의 시기에 나는 글벗을 위한 수집을 왜 이렇게까지 했는가 반문하며 깨달았다.

 편지의 여로는 희망을 향한 길이었다.

 나는 전쟁을 생생하게 그려내고 치열하게 다룰 수는 없다. 다만, 적어도 지금 현재도 전쟁으로 인해 우크라이나가 절망적인 상황이라는 것을 자각하고 이곳에 살고 싶다. 내가 사랑하는 러시아와 내게 배신감을 안겨준 러시아 사이의 낙차에서 끊임없이 떨어지고 다시 오르며 글 쓰고 싶다. 설령 전쟁이 끝난다고 하여 갑자기 모든 절망이 사라지고 희망이 도래하는 것이 아님을 안다. 러시아는 전쟁이 끝나더라도 스스로 낸 자상을 치유하고 회복하는 시간을 오래도록 보낼 것이다. 절망이 뿌리내렸던 시간을 찬찬히 곱씹고 그것이 잠식시켰던 삶의 목소리에 계속 귀 기울이는 노력을 나는 어떻게 할 수 있을까. 나는 러시아인도 우크라이나인도 아니다. 심지어 러시아어도 잘 구사하지 못하는 외국인에 불과하다. 그러나 오히려 이러한 나이기에 가능한 글을 쓰며 이곳에서 삶의 희망을 노래하고 싶다.

VI. 그럼! 이게 러시아지

_ 고정욱(문학박사, 소설가, 동화작가)

그럼! 이게 러시아지

_고정욱(문학박사. 소설가, 동화작가)

"러시아는 요즘도 물자가 귀해서 줄 서나? 그리고 정말 톨스토이의 무덤에는 묘비나 장식이 없나?"

러시아에서 잠시 귀국한 제자 강민아에게 내가 진심으로 궁금해서 물어본 질문이었다.

"네, 선생님. 기껏 줄서서 가면 필요한 물건 없곤 해요. 그리고 톨스토이 묘비는 정말 없어요. 그나마도 톨스토이가 무덤을 만들지 말라고 유언했지만, 사람들이 그럴 수는 없다며 최대한 소박하게 만들었어요. 그래서 가보시면 아무런 표식도 없고, 아무런 장식도 없습니다."

"와, 멋지다."

왜 그런 탄성이 내 입에서 나왔는지 모르지만 그 말은 내 진심이었는데 강민아가 초월한 표정으로 어깨를 움찔 했다.

"그게 러시아에요."

강민아는 오랜 시간 러시아 모스크바에서 거주하며 방학 때면 자녀들을 데리고 돌아오곤 했다. 그럴 때마다 우리는 시간을 내어 한두 번 만났다. 그리고 삶과 문학, 글쓰기, 결혼 생활에 대해 이야기를 나누며 서로의 생각을 나눴다. 그녀가 그 낯선 타지에서 꿋꿋하게 살아가고 있는 모습을 보며 나는 대견했고 자랑스러움을 느꼈다.

강민아는 내 성균관대학교 국문과 직속 제자다. 처음 만났을 때 그녀는 여타의 여리여리한 문학 소녀와는 거리가 멀었다. 헌걸차며 단단해 보이는 외모와 뚝심 있어 보이는 얼굴, 무엇이든 해낼 것 같은 느낌을 주는 강렬한 인상을 가졌었다. 그녀가 스스로를 투르크족의 여전사라고 부르는 것도 놀랍지 않았다. 그만큼 그녀는 강한 이미지를 가진 사람이었다.

　　그런 민아가 글쓰기를 원하고 있다는 것을 나는 이미 알고 있었다. 학교 다닐 때부터 감성적이었던 그녀는 글쓰기를 생활화했고, 나는 그녀를 글쓰기로 이끌었다.

　　어느 날 지인의 기획사에서 나에게 제자 중 글을 잘 쓰는 사람을 기자로 추천해 달라고 요청했다. 나는 주저 없이 강민아를 추천했다. 그녀는 학부를 갓 졸업한 경력 없는 신참이었지만, 나는 그녀의 필력을 믿고 있었다. 경력도 없는 제자를 보냈다고 한 소리 들었지만 나는 자신있게 말했다. 경력자보다 더 글 잘 쓸 거라고. 역시 내 말을 입증이라도 하듯 강민아는 써간 글로 자신의 능력을 입증해보였고 바로 채용이 되었다. 글쓰기로 월급을 받는 직장에 들어간 그녀는 놀랍도록 빠르게 적응해 나갔다. 사람들과의 대인관계가 원만

하고 성격이 좋은 덕분에 많은 인맥을 형성할 수 있었다. 나는 더 이상 그녀에게 잔소리를 할 필요가 없었다. 그녀의 서글서글한 성격과 뚝심은 세상을 헤쳐 나갈 힘이 될 것임을 나는 믿었기 때문이다.

강민아는 첫 월급을 타고 나서 내게 찾아왔다. 우리는 동네의 인도 식당에서 네팔 셰프가 만들어 주는 카레를 맛있게 먹으며, 직장 생활의 즐거움과 글쓰기의 행복, 그리고 기사를 쓰기 위해 제주도 여행을 가는 즐거움(물론 항공료 무료)을 이야기했다. 스승으로서의 기쁨은 바로 이런 것이다. 제자가 원하는 곳으로 갈 수 있게 물꼬를 터주는 그것. 나는 그런 기쁨을 느끼며 강민아를 바라보았다.

짧은 직장생활이었지만, 제가 한 달에 한 번 제주로 출장을 가던 시절을 아버지는 기억하시지요. 김포공항과 가까운 우리 집은 옥상에 오르면 아담한 크기의 비행기가 잘 보이죠. 퇴사하고 한량처럼 지내던 저와 아버지는 곧잘 옥상에 올라 함께 빨래를 널고 화단에 물을 주었잖아요. 이따금 비행기가 뜨거나 내릴 때면 아버지는 그 비행기의 꼬리 색을 유심히 보셨죠.
"조금 더 다녀보지 그랬냐. 너에게 좋은 경험이었는데."

시간이 흐르며 강민아는 작가가 되고 싶은 열망을 가지게 되었다. 주변 동료들이 책을 내고 인정받는 모습을 보며 그녀는 초조함을 느낀 듯했다. 나는 그녀에게 공모전에 도전해보라고 권유했지만, 사실 공모전은 모든 선수가 퇴장하고 혼자 골문을 지키는 것 같은 고독한 작업이다. 그것은 누구의 도움도 없이, 도전 속에서 스스로 실력을 쌓아야만 의미가 있는 것이다. 원래 실패와 좌절 속에서 성장하는 것이 문학의 길이기 때문이다. 나 역시 작가가 되는 데 12년의 세월이 걸렸으니 말이다.

그녀는 청소년 소설을 쓰기로 결심하고 나에게 자문을 구했다. 나는 그녀의 첫 소설이 당선될 것이라고 기대하지는 않았지만, 도전 자체가 문학의 시작이라고 믿고 격려를 아끼지 않았다. 결국, 수 개월 뒤 강민아는 청소년의 방황과 고독을 다룬 소설을 완성했다. 나는 그녀의 부족한 부분을 지적하며, 더 많은 취재와 보완을 권했다. 그런 과정을 거치며 나는 그녀가 언젠가 훌륭한 작가가 될 것이라는 확신을 가지게 되었다.

완벽보다 완수가 중요함을 나는 가르치고 싶었다. 완벽을 기다리다가는 아무것도 이룰 수 없다. 그리고 작은 성취가 쌓여야 비로소 큰 목표를 향해 나아갈 수 있다. 그러면서 완벽함을 추구하는 과정에서 좌절하지 말고 꾸준히 노력, 실천해 나가야 한다. 무엇보다 완수의 기쁨은 그 자체로 또 다른 도전의 동기가 된다. 어차피 완성된 결과물은 비록 불완전할지라도, 시도조차 하지 않는 것보다 훨씬 값진 것이기 때문이다.

* * *

하지만 어느 날 그녀에게서 뜻밖의 소식이 들려왔다. 사랑하는 남자와 결혼해 함께 러시아로 이주하게 되었다는 것이었다. 강민아가 국문학을 전공하고 러시아로 이주한다는 것은 놀라운 일이었다. 자세히 사연을 들어보니 그녀는 오래전부터 러시아를 좋아했고, 그곳에서 살고 싶어 했다. 그 광활한 대륙과 장쾌한 자연, 그리고 그 속에 숨겨진 문학과 예술은 그녀의 가슴을 설레게 했던 것이다.

낯선 러시아 땅에서 그녀는 가족과 함께 새로운 삶을 시작했다. 자녀들을 키우며 그녀는 러시아에서의 삶에 적응해 나갔다. 그럴 때마다 나는 그녀에게 러시아에서 느낄 수 있는 예술의 향기를 마음껏 누리라고 조언했다. 강민아는 나의 조언을 가슴에 새기며 글쓰기를 놓지 않았다. 그리고 그녀는 러시아에서의 삶을 글로 써내려갔다.

아아. 나의 위대한 푸쉬킨.

그래요. 이제는 위대한 당신 이름 앞에서도 글을 쓸 수 있어요. 언제 어디서나 누구에게나 러시아의 푸쉬킨으로 읽히지 않고, 푸쉬킨은 오롯하게 푸쉬킨으로 받아들여질 수 있도록 자신의 문학처럼 정열적이고 치열하고, 때로는 낭만적이고 자유로운 삶을 살아간 당신을 존경해요. 언젠가 저의 고국 한국과 당신의 나라 러시아 사이에 하늘길이 다시금 열리는 날이 오겠지요. 그러면 이전처럼 푸쉬킨 셰레메체보 공항에서 사람들은 모스크바 여행을 시작하겠지요. 그들은 공항에서부터 만나는 당신을 반가워할 게 분명해요. 그리고 모스크바 이곳저곳에서 당신을 마주할 때면 우리 한국인들은 당신을 향한 러시아인의 애정을 느낄 거예요.

알렉산드르 푸쉬킨, 그의 삶은 불꽃처럼 찬란했으나 너무도 짧았다. 러시아 문학의 거장이자 민족의 목소리였던 그야말로 펜을 통해 시대의 아픔과 사랑을 노래했다. 그의 시와 이야기들은 사람들의 가슴에 깊이 새겨졌고, 그 울림은 지금도 계속되고 있다. 모든 문학인들은 어쩌면 그에게 일정 부분 빚을 지고 있는 사람들일지도 모른다. 비록 비극적인 결투로 생을 마감했지만, 당신의 문학은 영원히 살아 숨쉬며 우리를 위로하고 있다. 그는 우리에게 자유와 진실의 가치를 상기시킨다. 그의 목소리는 여전히 러시아의 들판과 거리에서 메아리치며, 세월이 지나도 그 울림은 결코 사라지지 않을 것이다. 그런 푸쉬킨 앞에서도 감히 글을 쓸 수 있는 초심자의 용기. 낯선 나라 낯선 문화에서 자신의 생각을 모국어로 정리하는 결기야말로 투르크의 전사와도 같은 강민아의 기질이다. 한 마디로 디아스포라 문학의 장르가 그녀의 손에서 열리는 거였다.

주지하다시피 디아스포라 문학은 고향을 떠나 낯선 땅에서 살아가는 이들의 이야기를 담아내는 문학이다. 이주와 정착, 그리고 그 과정에서 겪는 혼란과 갈등을 중심으로 전개되기 마련이다. 이주민들은 새로운 문화 속에서 자신을 발견하며, 때로는 정체성의 혼란을 겪는다. 이들은 고향에 대한 그리움을 안고 살아가면서도 새로운 땅에서의 삶을 이어가야만 한다. 강민아가 러시아 현지 법인의 직원인 한국에서 함께 간 남편과 직장이 있는 러시아에 살아야 하는 조건이 바로 이를 충족한다. 디아스포라 문학은 이 고통과 희망의 교차점을 그려내며, 상실과 새로운 기회의 두 가지 측면을 모두 다루고 있다.

타국에서의 삶은 그들에게 고향을 잃는 상실감을 주지만, 동시에 새로운 가능성을 열어주기도 한다. 이 디아스포라 문학은 주로 이방인의 시선에서 세상을 바라보며, 소외감과 외로움이 주된 주제로 등장한다. 하지만 디아스포라 문학 속에는 희망과 생존의 이야기도 깊이 스며 있다. 고향을 떠난 이들은 새로운 세계에서 자신만의 목소리를 찾아가며, 그 과정을 통해 자신을 다시 정의하게 되는 까닭이다.

대표적인 디아스포라 문학의 예로는, 제임스 조이스의 <율리시스>가 있다. 이 작품은 아일랜드 출신 주인공이 낯선 도시 더블린에서 겪는 하루 동안의 여정을 통해 그의 내적 갈등과 정체성의 혼란을 묘사한다. 우리에게도 디아스포라 문학은 낯선 것이 아니다. 재일교포 문학의 대표인 김석범은 제주도 4·3학살을 다룬 <화산도>를 일본의 문예지 『문학계』에 5년 이상 연재했는데 아사히신문사에서 주는 오사라기지로상大佛次郎賞과 이호철통일로문학상을 받았다. 재미교포 문학으로는 과거에는 김은국의 <순교자> 같은 작품은 미국 내에서도 크게 평가를 받은 작품이다. 최근에는 린다 수 박의 <사금파리 한 조각>이나 이민진 작가의 <파친코>가 있겠다.

일련의 작품에서 알 수 있듯 디아스포라 문학은 단순한 이주나 정착의 기록이 아니다. 그것은 자신을 찾기 위한 긴 여정의 기록이며, 새로운 환경에서 자신의 뿌리를 내리고자 하는 인간의 강한 생존 본능을 다룬다. 종종 주인공이 고향과 현재, 그리고 미래를 동시에 바라보는 복합적인 시각을 통해 이야기를 전개한다. 이를 통해 독자는 이방인의 경험을 간접적으로 체험하며, 타국에서의 삶이 주는 도전과 그 안에서 피어나는 희망을 이해하게 된다.

강민아의 새로운 형식의 답장엽서는 바로 그런 새로운 환경에서 새롭게 잉태된 산문의 형식이며 그 대상이 엽서를 받을 당신, 즉 독자이기도 하다.

* * *

개인적으로는 나의 1992년 문화일보 등단작인 <선험>이 당시로서는 파격적인 2인칭 단편소설이었던 것이 공교롭다. 독자에게 말을 걸고, 그들과 대화하는 시도는 수십 년이 지나 제자인 강민아의 새로운 형식의 산문으로 변주되고 재탄생하고 있기 때문이다. 그녀가 처한 러시아라는 환경이 아니었다면 이런 형식의 글은 탄생하기 어려웠을 것이다.

> 이렇게 편지를 쓰고 있는 것만으로도 아주 멀리 있는 당신이 당장 짐 가방을 싸서 제게 올 것만 같아요. 어쩌면 우리의 편지에 요일은 큰 의미가 없다고 당신은 생각하실 수도 있어요. 하지만 제게는 정말이지 당신이 이곳에 온다는 상상이 지금 그 무엇보다도 가장 절실하고 현실적으로 느껴져요. 그러한 까닭에 당신이 온 날부터 펼쳐질 하루하루를 저는 단 하루도 허투루 보낼 수 없지요. 그뿐만 아니라 띄엄띄엄 요일을 건너 여행할 수도 없기에 고안한 것이 바로 일주일의 여행 계획표예요. 제가 실제로 여행을 다닐 때처럼 종이에 표를 그리고 칸을 나누어 나만의 달력 한 뼘을 만들어 보았어요. 더 짧

은 여정이 될 수도 있고 혹은 그 반대일 수도 있지만, 적어도 당신과 이곳에서 일주일 만큼은 보내고 싶어요. 어떠한 기간 을 나타내는 단위 중 일년과 한달은 불가능해도 일주일만큼 은 왠지 가능해 보이니까요.

강민아는 자신의 글을 감수해줄 편집자부터 먼저 만났다. 그들이 어찌 만났는지는 들었지만 잊었다. 중요한 건 아니다. 다만 물리적 인 거리감과 정서적 고독감이 글을 책으로 내고 싶어하는 필자와 그 간절함을 아는 편집자의 입술과 치아 같은 관계를 형성했으리라 믿 는다. 그런 것이 가능한 이유가 바로 강민아의 글이 디아스포라 문 학의 새로운 형태이기 때문이다.

디아스포라 문학은 이주민의 개인적인 경험을 통해 더 넓은 인간 경험을 탐구하며, 고통 속에서도 희망을 찾고자 하는 인간의 회복력 을 보여준다. 간절히 글을 쓰고 싶고 자신의 목소리를 고국의 같은 모국어를 구사하는 동포에게 알리고 싶다는 열망은 그녀에게 전혀 새로운 편지 형식의 글, 그리고 그 편지를 받은 사람이 실제 모스크 바로 여행을 와서 안내를 받는 실험적 형태를 갖추게 된다.

그녀의 문학은 결국, 상실의 경험 속에서 새로운 정체성을 발견하 고, 고향을 떠난 이들이 새로운 땅에서 자신의 자리를 찾아가는 과 정에서 벗어날 수 없다. 디아스포라 문학은 이주민들의 목소리를 대 변하며, 그들의 이야기를 통해 독자에게 공감과 이해를 불러일으 키는 강력한 문학적 장르이기 때문이다.

문을 열고 들어서는 순간, 코를 킁킁거려 보아요. 맞아요. 이 냄새가 바로 러시아 서점 냄새에요. 이 냄새를 어떻게든 글로 잡아두고 싶은데 영 쉽지가 않네요. 일단 '러시아 책 냄새'라고 정의해서 이향을 상상 속 예쁜 책 모양 공병에 담아두고 집 구경을 시작할까요. 서점 왼편으로는 그림책과 동화책이 살고 있어요. 돌잡이 아기부터 어린 학생들, 십대 청소년까지 읽는 책들이 책장으로 이루어진 칸칸마다 모여 있어요. 제가 가장 많은 시간을 보내는 곳이기도 해요. 겉표지가 크리스마스 한정판으로 나오는 예쁜 초콜릿 틴케이스 같은 책도 있고, 옛 감성이 묻어나는 작은 포스터를 연상시키는 책도 있지요. 눈으로만 훑어도 너무나 앙증맞은 그림 때문에 보드라운 아기가 내 품에 있었으면 좋겠다는 생각이 들다가도 멋스러운 삽화를 볼때면 그림을 배우고 싶다는 욕망이 부글부글 끓기도 하죠.

    강민아의 글을 읽으면 느껴지는 강력한 러시아의 후각과 시각적 자극이 공감각을 후벼 파며 독자에게 전달된다. 그녀가 느끼는 감성은 절박함을 내포하고 있다. 그것은 언제 어떤 일이 벌어질지 모른다는 디아스포라 문학의 특성이다. 러시아가 우크라이나와 전쟁을 벌이고 국제정세가 급변하면서 강민아가 느끼는 불안이 더욱 더 감각에 집착하게 했는지도 모른다. 그녀는 나에게 자신의 불안한 마음을 전하며, 어떻게 해야 할지 모르겠다고 했다. 나는 그녀에게 이렇게 말했다.

"민아야, 글을 써라. 너에게는 글이 있잖니. 글이 너를 자유롭게 할 거야. 글이 너를 지켜줄 거야. 글이 너의 미래를 밝혀줄 거야."

성실한 그녀는 그때부터 꾸준히 글을 써서 나에게 보내왔다. 나는 그녀의 글을 읽고 내 생각을 전달하며 함께 논의했지만 그녀의 글 속에 담긴 감성은 솔직히 건조한 글을 쓰는 나의 영역에서 계량할 수 있는 것은 아니었다. 그녀는 누구보다도 감각적으로 글을 썼으며, 글쓰기에 진심을 담아내고 있었다. 아름다운 문장을 구사하는 그녀의 섬세하고 예민한 감수성은 나와 같은 하드보일드한 문체를 가진 스승이 지도하기에는 맞지 않는다는 생각이 들기도 했다. 이는 마치 탁란된 뻐꾸기의 알이 부화하고 너무나 다른 새가 자신의 둥지에서 자라는 걸 보는 대리모 뱁새의 불안함과도 같았다.

* * *

어느 날 강민아는 내게 이렇게 말했다.
"선생님, 저 책을 내고 싶어요."
나는 그녀의 결심을 반겼고, 출판사 편집자와의 소통을 통해 그녀는 더욱 성숙한 작가로 성장했다. 그녀의 글은 나의 스타일과는 달랐지만, 그만큼 독창적이고 매력적인 세계를 담고 있었다. 그리고 그녀의 글 속에는 러시아에서의 삶이 고스란히 녹아 있었다.

강민아는 자신이 사랑한 러시아에서 얻은 경험과 감동을 글로 풀어냈다. 그녀의 글을 읽으며 나는 그녀와 함께 낯선 나라, 문화의 땅을 여행하는 듯한 느낌을 받는다. 독특한 형식의 서간문 스타일의 글은 전쟁이라는 말이 주는 모든 부정적인 것들이 공급하는 상실감과 불안함 속에서 발견한 성숙함을 담고 있었다. 외국에서의 삶은 출발부터 상실이다. 하지만 그것은 또 새로운 획득이기도 하다. 그녀는 한국에서 누리던 것들을 잃었지만, 그 자리를 외국에서 얻을수 있는 것들로 채웠다. 결핍을 통해 성장하는 그녀의 모습은 사뭇 감동적이었다.

'에따 라씨야! Это россия! 그럼! 이게 러시아지!' 하면서 말이죠.

이게 무슨 뜻이냐고요? 무심코 당하는 어처구니없는 일이나 황당한 사건, 혹은 참을 수 없는 긴 기다림이나 답답할 정도로 융통성 없는 사무 행정 처리, 예상과 예측을 뛰어넘는 그들의 생활양식을 설명할 때 쓰는 관용어쯤으로 받아들이시면 좋을 것 같아요. 앞서 설명한 상황을 맞닥뜨리면 이 말을 러시아 사람들도 하고, 저처럼 타국살이를 하는 외국인 입에서도 튀어나오고 마는 것이에요.

"그럼! 이게 러시아지."

그녀의 말 한마디는 그녀의 성장을 뜻하는 것이었다. 다른 새의 둥지에 맡겨졌지만 훌륭하게 성장해 자기만의 날개를 가지고 고운 색

조의 가슴 털을 띠고 자신만의 세계로 날아가려는 한 마리 뻐꾸기인 것이다. 자녀를 키우며 남편과 함께하는 삶 속에서, 그녀는 그렇게 성장해 나갔다. 모든 것이 없어질 수 있다는 생각, 한국에서는 느낄 수 없는 그런 생각조차도 고맙게 받아들였다. 문학이란 바로 그런 것이다. 우리 마음에 부드러운 안식을 준다. 책을 펼치는 순간, 현실의 무거운 짐이 가볍게 내려앉는다. 문장의 흐름 속에서 우리는 자신을 찾고, 잃어버린 감정을 되살린다. 책 속의 인물들은 우리의 벗이 되어 외로움을 달래주고, 그들의 이야기는 삶의 깊이를 더해준다. 문학은 우리의 상처를 위로하고, 더 나아가 치유의 힘을 발휘한다. 사랑, 슬픔, 기쁨 모두를 문학 속에서 발견하며, 우리는 비로소 다시 일어설 힘을 얻는다. 그렇게 얻은 평화는 세상의 소음에서 벗어나게 해주며, 문학을 통해 우리는 더 나은 자신과 마주할 수 있다. 그리하여 문학은 삶의 작은 기쁨을 놓치지 않게 하며, 우리를 더 나은 세계로 인도한다. 남의 삶을 통해 나의 삶을 돌아보고, 새로운 깨달음을 얻는 것. 그것이 서사이고, 그것이 또한 서정이다.

이 책을 들고 나중에 돌아올 강민아에게 나는 다시 한 번 말하고 싶다.

"민아야, 톨스토이의 무덤을 선생님이 꼭 한 번 죽기 전에 가서 보고 싶구나."

그러면 그녀는 분명 이렇게 말할 것이다.

"선생님, 당장 오세요. 제가 모시고 갈게요!"

나는 그러면 이렇게 생각할 거다.

"그래, 이게 러시아 사는 강민아지!"